지워진 아이들

지워진 아이들

초판 1쇄 인쇄일 2025년 11월 18일
초판 1쇄 발행일 2025년 11월 25일

지은이 김승한
펴낸이 양옥매
디자인 송다희 표지혜
마케팅 송용호

펴낸곳 도서출판 책과나무
출판등록 제2012-000376
주소 서울특별시 마포구 방울내로 79 이노빌딩 302호
대표전화 02.372.1537 **팩스** 02.372.1538
이메일 booknamu2007@naver.com
홈페이지 www.booknamu.com
ISBN 979-11-6752-708-0 (03810)

* 저작권법에 의해 보호를 받는 저작물이므로 저자와 출판사의 동의 없이 내용의 일부를 인용하거나 발췌하는 것을 금합니다.
* 파손된 책은 구입처에서 교환해 드립니다.

지워진 아이들

김승한 장편소설

책나무

'이 작품은 대전을 배경으로 하나, 등장하는 인물과 사건은 모두 허구입니다.'

차례

프롤로그　　　　6

1　실종　　　　11
2　취재　　　　101
3　증거　　　　187
4　진실　　　　255

에필로그　　　　336
작가의 말　　　　341

프롤로그

  어둠이 짓눌러 내린 학교의 건물. 곰팡내와 습기 섞인 먼지가 공기 속을 떠돌았고, 벽에는 눅눅히 젖은 포스터가 축 늘어져 있었다. 찢겨 나간 게시물의 파편은 마치 벌레처럼 바닥을 기고, 복도 전체엔 숨 막히는 정적이 달라붙어 있었다. 그 고요는 살아 있는 것처럼 흐느끼며, 죽음이 남긴 침묵을 뼛속까지 스며들게 했다.

  하지만 그 정적의 심연에서, 한 줄기 파열음처럼 돌이킬 수 없는 균열이 퍼지고 있었다. 바닥 위에는 한 아이가 쓰러져 있었다. 막 사춘기의 문턱을 넘은 듯한 여린 몸. 숨은 이미 끊겼고, 가느다란 목덜미에는 검붉은 자국이 깊게 패 있었다. 피부는 벌써 축축하게 식어 가고 있었고, 손끝은 빗물에 젖은 낙엽처럼 축 늘어져 있었다.

나는 뒷걸음질 쳤다. 입술을 벌려도 숨이 나오지 않았다. 폐 안 가득 불어넣은 공기가 폐포를 터질 듯 부풀렸고, 심장 또한 터질 듯 미친 속도로 뛰었다. 메마른 비명이 속에서 일렁이다가, 끝내 목을 타고 올라오지 못하고 갈비뼈 아래 어딘가에 걸려 버렸다. 손끝엔 아직도 미지근한 감촉이 남아 있었다. 하지만 그것은 더는 생명이 아닌, 죽음이 남긴 마지막 체온이었다. 얼어붙은 살결은 내게 무언의 책임을 들이밀고 있었다.

아이는 이제 더는 숨 쉬지 않았다.

나는 입술을 틀어막았다. 머릿속은 붕괴 직전의 건물처럼 무너져 내렸고, 시야엔 희뿌연 안개가 비처럼 내려앉았다.

불과 몇 분 전이었다. 아이의 입술이 떨리며 무언가를 말하려 애썼다. 희미했지만, 분명히 살아 있었다. 그런데 지금은 너무 조용해서, 오히려 형체 없는 흐느낌이 들리는 듯했다. 그 침묵은 소리를 지우는 것이 아니라, 오히려 무언가를 들려주고 있었다. 형체도, 방향도 없이 어딘가에서 스며드는 절규 같았다.

나는 비틀거리며 벽에 등을 부딪쳤다. 콘크리트의 차가움이 뼛속까지 스며들었다. 손은 나도 모르게 떨렸고, 눈꺼풀을 꼭 감아도 심장의 고동은 귓속을 때리며 밀려왔다.

그때였다.

"당신이 죽였잖아."

쇳소리처럼 얇고 날카로운 목소리가, 수면 아래서 터져 나온 기포처럼 불쑥 들려왔다. 귀가 먹먹해지고, 호흡이 잠겼다. 천천히 고개를 들었다. 그러나 주변에는 아무도 없었다. 오직, 젖은 벽지처럼 축축하게 눌어붙은 어둠만이 사방을 감싸고 있을 뿐이었다. 그럼에도 그 말은 분명히, 아주 가까이서 들렸다.

"당신이 죽였잖아."

'아니야.
잘못 들은 거야.
이건 환청일 뿐이야.'

"당신이 죽였어."

 이번엔 훨씬 가까웠다. 그 목소리는 물속에서 귓속으로 파고드는 것처럼, 젖은 살결을 타고 스며들었다. 비에 젖은 흙처럼 축축하고, 무겁고, 차가웠다. 그건 공기 속에 흩어진 소리가 아니라, 나의 죄책감이 육성처럼 바뀐 것이었다.

 쓰러진 아이, 이미 멎어버린 숨결, 그럼에도 손끝에는 아직도 남아 있는, 죽음의 감각. 나는 떨리는 눈동자로 아이를 내려다봤다. 그러나 그 목소리는 멈추지 않았다. 축축한 어둠 속에서, 멍처럼 퍼져 나가며 더욱 깊이 나를 파고들었다.

1

실종

1

 조회가 시작된 지 얼마 지나지 않았을 무렵이었다. 출석부를 넘기던 한지원의 손끝이 잠시 멈췄다. 시선은 망설이듯 한 이름에 머물렀고, 그녀는 조심스럽게 고개를 들었다. 교실은 여느 때처럼 소란스러웠지만, 그 한 자리는 유독 조용했다. 기척 하나 없이 비어 있는 책상. 마치 누군가 앉아 있었던 자리가 아니라, 애초에 존재하지 않았던 자리를 보는 것만 같았다.

 그녀는 다시 출석부를 내려다보며 이름을 불렀지만, 아무런 대답이 없었다. 교실의 소음은 여전했지만, 그 빈자리를 향한 시선은 없었다. 누군가는 애써 외면했고, 누군가는 들리지 않는 척 고개를 돌렸다. 몇몇 아이들의 시선이 교묘히 교차했지만, 누구도 입을 열지 않았다. 설명하기 어려운 침묵이 교실 안에 얇게 깔려 있었다. 한지원은 알 수 없는 불쾌한 감정을 느끼며, 출석부에 '결석'이라는 글자를 천천히 적었다.

 수업이 없는 시간, 그녀는 메일을 정리하며 커피 한 잔을 들이켰다. 옆자리 교사 박선영이 조용히 말을 건넸고, 두 사람은 최근 들어 잦아진 학부모의 민감한 요구들에 대해 짧은 대화를 나눴다. 자연스러운 관계를 원한다면서도, 결국은 불편한 아이를 멀리하게 해 달라는 요구들이었다.

점심시간, 아이들은 삼삼오오 급식실로 향했다. 들뜬 말이 오가고, 복도는 분주했다. 한지원은 간단히 식사를 마친 뒤 교실을 둘러보았다. 도시락을 가져온 몇몇은 자리에 앉아 조용히 점심을 먹고 있었고, 일부는 급식을 마치고 운동장으로 나갈 준비를 하고 있었다. 겉보기에 평범한 점심시간이었다. 하지만 그녀는 어딘가 미묘하게 달라진 분위기를 느꼈다. 누군가는 속삭이다가 그녀가 다가서자 입을 다물었고, 몇몇은 괜히 몸을 틀며 자리를 옮겼다. 그녀는 잠시 멈춰 섰지만, 곧 신경 쓰지 않기로 했다.

오후 수업이 끝난 뒤, 학생들은 하나둘 가방을 메고 교실을 빠져나갔다. 한지원은 책상 위 준비물을 정리하며 창밖을 바라보았다. 아이들은 여전히 웃고 떠들며, 그저 일상의 일부처럼 하루를 마무리하고 있었다. 하지만 이상하게도, 그녀의 머릿속에서는 온종일 비어 있던 그 자리만이 선명하게 맴돌았다.

창가 끝자락, 햇빛이 가만히 머무는 자리. 거기에 앉아 있던 아이는 늘 조용했다. 하지만 그 조용함은 단지 성격 때문만은 아니었다. 처음에는 친구들과 나누던 작은 웃음이 있었고, 무심히 건넨 말들에도 고개를 끄덕이던 순간이 분명 있었다. 그러나 어느 순간부터, 아이는 말없이 바깥만 바라보았고, 마치 풍경의 일부처럼, 서서히 투명해지기 시작했다.

사흘째였다. 강민서는 학교에 나타나지 않았다. 한지원은 결국 학부모에게 전화를 걸었다. 신호음이 몇 번 울린 뒤, 피곤하고 무심한 목소리가 수화기 너머로 들려왔다. 자신을 강민서의 담임이라 밝히자, 상대는 짧게 놀란 기색을 보였지만 곧 무덤덤한 말투로 안부를 물었다. 한지원은 조심스레 말을 이었다. 강민서가 사흘째 학교에 나오지 않았고, 혹시 몸이 아픈 건 아닌지 걱정돼 연락드린다고. 잠시 정적이 흘렀다. 그 틈에서 그녀는, 상대방의 반응이 어딘가 어긋나 있다는 것을 느꼈다.

"학교에 안 나갔다고요?"라는 식의 반문이 들려왔지만, 그 안에는 확신도, 당황도 담겨 있지 않았다. 그 말 이후에도 긴 침묵이 이어졌고, 한지원이 다시 묻기 전까지 강민서의 어머니는 아무 말도 덧붙이지 않았다. 아이를 마지막으로 본 게 언제인지 묻자, 어머니는 대답을 망설였다. 이틀 전쯤이었는지, 사흘 전이었는지, 확실하지 않다고 했다. 최근에는 바빠서 얼굴을 제대로 마주친 적도 없고, 원래 늦게 들어오거나 방에만 있어서 평소처럼 여겼다고 했다.

한지원은 그 말에서 묘한 위화감을 느꼈다. 누군가를 찾고 있는 통화라기보다, 이미 무언가 놓친 사람과 이야기하는 듯한 공허함이었다. 아이의 행방을 제대로 알지 못하는 어머니, 그러나 그것을 심각하게 받아들이지 못하는 태도. 혹시 경찰에 신고한 적이 있는지 묻자, 돌아온 대답은 "친구 집에 있는 줄 알았다"는 짧은 말뿐이었다. 그녀는 수화기를 든 손에 어느새 식은땀이 맺힌 것을 느끼며, 서서히 목울대가 조여드는 듯한 감각에 사로잡혔다.

한지원은 교무실을 빠져나와 곧장 교실로 향했다. 발걸음은 빠르지도 느리지도 않았지만, 그 안엔 설명하기 어려운 급박함이 실려 있었다. 문을 열고 들어서는 순간, 교실은 조용했다. 남아 있는 학생들은 그녀를 슬쩍 바라보다 곧 시선을 돌렸다. 누구도 먼저 말을 걸지 않았고, 누구도 눈을 마주치지 않았다. 그녀는 말없이 강민서의 자리로 걸음을 옮겼다. 책상 서랍에 손을 넣자, 책과 노트가 무질서하게 뒤엉켜 손끝에 닿았다. 한지원은 서랍에서 손을 빼며 잠시 교실 안을 둘러보았다. 아이들은 여전히 말이 없었다. 몇몇은 창밖을 보는 척했고, 몇몇은 엎드린 채 움직이지 않았다. 교실 전체가 무언가를 숨긴 듯한 침묵에 잠겨 있었다.

점심시간이 되자, 교실은 평소처럼 웃음과 말소리로 가득 찼다. 밝은 목소리들이 오가고, 책걸상이 부딪히는 소리가 흘러나왔다. 겉보기엔 아무 일도 없었던 하루처럼 보였다. 그러나 강민서의 빈자리는, 너무도 자연스럽게 그 풍경에서 지워지고 있었다.

"선생님, 이 자리에 앉아도 돼요?"

한지원은 문득 놀라 고개를 돌렸다. 한 남학생이 강민서의 책상 앞에 서 있었다.

"빈자리인데 그냥 두기 아깝잖아요."

아이는 당연하다는 표정을 짓고 있었다. 그 주위의 아이들도 고개를 끄덕이며 아무 일 아니라는 듯 반응했다. 아무도 의문을 품지 않았다. 한지원은 설명하기 어려운 위화감을 느꼈다. 지금 이 교실 안에서, 무언가가 조용히 어긋나고 있다는 것을.

"그런데 너희들 민서랑 친했던 친구는 없었어?"

그녀는 조심스럽게 물었다. 아이들은 서로를 흘끗 바라보다가, 마지못해 몇 마디를 내뱉었다. 그 말들은 마치 정해진 답안을 읊는 것처럼 간단하고 평평했다. 조용한 아이였다고, 원래 혼자 다녔다고, 말수가 적었다고, 누군가가 먼저 말하면 나머지는 그 말에 살을 붙이는 식이었다. 말끝은 짧았고, 목소리엔 감정이 묻어나지 않았다. 표정도 무심했다. 마치 누군가의 부재를 설명한다기보다, 이미 오래전부터 그렇게 되어 있었던 사실을 되풀이하는 것처럼 담담했다.

그때 교실 뒤편, 말없이 앉아 있던 한 아이가 고개를 살짝 숙인 채 아주 작은 소리로 "거짓말"이라고 중얼거렸다. 귀에 닿지 않을 만큼 낮은 소리였지만, 그 기류는 묘하게 한지원의 신경을 건드렸다. 그녀는 고개를 돌려 아이를 바라보았다. 하지만 그 아이는 눈을 피하며 고개를 숙였다. 그 동작엔 방어적인 기색이 배어 있었고, 그저 아무 일도 아니라는 듯 책상 위의 손끝만 매만지고 있었다. 방금 전의 중얼거림은 허공 속으로 가라앉았고, 다시는 꺼내질 기세가 아니었다. 그 말은 대수롭지 않게 흘러가야 했지만, 그녀는 그 속에서 무언가 단단한 것을 느꼈다. 분명히 있었다. 피하고, 덮고, 묻어 둔 무언가가. 그녀는 확신했다. 아이들은 알고 있었다. 그러나 모두, 입을 다물고 있었다.

한지원은 곧장 교무실로 향했다. 교감과 교장을 찾아가 강민서의 결석 문제를 이야기했다.

"강민서 학생이 사흘째 등교하지 않고 있습니다. 부모님께서도 걱정하시고 있고요."

그러나 교감은 심드렁한 얼굴로 말했다.

"한지원 선생님, 너무 과민 반응하는 거 아닙니까?"

"과민 반응이라뇨?"

"아직 경찰에 신고된 것도 아니고, 그냥 며칠 학교에 나오지 않은 거잖아요. 가정 문제일 수도 있고, 단순한 가출일 수도 있습니다."

"하지만 학생이 사흘 이상 결석하면 경찰에 수사 요청을 해야 하는데요."

교장 최석진은 미묘한 표정을 지었다.

"한 선생, 괜히 일을 키우지 마세요."

"네?"

"이런 일이 커지면, 학부모들이 불안해지고 학교 이미지에도 좋지 않아요."

"학교 이미지보다 중요한 건 학생 아닙니까?"

교감은 한숨을 쉬며 말했다.

"그렇다고 우리가 일일이 나서서 조사할 수도 없어요. 학생들 사이에서 다툼이 있었을 수도 있고, 단순히 친구들과 멀어진 것일 수도 있고."

"하지만 어른들이 나서서 확인해야……"

"선생님."

최석진은 단호한 표정으로 말을 끊었다.

"경찰 신고 전까진 단순 결석으로 처리합니다. 그리고 학부모에게도 '학교에서 알아보고 있다'고 안심시켜 주세요. 불필요한 소란을 만들지 말고요."

한지원은 무거운 몸을 이끌고 자리로 돌아왔다. 창밖을 바라보며 멍하니 앉아 있었지만, 눈은 초점을 잃은 채 허공을 떠돌았다. 햇살은 여전히 평온하게 운동장을 비추고 있었고, 아이들의 웃음소리는 바람을 타고 창문 너머로 스며들었다. 하지만 그녀의 가슴속에는 설명할 수 없는 서늘한 감각이 내려앉아 있었다. 학교는 이 모든 일을 조용히 덮으려 하고 있었다. 아이들은 분명 무언가를 알고 있으면서도 침묵을 선택하고 있었다. 모두가 외면하는 가운데, 단지 혼자만 이 진실의 조각들을 더듬고 있는 듯한 기분이었다. 책상 위에 놓여 있는 쪽지가 그녀의 시야에 들어왔다. 누군가, 그녀가 자리를 비운 사이 조용히 두고 간 것이 분명했다.

선생님도 모르는 게 많아요.
그 애는 혼자 사라진 게 아니에요.

글씨는 작고 다급했으며, 의도적으로 감정을 숨기려 애쓴 흔적이 느껴졌다. 한지원의 손끝이 떨렸다. 쪽지를 든 채, 그녀는 한동안 움직이지 못했다.

2

한지원은 고민 끝에 행정실로 찾아갔다. 강민서가 마지막으로 교내에서 목격된 시간대를 확인하기 위해, CCTV 열람을 요청해야 했다. 하지만 교감은 단호했다.

"학생 개인정보보호 차원에서 함부로 CCTV를 열람할 수 없습니다."

"하지만 민서가 사흘째 행방불명입니다. 학교에 왔다는 부모님 증언도 있는데, 그럼 학교 밖에서 사라진 걸까요? 확인이 필요해요."

"경찰에서도 공식적으로 수사 요청이 들어오지 않은 이상, 절차대로 해야 합니다."

최석진은 교감에게 의미심장한 눈빛을 보냈다. 그건 곧 '이 일을 크게 만들지 말라'는 신호였다. 한지원은 이를 악물었다.

"이건 단순한 결석이 아닙니다. 학교에서 학생이 실종된 걸 수도 있다고요!"

최석진과 교감은 한지원에게 더 문제 삼지 말라는 무언의 압력을 내비치며, 행정실을 나섰다. 그 순간, 치밀어 오르는 정적 속에서 한 행정실 직원이 주위를 경계하듯 다가와 낮은 목소리로 속삭였다.

"쉬는 시간에 오세요. 몰래 보여 드릴게요."

한지원은 조용히, 그러나 빠르게 고개를 끄덕였다.

행정실에서 CCTV 영상을 열람했다. 화면 속에는 오후 4시, 마지막 수업이 끝난 후 아이들이 하나둘 교실을 빠져 나가는 모습이 담겨 있었다. 그들 사이로, 강민서가 책가방을 멘 채 조용히 일어나 홀로 교실을 나섰다. 그러나 무언가 이상했다. 그 아이의 걸음은 어딘가 망설이고 있었고, 마치 뒤쪽 누군가의 시선을 느끼고 있는 듯, 주위를 흘끔거리며 계단 쪽으로 향했다. 잠시 후, 또 다른 아이 하나가 복도 너머로 조용히 모습을 드러냈다. 망설임 없는 발걸음. 느릿하면서도 목적이 분명한 움직임이었다.

"저 학생……, 누구죠?"

화면에는 분명, 강민서를 따라가는 또 다른 학생의 뒷모습이 찍혀 있었다. 그러나 카메라의 각도는 애매했고, 얼굴은 그림자에 가려 흐릿했다. 하지만 체격, 걸음걸이, 그리고 익숙한 머리 모양이 그녀의 기억 어딘가를 찌르듯 스쳤다.

"잠깐만요……, 저 아이……."

그녀가 다급하게 입을 열기도 전에 화면이 툭, 끊겼다.

"뭐야……?"

영상은 몇 초간 정지 상태를 유지하더니, 이내 아무 일 없다는 듯 다음 장면으로 건너뛰었다. 강민서도, 그 뒤를 따르던 아이도, 더는 화면 어디에도 보이지 않았다. 한지원은 숨을 삼키며 직원 쪽으로 몸을 기울였다.

"이게…… 무슨 일이죠? 영상이 왜 이래요?"

직원 역시 당황한 듯 키보드를 두드리며 화면을 되감았다. 잠시 후 얼굴을 찌푸리며 말했다.

"이상하네요. 이 부분, 아예 빠져 있는 것 같아요."

"설마…… 삭제된 건가요?"

직원은 잠시 말을 잇지 못하다가, 조심스럽게 말을 꺼냈다.

"정확히 말하면, 오후 4시 30분부터 4시 45분까지의 영상이 통째로 사라졌습니다."

"그게 무슨 뜻이에요?"

"그 시간 동안은…… 마치 카메라가 아예 녹화하지 않은 것처럼 보여요."

"우연일까요?"

직원은 그녀의 시선을 피하며 조심스레 입을 열었다.

"어제, 교장선생님께서…… 이 CCTV 영상을 직접 확인하셨어요."

한지원은 순간 숨을 멈췄다. 가슴속에서 뭔가 서늘한 기운이 천천히 올라왔다.

"정말 삭제된 건가요?"

직원은 더는 아무 말도 하지 않았다. 그러나 그 침묵은 무엇보다 명확한 대답이었다. 이건 우연이 아니었다. 한지원은 교실로 돌아와 아이들을 바라보았다. CCTV에서 찍힌 장면을 떠올리며, 뒤따라간 학생이 누구였는지 추측했다. 아이들 사이에는 분명 무언가 흐르고 있었다.

"혹시, 너희들 중에 마지막으로 민서를 본 친구 있어?"

아이들은 일제히 조용해졌다. 몇몇 아이들은 서로 눈을 마주치고, 반장 김수아는 입술을 꾹 깨물었다.

"정말 아무도 몰라?"

여전히 모두 침묵했다.

"민서가 하교 시간에 교실을 나섰을 때, 따라간 친구가 있었어. 그게 누구인지 알고 싶어."

아이들은 여전히 침묵했다. 몇몇 아이들이 힐끔 서로를 쳐다보았다. 그리고 김수아가 어색하게 입을 열었다.

"혼자 나갔을걸요?"

"그걸 어떻게 알아?"

김수아는 입술을 깨물었다.

"그냥 그런 것 같아서요."

그때, 교실 뒤편에서 낮은 웃음소리가 들렸다.

"선생님, 너무 걱정하지 마세요."

한지원은 천천히 그 목소리를 따라 시선을 돌렸다. 그 끝에는 장수현이 앉아 있었다. 그 아이는 책상에 느슨하게 앉아, 한지원을 향해 고개를 갸웃거렸다.

"선생님, CCTV 보셨다면서요?"

그 아이는 의자에 편하게 몸을 기대며 말했다.

"그럼 굳이 저희한테 물어볼 필요 없지 않나요?"

한지원은 숨을 삼켰다.

"네가 민서를 따라갔니?"

그러자 장수현은 싱긋 웃었다.

"CCTV에 그렇게 찍혔어요?"

장수현은 고개를 갸웃하며, 반 아이들을 둘러봤다. 그러더니, 천천히 입을 열었다.

"선생님, 그 애는 혼자 사라졌어요. 그리고 선생님이 찾는다고 해서 돌아올 것도 아니에요."

한지원의 등골이 서늘해졌다. 그 순간, 교실 안이 소름 끼칠 정도로 조용해졌다. 한지원은 다시 행정실로 돌아와 CCTV를 재확인했다. 강민서를 따라간 학생이 장수현이었을 가능성이 높았지만, 이상한 점이 있었다. CCTV 화면 속, 그 학생의 얼굴이 끝까지 나오지 않았다.

3

"선생님, 오늘 많이 피곤해 보이세요."

교무실에서 서류를 정리하던 한지원은 고개를 들었다.

박선영이 걱정스러운 눈길로 바라보고 있었다.

"괜찮아요. 그냥 요즘 일이 많아서요."

그녀는 대수롭지 않다는 듯 미소를 지었지만, 사실은 며칠째 이상한 기분을 떨칠 수 없었다. 최근 들어 머리가 멍하고, 시간이 비정상적으로 흐르는 것 같은 느낌이 들었다. 그녀는 자신이 피로에 지쳤다고 생각했다. 하지만 정말 단순한 피로 때문일까?

오후 수업이 끝난 후, 청소 당번 학생들이 빗자루를 들고 교실을 정리했다. 누군가는 칠판을 닦았고, 다른 학생들은 창틀의 먼지를 털어 냈다. 한지원이 교실을 둘러보는 순간, 낯선 감각이 스며들었다. 어딘가 익숙한데, 어딘가 낯설었다. 머릿속 깊은 곳에서 둔탁한 파동이 퍼져 나갔다. 순간적으로 무언가 떠오를 것 같았지만, 손에 잡히기 직전에 사라지는 기분이었다. 마치 잊어버린 꿈을 떠올리려 애쓸 때처럼. 기억의 가장자리에서 희미한 형체만 어른거렸다.

그녀는 천천히 이마를 짚었다. 귓가에서 낮은 울림이 퍼져 나갔다. 멀리서 종소리가 들리는 듯한 기분. 이런 느낌……, 예전에 한번 있었다. 아주 오래전 한동안 기억의 공백이 생겼던 적이 있었다. 아니, 더 정확히 말하면,

어떤 기억들이 그녀의 의지와 상관없이 희미해지고, 그 자리를 허공이 채운 듯한 시기가 있었다. 그때도 이랬다. 모든 것이 평범한 듯 보이는데, 어딘가 어긋나 있었다. 익숙한 얼굴들을 보고도 이름이 바로 떠오르지 않았고, 걸어 다니는 공간이 현실이 아니라 오래된 사진 속 한 장면처럼 느껴졌다. 그 기억들은 어디론가 흘러가 버리고, 남아 있는 것은 희뿌연 흔적뿐이었다. 그리고 지금, 같은 감각이 다시 밀려오고 있었다. 그녀는 천천히 숨을 들이마셨다.

그날 밤 한지원은 침대에 누워 있었다. 몸은 천근만근 무거웠고, 머릿속은 텅 비어 있었다. 눈을 감자, 깊은 어둠 속으로 빨려 들어가는 듯한 기분이 들었다. 그리고 그녀는 꿈을 꾸었다.

희미한 형광등 불빛 아래, 책상과 의자가 가지런히 놓여 있다. 그런데 교실 한쪽, 어둠이 짙게 드리운 자리 하나가 보였다. 거기 앉아 있는 아이. 고개를 숙인 채, 손가락으로 책상을 톡톡 두드리고 있었.

"선생님."

한지원은 숨이 멎었다.

"저 여기 있었어요."

천천히 고개를 든 얼굴. 그 순간, 그녀는 본능적으로 뒷걸음질 쳤다. 눈앞에 있는 것은 강민서였다. 하지만 어딘가 이상했다. 그 아이의 모습은 분명 또렷한데, 머릿속에서는 그 아이가 어떤 표정을 짓고 있었는지 떠오르지 않았다. 마치 기억이 왜곡된 것처럼.

"선생님."

강민서는 똑같은 말을 반복했다. 하지만 그 목소리는 교실 안에 울려 퍼지지 않았다. 마치 그녀만 들을 수 있는 소리처럼.

"선생님은 저를 기억해요?"

그 말에 한지원의 심장이 요동쳤다.

"당연하지."

"그런데 왜 저를 잊었어요?"

그녀는 반박하려 했지만, 입술이 움직이지 않았다. 그 순간 교실이 흔들리는 것처럼 느껴졌다. 갑자기 책상과 의자가 사라지고, 교실 벽이 흐릿해졌다. 그리고 모든 것이 깜깜한 어둠 속으로 가라앉았다.

한지원은 숨을 헐떡이며 잠에서 깨어났다. 이마에는 땀이 흥건했고, 가슴이 요동쳤다. 그녀는 스스로를 다독이며, 손으로 얼굴을 감쌌다.

다음 날 한지원은 교무실에서 책상을 정리하고 있었다. 그리고 서랍 속에서 한 권의 학급일지를 발견했다.

3월 2일 그녀는 학급 분위기를 조심스레 살폈다고 적어두었다. 아이들이 교실 문을 처음 열고 들어선 날, 긴장과 기대가 교차하는 표정들 속에서 누가 먼저 웃고, 누가 말없이 자리를 지키는지를 유심히 관찰하며, 교실이라는 작은 공동체의 윤곽을 그려 나가려 했다.

3월 9일, 반장 후보 등록이 있었다. 아이들은 잠시 망설이다가 이름을 올렸고, 교실은 묘한 긴장감으로 잠시 고요해졌다. 후보로 나선 아이들은 차례로 앞으로 나와 자신이 만들고 싶은 반의 모습을 짧게 이야기했다. 익숙하고 현실적인 공약들이 오갔지만, 아이들은 여전히 서로의 표정을 살피며 조용히 들었다.

3월 13일, 선거 날이 되었다. 그녀가 단톡방에 올린 네이버 오피스 폼 링크로 전자 투표가 진행됐다. 아이들은 각자 휴대폰 화면을 바라보며 조용히 선택 버튼을 눌렀고, 잠시 후 자동으로 집계된 결과가 게시됐다. 결국 무난하고 조용한 이름 하나가, 잔잔한 박수 소리 속에 반의 대표로 선출되었다고 그녀는 기록했다.

3월 16일, 생활지도 미팅이 있었다. 수업보다 관계가 중요하다고 믿던 그녀는, 이 자리에서야말로 교실의 미세한 분위기를 제대로 파악할 기회라 여겼고, 아이들의 말투와 눈빛을 주의 깊게 들여다보았다고 남겼다.

  페이지를 넘기며 그녀는 학급 운영과 관련된 메모를 읽었다. 그런데 어딘가 이상했다. 어떤 페이지는 삐뚤빼뚤한 글씨로 적혀 있었고, 어떤 메모는 글자가 흐릿했다. 그녀는 책장을 넘기다가, 한 장의 페이지에서 손을 멈췄다.

    강민서 상담 요청.

  그녀는 눈을 크게 떴다. 강민서가 상담을 요청한 적이 있었던가? 기억을 더듬어 보았지만, 이상하게도 그녀는 그 순간을 떠올릴 수 없었다. 그때 교무실 문이 열렸다.
"선생님, 뭐 하세요?"
  한지원은 깜짝 놀라 고개를 들었다. 문 앞에는 장수현이 서 있었다. 그리고 언제나처럼 부드러운 미소를 짓고 있었다. 한지원은 얼어붙었다.
"네가 여기 웬일이야?"
  장수현은 교무실 안을 힐끔 둘러보더니, 가볍게 어깨

를 으쓱하며 걸어 들어왔다. 그 아이의 시선은 곧 책상 위에 놓인 학급일지로 향했다.

"선생님, 일지 찾고 계세요?"

장수현은 자연스럽게 물었지만, 그 말이 이상하게 들렸다. 마치 그녀가 뭘 보고 있었는지 알고 있다는 듯한 태도. 한지원은 무심한 척 학급일지를 덮으며 말했다.

"아니. 그냥 정리하고 있었어."

그러자 장수현이 피식 웃었다.

"그래요? 근데 선생님……"

그 아이는 천천히 손을 뻗어, 학급일지의 모서리를 손가락 끝으로 툭툭 건드렸다.

"이거 요즘도 써요?"

한지원은 순간 말문이 막혔다. 그녀가 대답하기도 전에, 장수현은 시선을 들어 그녀를 바라보았다.

"그 애도 여기 있었어요?"

숨이 막혔다. 시간조차 멈춘 듯 고요했다. 그 아이, 강민서. 그 이름만으로도 공기가 바짝 마르는 듯했다. 한지원은 본능적으로 학급일지를 손으로 끌어당겼다. 그러나 장수현은 그걸 빤히 바라보더니, 아무렇지 않게 뒤로 물러섰다.

"그냥 궁금해서요."

그 아이는 미소를 지으며, 느릿한 발걸음으로 문 쪽으로 향했다. 그러다 문 앞에서 멈추고, 고개를 살짝 돌려 말했다.

"근데 선생님, 기억이란 게 참 이상하죠?"

그 아이는 어딘가 의미심장한 눈빛을 띠며, 입꼬리를 살짝 올렸다.

"어떤 것들은 애초에 없었던 것처럼 사라지고, 어떤 것들은 원래부터 있던 것처럼 남아 있고요."

그 말이 끝나기도 전에, 장수현은 문을 열고 조용히 사라졌다. 그리고 남겨진 건 한지원의 거친 숨소리뿐이었다.

4

수업 종료종이 울리고, 아이들이 삼삼오오 모여 떠들기 시작했다. 평소와 다름없는 쉬는 시간. 그런데 한지원은 뭔가 이상하다고 느꼈다. 평소처럼 시끄러운 듯했지만, 그 안에서 무언가 부자연스러운 공기가 감돌고 있었다. 그녀는 천천히 교실을 둘러보았다. 아이들은 무언가를 수군거리고 있었다. 하지만 그녀가 시선을 돌리자, 순식간에 대화가 뚝 끊겼다. 마치 누군가가 다가오는 걸 눈치채고, 입을 닫은 듯한 태도. 한지원은 눈썹을 찌푸렸다. 아이들의 분위기는 분명 달라져 있었다.

교실을 천천히 걸어가던 한지원은 문득 강민서의 책상을 바라보았다. 텅 빈 자리. 누군가 오랫동안 앉지 않았다는 듯, 그곳은 지나치게 깨끗했다. 보통 학생들이 결석하면, 친구들은 "언제 오냐"며 책상에 장난스럽게 낙서하거나, 가방을 걸어 둔 채 기다리기도 한다. 하지만 이 자리에는 그 아이가 존재했다는 흔적조차 남아 있지 않았다. 한지원은 학생들을 바라보았다. 그러나 아이들은 누구 하나 강민서의 책상을 신경 쓰지 않았다. 마치, 그 자리가 원래부터 비어 있었던 것처럼.

판서를 하던 그녀는 문득 등 뒤에서 시선을 느꼈다. 그 느낌이 어찌나 선명하던지, 마치 누군가 그녀의 행동 하나하나를 조용히 관찰하는 듯한 기분이었다. 그녀는 천천히 몸을 돌렸다. 하지만 아이들은 모두 평범하게 수업을 듣는 척하고 있었다. 책상에 고개를 묻고 자는 아이. 볼펜을 돌리며 멍하니 있는 아이. 교과서를 넘기고 있는 아이. 하지만 방금 전까지 누군가 자신의 뒷모습을 바라보고 있었다는 섬뜩한 기척은, 한지원의 마음속에서 좀처럼 가시지 않았다. 그녀는 다시 칠판으로 돌아섰지만, 등 뒤에서 느껴지는 묘한 불안감은 사라지지 않았다.

수업이 끝나고, 교무실에서 서류를 정리하던 한지원은 학생들이 복도에서 떠드는 소리가 들려오는 걸 느꼈다. 그중 한 아이가 무언가를 떠올린 듯 고개를 들었다. 입을 열려는 찰나, 옆자리 친구가 빠르게 그의 팔을 잡았다. 작지만 단호한 제지였다. 입을 열었던 아이는 잠시 멈칫하더니, 곧 표정을 지운 채 고개를 내렸다. 그들 사이엔 짧은 정적이 흘렀다. 마치 누군가의 이름을 꺼낸 것이 실수였다는 듯, 그 순간은 빠르게 덮였다. 그리고 아무 일 없었다는 듯, 아이들은 다른 이야기로 자연스럽게 화제를 틀었다. 무언가를 알고 있다는 기색은 있었지만, 누구도 더는 그 주제에 닿으려 하지 않았다. 한지원은 순간, 심장이 철렁 내려앉았다. 왜 강민서의 이름을 말하면 대화를 멈추는 거지? 마치 그 이름을 꺼내는 것이 금기라도 되는 것처럼.

쉬는 시간, 한지원은 김수아를 조용히 불렀다. 그녀는 조심스럽게 물었다. 강민서가 실종된 후, 아이들 사이에도는 소문이 분명 있을 거라고 생각했다. 하지만 김수아는 한참 동안 대답하지 않았다. 입술을 살며시 깨문 채, 손끝으로 책상 위를 조심스레 두드렸다. 망설임이 손짓에 스며 있었고, 고요한 숨 사이로 시간이 흘렀다. 그리고 이내, 아주 작은 목소리로 속삭이듯 말을 꺼냈다.

"그냥 안 오는 거예요."

그 말이 어찌나 덤덤한지, 순간 한지원은 아무 말도 할 수 없었다.

"혹시, 민서가 안 올 거라고 생각하는 이유라도 있어?"

그녀가 다시 묻자, 김수아는 이번에도 대답을 망설였다. 그러다 아주 조용한 목소리로 말했다.

"그 애는 안 돌아올 거예요."

한지원의 등줄기를 타고 한기가 스쳤다.

"무슨 말이야?"

"그냥, 그럴 거예요."

말투는 평범했지만, 김수아의 얼굴에는 이상하리만치 확신이 서려 있었다. 그때 교실 안에 울리는 웃음소리. 뒤돌아보니 장수현이 친구들과 함께 조용히 웃고 있었다. 한지원은 그 아이의 시선과 마주쳤다. 그러나 장수현은 그저 미소만 지을 뿐이었다. 마치 모든 것을 알고 있다는 듯한 표정으로.

그날 오후 학교가 끝난 후, 교실을 다시 둘러보던 한지원은 문득, 아침과 똑같이 느껴졌던 풍경이 전혀 달라 보인다는 걸 깨달았다. 책상, 의자, 학생들의 떠드는 소리. 모든 것이 그대로인데, 어딘가가 바뀌어 있었다.

다음 날 쉬는 시간이 되자 교실 안은 금방 시끌벅적해졌다. 아무 일도 없었다는 듯 평소처럼 떠들고 장난치는 아이들. 하지만 한지원은 그 안에서 미묘한 위화감을 느꼈다. 겉보기에는 평범한 교실. 그런데 이상하게도, 아이들의 행동 하나하나가 지나치게 조심스럽다는 느낌이 들었다. 책상에 앉아 있는 아이들, 작은 소리로 대화하는 아이들, 심지어 친구를 부르는 목소리까지. 모두가 '누군가'를 신경 쓰며 움직이고 있었다. 아니, 정확히 말하면 그 누군가의 눈치를 보고 있었다. 그리고 교실의 중심, 그곳에는 장수현이 있었다.

그때였다. 조용한 교실 한쪽에서 작은 소리가 들렸다. 책이 바닥에 떨어지는 소리. 아이들의 시선이 일제히 그쪽으로 쏠렸다. 책을 떨어뜨린 건 김수아였다. 그 아이는 당황한 얼굴로 허둥지둥 책을 집어 들었다. 그런데 분위기가 이상했다. 보통이라면 '괜찮아?' 혹은 '뭐 떨어뜨렸어?' 같은 반응이 나왔을 텐데, 이 교실에서는 아무도 말을 하지 않았다. 그 순간 장수현이 천천히 자리에서 일어났다.

탁!

책상을 한 번 두드리는 소리가 났다. 아이들이 움찔했다. 그 작은 소리 하나로, 교실 전체의 공기가 묘하게 얼어붙었다.

"아, 미안."

장수현은 부드러운 목소리로 말했다. 그 아이가 무슨 말을 하든, 그 말에는 언제나 '이유'가 있었다. 김수아는 아무 말 없이 고개를 끄덕였다. 그저 책을 가슴에 꼭 안고 작은 목소리로 말했다.

"……괜찮아."

그리고 주변 아이들이 일제히 몸을 편안하게 풀었다. 마치 '필요한 절차'가 끝난 것처럼. 한지원은 그 광경을 지켜보며 알 수 없는 섬뜩함을 느꼈다. 그것은 단순한 동작처럼 보였지만, 누군가를 길들이는 치밀한 방식이었다. 행동 하나에도 공기가 날카롭게 갈라지고, 잘못한 아이는 누구의 말 한마디 없이도 스스로를 죄인처럼 여긴다. 그런 장면을 지켜보는 이들 역시 점점 위축되며, 결국 모두의 시선이 장수현의 표정 하나, 숨결 하나에 묶이게 된다. 결과적으로, 반 전체가 장수현이 원하는 방식대로 행동하도록 유도된다.

그날 오후, 한지원은 일부러 쉬는 시간에 학생들 사이를 지나갔다. 아이들끼리 고개를 맞댄 채 조심스레 속삭였다. 목소리는 작았고, 말끝은 흐렸다. 서로를 의식하는 기색이 역력했다. 그들 중 하나가 "괜히 나섰다가는……."이라며 말을 흘리자, 다른 아이는 고개를 끄덕이며, 가만히 있는 게 낫다고 작게 중얼거렸다. 어떤 대화가 오갔는지는 정확히 들리지 않았지만, 아이들의 태도에는 확실한 공감대가 깔려 있었다. 입 밖으로 이름은 한 번도 나오지 않았다. 그럼에도 아이들의 시선과 주저하는 손짓, 멈칫하는 숨결이 향한 방향은 같았다. 누군가를 경계하는 눈빛, 누군가를 회피하는 침묵, 모두가 같은 아이를 떠올리고 있었다.

그때 교실 문 앞에서 작은 소란이 느껴졌다. 어떤 아이가 급하게 교실로 들어오며 실수로 옆자리 친구의 필통을 떨어뜨렸다.

탕!

볼펜과 샤프가 바닥에 흩어졌다.

"아, 미안해!"

그 아이가 얼른 몸을 숙였다. 친구의 실수가 채 지나기도 전에, 누군가 작게 웃으며 슬쩍 말끝을 흘렸다. 장난처럼 들렸지만, 그 안엔 묘한 경계심이 배어 있었다. 다른 아이는 웃는 얼굴로 덧붙였다. 조심하라는 말투였지만, 그것은 농담보다는 조심스러운 경고에 가까웠다. 그 아이의 얼굴이 굳어졌다. 다시 볼펜을 주워 담는 손이 약간 떨리고 있었다. 장수현은 그 장면을 가만히 바라보다가, 의미심장한 미소를 지었다. 그러고는 천천히 말했다.

"괜찮아. 근데…… 다들 실수를 너무 자주 하는 거 같지 않아?"

그 말 한마디가 떨어지자, 교실 안의 공기가 또다시 조용해졌다. 누구도 대놓고 대답하지 않았다. 하지만 모두가 동의했다는 듯, 서서히 흩어지던 아이들이 원래 자리로 돌아가며 조용히 수업 준비를 하기 시작했다. 그날 이후, 그 아이는 다시는 실수하지 않았다. 아니, 적어도 보이는 곳에서는 하지 않았다.

수업이 끝난 뒤, 한지원은 일부러 장수현을 불렀다. 장수현이 천천히 언제나처럼 부드러운 미소를 띤 채 고개를 돌렸다.

"혹시 반 분위기가 조금 이상하지 않니?"

장수현은 고개를 갸웃했다.

"이상하다뇨?"

"아이들이 무언가 조심하는 것 같아서."

그 아이는 여전히 미소를 지으며 말했다.

"선생님이 너무 예민하신 거 아닐까요?"

교실 뒤편에서 몇몇 아이들의 시선이 한지원을 향해 있다는 걸 문득 깨달았다. 정적이 감돌았다. 말 대신 오가는 묘한 눈빛들. 어딘가, 무언가를 기다리는 듯한 시선. 마치 그녀에게서 답을 얻고자 하는 눈빛이었다. 장수현은 그걸 모를 리 없었다. 그 아이는 조용히 웃으며 덧붙였다.

"선생님도 아시잖아요. 모두가 원해서 이렇게 되는 거예요."

그 말이 끝났을 때, 한지원은 소름이 돋았다. 이 아이는 '강요하는 것'이 아니었다. 그저 '그럴 수밖에 없는 환경'을 만들어 놓고, 모두가 거기에 맞춰 살아가도록 하고 있었다. 그리고 가장 소름 끼치는 건, 그 누구도 그걸 반박하지 않는다는 것이었다.

5

한지원은 오랜 시간, 가슴 깊숙이 한 가지 질문을 묻어두고 살아왔다.

'좋은 교사란 무엇인가.'

처음 교단에 섰을 때, 그녀는 그 답을 알고 있다고 믿었다. 아이들의 눈빛, 부모의 감사 인사, 성적표에 새겨진 숫자들. 그 속에서 자신의 존재 이유를 확인했고, 교실이란 공간은 늘 정직한 평가의 장이라 여겼다. 그녀는 누구보다 성실한 교사였다. 아침 햇살이 교정을 스치기 시작할 무렵, 누구보다 먼저 교실의 불을 켜며 하루를 열었고, 해가 기울 때까지 아이들의 이름을 하나하나 부르며 하루를 마무리했다. 수업 준비는 철저했고, 상담 일지에는 작은 표정 하나까지 빠짐없이 기록했다. 늘 문제없는 학급이라는 평가를 받았고, 학부모들의 신뢰도 두터웠다. 학교는 그녀를 모범 교사라 불렀고, 그녀도 그 기대에 스스로를 맞추려 애썼다. 하지만 완벽한 하루가 반복될수록, 마음 한구석에 알 수 없는 서늘함이 자리 잡았다. 줄을 맞춰 움직이는 아이들의 뒷모습을 바라볼 때면, 조용한 교실 안을 맴도는 공기 속에서 문득 자문하고 있는 자신을 발견하곤 했다.

'나는 정말, 좋은 교사인가.'

그 물음은 처음엔 미약했다. 그러나 시간이 지나며 그 질문은 뿌리를 내리고, 침묵 속에서 서서히 그녀의 신념을 갉아먹기 시작했다. 그것은 회의가 아니라, 균열이었다. 보이지 않는 틈이 조용히 번져 나가고 있었다.

몇 해 전, 그녀는 3학년 담임을 맡으며 '배려하는 학급 만들기 프로젝트'를 운영했다. 익명으로 감정을 나누는 편지, 협력학습을 통한 공감의 시간. 그 프로젝트는 '서열 문화가 줄었다'는 평가를 받았고, 대전교육청에서는 그녀를 '수업혁신 교사'로 선정했다. 그녀는 믿고 있었다. 적어도 자신이 만든 이 교실만큼은 아이들에게 따뜻한 울타리가 되어 줄 수 있으리라고. 그러나 3년이 지난 지금, 그 믿음은 흔들리고 있었다.

한지원의 수업엔 늘 질문이 있었다. 실험이 있었고, 낯선 의견이 오갔다. 정답을 외우기보다 그에 이르는 길을 묻는 시간, 틀려도 괜찮다는 위로가 깃든 공간. 그녀는 아이들이 실패를 통해 배워 가길 바랐고, 교실이 그런 용기를 키워 주는 장소가 되길 바랐다. 하지만 어느 순간부터 풍경은 달라졌다. 같은 시간, 같은 공간이었지만 아이들은 결코 같은 출발선에 서 있지 않았다. 누군가는 손을 들며 말했고, 누군가는 입술을 달싹이다 이내 고개를 숙였다. 틀림을 두려워하지 않는 아이도 있었지만, 정답을 벗어나는 순간 스스로를 책망하며 움츠러드는 아이도 있었다. 그녀는 그것이 이상하다고 느꼈지만, 오래 붙들지 않았다. 균형은 유지되고 있었고, 어른의 개입은 흐름을 깨뜨릴지 모른다고 생각했다. 그렇게 믿으려 했다. 시간이 모든 것을 감싸 줄 거라고. 그러나 돌아보면 그때부터였다. 미세하고 조용한 삐걱거림이 그녀의 교실 어딘가에서 시작되고 있었다.

학부모 중 누군가는 그녀를 '아이에게 다시 웃음을 되찾아 준 교사'라며 손 편지를 보내왔다. 단단하고 조심스러운 문장이 적힌 종이 한 장은, 그녀에게 오래도록 잔잔한 위안을 안겨 주었다. 그러나 교무실 한편에선 또 다른 목소리가 들려왔다. '너무 아이들 편만 든다', '결국 입시가 중요한데, 감정만 앞선다'는 말들. 그녀는 어느 쪽에도 완전히 발을 디딜 수 없었다. 아이들을 보호하면 감성적이라 했고, 학교의 방침을 따르면 융통성이 없다는 비판이 따라붙었다. 무엇을 지켜야 '좋은 교사'로 남을 수 있는지, 그 물음은 여전히 해답 없이 마음속을 맴돌았다.

그리고 그 물음이 가장 날카롭게 가슴에 박힌 건, 바로 강민서의 존재가 점점 희미해져 가던 그 시기였다. 처음엔 조용하지만 웃음도 짓던 아이였다. 그러나 어느 순간부터, 그 아이는 교실의 시선 밖으로 서서히 밀려나기 시작했다. 쉬는 시간에도 대화에 끼지 못했고, 자리를 바꿀 때마다 몇몇 아이들은 곁에 앉는 걸 꺼렸다. 급식 시간엔 옆자리가 비어 있는 일이 잦았고, 책상엔 늘 지우개 가루가 흩어져 있었다. 그 모든 것을, 한지원은 알고 있었다. 그러나 묻지 않았다. 조용히 흘려보내는 쪽이 더 편하다고, 무의식중에 그렇게 판단했기 때문일 것이다.

어느 날 쉬는 시간, 강민서가 교무실로 찾아왔다. 입술을 깨물고, 한 손은 치맛자락을 꼭 쥔 채였다. 당시 그녀는 시험지를 채점하고 있었다.

"응? 무슨 일이야?"

고개를 들었지만, 이미 아이의 표정은 물러나고 있었다.

"아니에요. 다음에 말씀드릴게요."

그리고, 그 '다음'은 오지 않았다. 그 순간, 그녀는 그 말을 중요하게 받아들이지 않았다. 그저 사소한 상담이려니, 시간이 지나면 다시 말하겠지, 그렇게 흘려보냈다. 그러나 지금에 와서 생각해 보면, 그날 강민서는 무언가를 말하려 했고, 자신은 그걸 외면했던 것이다.

그녀는 그날 이후, 교무실 책상 서랍 깊은 곳에 넣어두었던 노트 한 권을 꺼내 들었다. 얇은 표지, 아이들의 손때가 밴 그 공책 위에는 귀여운 글씨로 '우정 노트'라고 적힌 제목이 있었다. 매주 한 번, 반 친구들에게 익명으로 메시지를 전하는 시간. 칭찬과 감사, 혹은 평소 하지 못했던 말들을 솔직하게 나눌 수 있도록 만든 프로그램이었다. 한지원은 그것이 아이들 사이의 관계를 부드럽게 하고, 서로를 이해하는 따뜻한 장치가 되어 줄 거라 믿었다. 하지만 지금, 노트를 다시 펼친 그녀는 그 안에서 조금씩 마르고 갈라진 언어들을 마주하고 있었다. 처음 몇 장은 평범했다.

수아는 발표를 잘해서 멋있어요.
수현이가 도와줘서 고마웠어요.

짧고 밝은 문장들, 아이들이 서로를 향해 건넨 작은 온기들이었다. 그러나 페이지를 넘길수록, 그 언어들은 점차 기류를 바꾸었다. 익명이라는 보호막 아래, 문장들은 점점 뾰족해졌고, 부드러웠던 글씨체 안에 알 수 없는 거리를 품기 시작했다. 그 모든 말들이, 누구를 향하고 있었는지는 어렵지 않게 알 수 있었다.

재랑 짝 바꿔 주세요. 너무 이상해요.
강민서 냄새나.
우리 반에서 없어졌으면 좋겠다.

그 일 이후, 한지원은 그저 '관리 가능한 하루들'을 반복하며 잊으려 했다. 그러던 중, 학교에서 CCTV 일부가 삭제되었다는 이야기를 들었을 때, 처음 그녀는 그것을 믿을 수 없었다. 하지만 시간이 지날수록, 잊혔던 장면 하나가 점점 또렷하게 되살아났다. 삭제된 영상의 시간대, 그녀는 그 복도를 지나가고 있었다. 수업이 모두 끝난 뒤, 교무실로 향하던 길, 그때 어렴풋이 들려왔던 말.
"너 왜 자꾸 그러는데?"
"내가 뭘 어쨌다고 그래?"
그리고 낮고 짧은 비명. 그녀는 멈칫했지만 결국 그냥 걸음을 옮겼다.
'애들끼리 다투는 거겠지. 괜히 개입하면 더 복잡해질 수도 있어.'

스스로에게 그렇게 말하며, 아무 일도 없었던 듯 복도를 지나쳤다. 그날 밤, 강민서는 실종되었다. 그제야 그녀는 깨달았다. 그 순간이 이 사건의 유일한 단서였을지도 모른다는 사실을. 하지만 이제, 그 장면을 입증해 줄 영상은 사라졌고, 그녀가 그때 들었던 소리는 오롯이 기억 속에만 남아 있었다.

한지원은 책상 앞에서 머리를 감싸 쥐었다. 그날의 장면을 말해야 할까, 아니면 침묵해야 할까. 사실을 말하는 순간, 왜 개입하지 않았는지에 대한 비난은 자신에게 쏟아질 것이다. 학교도 그녀를 보호해 주지 않을 것이다. 하지만 침묵하면 '좋은 교사'라는 이미지는 그대로 유지할 수 있다. 그녀는 딜레마에 빠져 있었다. 정의로워야 한다는 믿음과 스스로를 지키고 싶다는 본능 사이에서 마음의 저울은 끝내 기울지 않았다. 그리고 그런 혼란의 와중에, 교실 문이 열렸다.

"선생님, 왜 이렇게 심각한 표정이에요?"

고개를 들자, 문 앞에 장수현이 서 있었다.

늘 그렇듯 반듯하고 공손한 태도, 입가엔 익숙한 미소가 떠 있었다.

"CCTV가 삭제됐다면서요?"

한지원의 심장이 순간 철렁 내려앉았다. 말없이 고개를 돌리는 사이, 장수현이 천천히 말을 이었다.

"그럼, 선생님도 본 게 없겠네요?"

그 말은 물음표로 끝났지만, 그 안에 담긴 의미는 너무도 명확했다. 부드러운 미소 너머로, 서늘하고 정확한 압박이 스며들고 있었다.

6

강민서가 학교에 나오지 않은 지 일주일이 지났다. 처음에는 감기라도 걸렸을 거라 생각했다. 그다음에는 가정사 문제일 수도 있다고 넘겼다. 그리고 일주일째 되는 날, 한지원은 더는 외면할 수 없었다. 그녀는 조용히 출석부를 내려다보았다. 강민서의 이름 옆에 찍힌 빨간 결석 표시가 어느새 일주일째 이어지고 있었다. 한 줄, 또 한 줄, 시간이 멈춘 듯한 그 붉은 자국들이 무언의 신호처럼 마음을 찔렀다. 그녀는 스스로에게 묻고 또 물었다. 도대체 무슨 생각으로 지금껏 아무런 조치도 하지 않은 걸까. 그 아이의 부재를 알고도 외면한 시간들이, 잔잔한 후회로 가슴 한편을 채워 갔다.

그날 저녁, 한지원은 어두운 얼굴로 대전서부경찰서 여성청소년과 여청수사팀 사무실을 찾았다. 해가 지고도 한참 지난 시각, 경찰서의 조명 불빛이 그녀의 창백한 얼굴을 더욱 하얗게 드러냈다. 수사팀 사무실 안은 조용했지만, 공기 속에는 묘한 긴장감이 감돌고 있었다. 한지원은 조심스럽게 의자에 앉았다. 책상 너머에 앉아 있던 담당 수사관은 먼저 입을 열었다.

"강민서 학생이 마지막으로 목격된 시간이 언제죠?"

한지원은 잠시 눈을 감고 기억을 더듬었다.

"일주일 전쯤으로 기억하는데 정확하진 않습니다."

수사관은 메모하며 고개를 끄덕였다.

"가출 가능성은 없나요?"

그녀는 단호하게 고개를 저었다.

"아뇨. 민서는 그럴 아이가 아니에요. 무단결석도 한 적 없고, 집안에서도 특별한 문제는 없었던 걸로 알고 있어요."

잠시 침묵이 흘렀고, 수사관은 다소 날카로운 질문을 던졌다.

"그러면 왜 신고가 이렇게 늦었죠?"

그 말에 한지원의 어깨가 눈에 띄게 움찔했다. 입술을 꾹 다문 그녀는 잠시 시선을 떨구었다가, 조심스럽게 말을 이었다.

"처음엔 단순한 결석인 줄 알았어요. 감기일 수도 있고, 개인 사정일 수도 있고 학교에선 흔히 있는 일이니까요."

그녀의 목소리는 점점 작아졌고, 말끝에는 자책과 회한이 묻어났다.

"그런데 이렇게까지 연락이 안 될 줄은 몰랐어요. 아무리 기다려도 돌아오질 않아서 이제야 오게 됐어요. 너무 늦게 온 건 아닐까 두렵습니다."

수사관은 고개를 끄덕이며, 한지원의 진술을 조용히 받아 적었다. 서늘한 조명 아래, 그녀의 손은 무언가를 붙잡듯 조용히 떨리고 있었다. 경찰이 본격적으로 수사에 착수한 지 하루도 지나지 않아, 학교가 발칵 뒤집혔다.

"학교에서 아이 하나도 제대로 관리 못 해요?"

"담임선생님은 대체 뭐 하신 겁니까?"

격분한 학부모들이 몰려와 교무실은 아수라장이 되었다. 그중에서도 가장 먼저, 강민서의 어머니 이수정이 경찰과 함께 교무실 문을 열고 들어왔다.

"선생님! 대체 뭐 하셨어요?!"

그녀의 목소리는 찢어질 듯한 고음이었다. 이수정은 한지원을 향해 매섭게 쏘아붙였다.

"왜 연락 한 번 안 했어요?!"

그 순간 한지원은 순간적으로 머릿속이 하얘졌다.

"저……, 어머니께 분명히 전화드렸는데요."

그녀는 황급히 기억을 더듬었다. 사흘째 되는 날, 분명 직접 전화해서 "강민서가 학교에 오지 않았다"고 말했다. 그때 이수정은 "아침에 학교 간다고 했는데요?"라며 당황하긴 했지만, 그 이상 크게 반응하지 않았다. 오히려 "그럼 오늘은 아직 집에도 안 왔나?"라며 자신도 정확한 상황을 모르고 있다는 듯한 태도였다. 그런데 지금, 그녀는 전혀 다른 태도로 화를 내고 있었다.

"어머니, 제가 그날 전화드렸을 때……."

그러나 그녀의 말을 끊으며 이수정이 격앙된 목소리로 외쳤다.

"전화 한 번 했다고 끝이에요? 사흘 동안 우리 애가 학교에 안 나왔으면, 계속 확인하고 조치를 했어야죠! 선생님이 제대로 신경 썼으면, 우리 민서가 안 사라졌을 수도 있잖아요!"

이수정은 한지원에게 달려들 듯하며, 마치 그녀가 이 사태의 주범인 것처럼 몰아붙였다. 한지원은 입을 꾹 다물었다. 분명 그녀는 한 차례 연락하긴 했었다. 하지만 돌이켜보면, 그게 충분한 조치였다고 말하긴 어려웠다. 그녀는 스스로를 향해 조심스레 되물었다. 그때 조금 더 단호하게 말했어야 했던 걸까. 혹은 망설이지 않고 바로 신고했더라면 무언가 달라졌을까. 그녀의 머릿속에서 수많은 질문이 밀려들었다. 하지만 이미 사태는 돌이킬 수 없는 지경에 이르렀다. 그녀는 그 모든 질문에 대한 대답이 아무 의미도 없다는 걸 알고 있었다. 왜냐하면 이미 비난을 받아야 할 사람이 정해졌기 때문이다. 그때 뒤에서 조용히 지켜보던 최석진이 입을 열었다.

"물론, 학교도 최선을 다하고 있습니다."

그는 천천히 한숨을 쉬고, 책상 위에 손을 얹었다. 그리고, 그 시선이 한지원에게 향했다.

"하지만 민서 학생의 상태를 가장 가까이에서 볼 수 있었던 사람은 담임선생님이었으니까요."

그 순간 한지원은 머리를 얻어맞은 듯한 충격을 받았다.

"네? 저…… 저는……."

그녀는 말을 더듬으며 최석진을 바라봤다. 그러나 그

는 이미 방향을 정한 듯한 태도였다.

"학교도 최대한 노력하고 있었지만, 담임선생님이 조금 더 적극적으로 대처했으면 어땠을까 하는 아쉬움이 남습니다."

한지원은 숨이 턱 막히는 듯한 압박감을 느꼈다. 상대의 말속에 스며든 '아쉬움'이라는 단어는 결국, 담임교사였던 자신이 더 신경 썼어야 했다는 뜻이었다. 그녀는 속으로 조용히 분노와 억울함이 뒤섞인 질문을 던졌다. 이제 와서 모든 책임을 자신에게 떠넘기겠다는 것인가. 분명 학교는 이 상황을 축소하려 했을 것이고, CCTV 일부가 삭제된 것도 우연이 아닐 가능성이 컸다. 그러나 책임져야 하는 사람이 필요했고, 그 대상은 최석진이 아닌 한지원이었다. 한지원은 주변을 둘러보았다. 격분한 학부모들. 책임을 회피하는 최석진. 자신을 적대적으로 바라보는 이수정. 그제야 그녀는 이제 자신이 혼자라는 걸 깨달았다.

7

 마포구 공덕동에 자리한, 기자 100여 명 남짓의 종합일간지. 거대 신문사들에 비하면 규모는 작았지만, 하루치 신문을 만들어 내는 공기는 언제나 묘하게 팽팽했다. 늦은 밤, 김도윤은 사무실에서 커피를 한 모금 마셨다. 온종일 현장을 뛰어다니느라 피곤했지만, 그의 눈은 여전히 노트북 화면 속 뉴스를 예리하게 쫓고 있었다.

> *대전 A중학교 여학생 실종……, 경찰 수사 중.*
> *가출인가, 범죄 피해인가? 실종된 중학생, 행방미궁.*

 화면에는 여러 자막이 번갈아 떠올랐다. 그는 무언가를 놓치지 않으려는 듯 자세를 고쳐 앉았고, 곧이어 볼륨을 한 칸 더 올렸다. 화면 속 기자가 차분한 목소리로 뉴스를 전하고 있었다.
 "A중학교 3학년 강민서 양이 실종된 지 일주일째입니다. 경찰은 단순 가출과 범죄 연루 가능성을 모두 열어 두고 수사를 진행하고 있으며, 학교 측은 '담임교사가 실종 신고를 했고, 최대한 협조 중'이라는 입장을 밝혔습니다."

김도윤은 머그잔을 내려놓으며, 화면 속 학교 관계자들의 표정을 유심히 살폈다. 교장은 마치 준비된 답변을 읽는 듯했고, 교감은 시선을 피하며 어딘가 초조한 모습이었다. 평범한 가출 사건 같았다. 하지만 어딘가 부자연스러운 느낌이 있었다. 경찰 브리핑 자료를 훑어보았다.

가출 가능성, 범죄 연루 가능성, 수사 진행 중.

그럴듯한 말들이 늘어섰지만, 어딘가 부족했다. 학교 관계자의 인터뷰를 재생하자, 표정과 말투가 어색했다. 김도윤은 눈을 가늘게 떴다. 정말 아무 문제가 없는 실종 사건이라면, 학교는 보통 '경찰과 적극 협조 중'이라며 자신감을 내보인다. 하지만 그들은 말을 아꼈다. 그는 노트북을 닫고 천천히 자리에서 일어났다.

"직접 가 봐야겠어."

다음 날 아침, 김도윤은 알람이 울리기도 전에 눈을 떴다. 창밖은 아직 어둑했고, 새벽빛이 희미하게 창문 틈 사이로 스며들고 있었다. 평소보다 일찍 잠에서 깬 이유는 명확했다. 실종된 중학생, 강민서. 전날 밤부터 그의 머릿속을 떠나지 않던 이름이었다. 그리고 그 아이가 다녔던 학교. 그 모든 것들이 얽혀 마음 한구석을 무겁게 짓눌렀다.

  그는 천천히 침대에서 일어나 휴대폰을 확인했다. 오전 5시 47분. 급히 씻고 간단히 옷을 챙겨 입은 뒤, 가방에 취재 수첩과 노트북, 보조배터리를 넣었다. 주머니에는 녹음기를 챙겼다. 그가 문을 열고 나가자, 새벽 공기가 싸늘하게 다가왔다. SUV의 시동을 걸자, 엔진이 조용히 깨어났다. 아직 거리는 한산했다. 내비게이션에 목적지를 입력하자 예상 소요 시간 2시간 30분, 차를 도로로 밀어 넣었다. 서울을 벗어나기까지는 30분 남짓. 아침 출근길 정체가 시작되기 전이라 비교적 수월했다. 김도운은 조용한 도로를 달리며, 한 손으로 커피를 들었다. 편의점에서 급히 산 캔 커피였다. 쓴맛이 혀끝을 감돌았다.

  "학교는 협조 중이라고 하지만, 뭔가 꺼림칙해."

  그는 창밖을 보며 중얼거렸다. 뉴스를 통해 본 교장과 교감의 표정이 떠올랐다. 과연 그들의 말이 모두 진실일까? 서울을 벗어나 경부고속도로에 올라타자, 도로가 한결 시원해졌다. 여전히 교통량이 많지 않았다. 차창 밖으로는 새벽빛이 점점 걷히며 아침이 밝아 오고 있었다. 멀리 산 능선 위로 노란 해가 떠오르는 모습이 보였다. 그는 생각을 정리하기 시작했다. 학교 측은 협조적이라는 공식 입장을 내놨지만, 교장과 교감의 표정에는 미묘한 흔들림이 스쳤다. 차분한 얼굴 뒤로 감춰진 불안이, 말끝마다 서려 있었다. 경찰도 쉽사리 단정하지 못한 듯 신중을 기했지만, 이번 사건에서는 유독 가출 가능성마저 단호히 부정하지 않고 있었다. 그들의 침묵은 무거웠고, 마치 입 밖에 낼 수 없는 진실을 품고 있는 사람들처럼 보였다.

그는 룸미러를 통해 스스로를 바라봤다. 자신의 표정이 평소보다 더 날카로워 보였다. 이건 단순한 실종이 아닐 수도 있다. 그는 그렇게 직감했다. 한 시간 넘게 달리자 배가 출출해졌다. 잠도 덜 깬 상태라 커피만으로는 부족했다. 그는 차를 천안휴게소에 세우고, 간단히 아침을 먹기로 했다. 편의점에서 삼각김밥 하나와 따뜻한 커피를 사서 휴게소 벤치에 앉았다. 주변에는 출근길 운전자들이 간단한 요기를 하며 잠시 쉬고 있었다. 트럭 운전사들, 출장 가는 듯한 정장 차림의 직장인들. 김도윤은 커피를 마시며 핸드폰으로 관련 기사를 다시 확인했다. 그는 실종된 강민서 양의 사진을 다시 보았다. 밝게 웃고 있는 아이. 그 아래, 실종 당시의 옷차림과 신장이 적혀 있었다. 그러나 그 아이는 지금 어디에도 없다. 그는 깊은 한숨을 내쉬며 커피를 들이켰다.

  대전으로 들어서자, 도시는 이미 아침을 시작한 상태였다. 출근 차량과 등교하는 학생들, 곳곳에서 분주한 움직임이 느껴졌다. 김도윤은 내비게이션을 따라 학교 방향으로 차를 몰았다. 학교 근처에 도착하자, 차를 한쪽 골목에 세우고 주변을 살폈다. 눈앞에는 평범한 중학교가 서 있었다. 겉보기에는 여느 학교와 다를 바 없는 모습이었다. 그는 차에서 내리며 교문을 바라보았다. 이제, 직접 확인할 차례였다. 그는 곧장 교장실로 가기 위해 교문을 통과하려 했다. 사전 연락 없이 들이닥치는 방식이 그의 취재 스타일이었다. 그때 경비원이 다가왔다.

"누구세요? 여기 무슨 일로 오셨어요?"

  김도윤은 자연스럽게 미소를 띠었다.

"김도윤 기자입니다. 강민서 양 실종 건으로 취재차 방문했는데요."

  경비원의 얼굴이 경직됐다.

"학교에서 기자들 출입을 제한하고 있습니다."

김도윤은 시계를 흘끗 보며 조금 짐짓 바쁜 척하며 말했다.

"아, 교장선생님 계실 텐데요? 서울에서 여기까지 왔는데 허탕 치고 돌아가긴 좀 그래서요."

경비원이 머뭇거렸다. 막을 생각이었다면 처음부터 단호하게 막았을 것이다. 김도윤은 그 틈을 파고들며 능청스럽게 한마디 더 건넸다.

"이왕이면 교장선생님께 직접 물어보는 게 좋겠죠? 괜히 기자들이 학교 앞에서 기다리면 더 곤란하실 텐데요."

경비원이 눈치를 살폈다. 그러더니 결국 한숨을 쉬며 말했다.

"잠시만요. 확인해 보겠습니다."

김도윤은 피식 웃으며 조용히 교문을 넘었다.

교장실 문이 열리자, 최석진은 당황한 기색이 역력했다.

"교장선생님, 잠시 인터뷰 가능하실까요?"

그는 마른 체형에 키가 크고, 길쭉한 얼굴에 신경질적인 인상을 지닌 사람이었다. 갑작스러운 방문에 놀란 듯 눈을 깜빡이며 김도윤을 바라보았다.

"저희도 경찰과 협력하며 최선을 다하고 있습니다. 불필요한 취재 요청은 자제해 주셨으면 합니다."

김도윤은 짧게 웃으며 맞받아쳤다.

"교장선생님, 혹시 인터뷰 거절하시면, '학교가 뭔가 숨기려 한다'는 식으로 보도될 수도 있는데 괜찮으시겠어요?"

"그게 무슨 뜻입니까?"

"사건이 발생했을 때, 기관이 투명하게 대응하면 신뢰를 얻지만, 입을 닫아 버리면 사람들은 '숨기는 게 있다'고 생각하죠. 학교도 오해받고 싶진 않으실 테고요?"

최석진은 당혹스러운 표정을 지었지만 이미 김도윤을 내보낼 명분이 없었다.

"그럼, 간단한 질문만 받겠습니다."

그렇게 그는 교장실 의자에 앉자마자 질문을 던졌다.

"강민서 양 실종 건에 대해 여쭙고 싶습니다."

최석진은 짧은 한숨을 내쉬었다.

"담임교사가 실종 신고를 했고, 저희는 경찰 수사에 최대한 협조하고 있습니다."

"혹시 실종 전에 특별한 징후가 있었나요?"

"징후라뇨?"

"예를 들어, 학급 내 따돌림 같은 문제요."

최석진의 얼굴이 미묘하게 굳었다.

"아니요. 우리 학교는 그런 문제가 없습니다."

"정말요?"

"네, 민서 학생은 조용하고 내성적인 아이였지만, 친구들과 잘 지냈습니다."

김도윤은 잠시 침묵했다. 그리고 부드럽지만, 단호하게 말했다.

"그렇다면 실종 신고가 늦어진 이유는 무엇입니까?"

"그건 저희도 상황을 지켜보던 중이었고, 해당 학생이 평소에도 조용한 성격이라……."

"그럼, 아이가 실종된 후 학급 분위기는 어땠습니까?"

최석진은 난처한 표정을 지었다.

"그 부분은 담임교사에게 직접 물어보시는 게 좋겠습니다."

책임을 회피하려는군. 김도윤은 여유로운 미소를 지으며 자리에서 일어났다.

"좋은 말씀 감사합니다, 교장선생님."

최석진은 당황한 듯 입을 뗐다.

"아, 기자님… 억측 보도는 삼가 주셨으면 합니다."

"억측 보도는 하지 않습니다."

그는 문을 나서며 조용히 덧붙였다.

"사실만을 보도할 뿐이죠."

학교를 나서려던 순간이었다. 현관 앞까지 걸음을 옮긴 김도윤은 어깨에 가방을 메고 문손잡이를 잡으려던 참이었다. 그때 복도 끝에서 누군가가 조심스레 다가왔다. 한눈에 보기에도 교직원인 듯한 행정실 직원이 주변을 두리번거리더니, 김도윤의 쪽을 향해 낮은 목소리로 불렀다.

"기자님……, 잠깐만요."

그의 말투엔 어딘가 망설임이 묻어 있었고, 표정엔 묘한 긴장감이 어려 있었다. 직원은 주위를 재차 살피며, 마치 누가 들을까 조심하듯 김도윤에게 다가왔다.

"기자님, 혹시 괜찮으시면 잠시 이야기할 수 있을까요?"

김도윤은 곧장 그를 따라가 구석에 있는 벤치에 앉았다.

"학교 분위기가 이상합니다."

"어떻게 이상하다는 거죠?"

직원은 한숨을 쉬며 낮은 목소리로 속삭였다.

"솔직히 CCTV 일부가 삭제됐다는 얘기가 돌고 있어요."

김도윤은 눈썹을 찌푸렸다.

"삭제됐다고요?"

"보안 담당자가 실수로 말했어요. 누군가 손댄 것 같다고."

"학교 측이 알고 있습니까?"

"모르긴요. 다들 쉬쉬하고 있는데, 교장선생님도 조용히 넘어가려는 분위기예요."

김도윤은 천천히 고개를 끄덕였다. 아직 모든 조각이 맞춰진 건 아니었지만, 어딘가 낯설게 어긋난 흐름이 있다는 직감이 자꾸만 그의 발목을 잡고 있었다.

하루이틀로 끝날 취재가 아니라고 여긴 그는 회사의 허락을 받아 학교에서 조금 떨어진 관저동에 숙소를 잡았다. 짐을 풀고 잠시 숨을 고른 뒤, 취재 기록을 차근히 정리했다. 초여름 볕이 아직도 눈부신 오후, 그는 교문 앞에 서서 하교하던 아이들 몇을 불러 세우고 조심스레 강민서의 이름을 물었다.

"혹시 강민서랑 친했니?"

"잘 몰라요."

아이들은 눈을 피하며 대답했다.

"최근에 민서가 힘들어하는 모습을 본 적 있어?"

아이들은 어색하게 서로를 쳐다보았다. 그리고 그중 한 아이가 조용히 말했다.

"그 애 그냥 혼자 다니던 애였어요."

그 말에서 묘하게 회피감이 느껴졌다. 김도윤은 강민서의 실종이 단순한 사건이 아니라는 확신이 들었다. 이 아이들은 뭔가를 알고 있다. 하지만 말하지 않으려 한다. 취재를 마친 김도윤은 숙소로 돌아와 노트북을 열어 기사를 작성했다.

> *단순 실종 아닌 '은폐'? … CCTV 일부 삭제된 정황 포착*

보도가 나가자, 기사를 접한 학부모들 사이에는 불안과 분노가 동시에 번져 갔다. 다음 날 격분한 학부모들이 학교로 몰려들었다.

"교장선생님, 대체 학교에서 뭘 하고 있었던 겁니까?"

"우리 아이들도 위험한 거 아닙니까?"

학교는 극도로 혼란스러워졌고, 최석진은 김도윤에게 "악의적인 보도"라며 반박했지만, 김도윤이 "그럼 CCTV 원본을 공개해 달라"고 했다. 최석진은 더 이상 말을 잇지 못했고, 김도윤은 천천히 고개를 저었다. 그의 눈빛에는 의심과 불신이 엉켜 있었다.

8

그날 아침, 한지원은 평소보다 조금 더 일찍 교무실에 도착했다. 출근하자마자 출석부와 생활기록부를 확인했고, 수업이 끝나면 수행평가 채점과 학부모 상담이 이어졌다. 최근엔 생활기록부 입력 마감이 겹쳐, 야근이 이어지고 있었다. 퇴근 후엔 연수 자료를 읽고, 학교폭력 예방 보고서를 작성해야 했다. 서류는 줄어들 기미가 없었고, 학년부 공지에는 하루에도 몇 차례씩 긴급 알림이 떴다.

하지만 오늘은, 책상 위의 피로보다 교무실 안의 공기가 먼저 피부에 와 닿았다. 평소라면 커피 냄새와 함께 피곤한 농담이 오갔을 시각이었지만, 누구도 먼저 입을 열지 않았다. 사라진 아이가 있다는 사실은 모두가 알고 있었다. 그럼에도 아무도 그것을 먼저 말하려 하지 않았다.

책상에 무심히 던져진 급여 명세서가 시야에 들어왔

다. 기본급 224만 원. 실수령액은 306만 원. 숫자로 보면 적지 않은 돈일지 몰라도, 그녀에겐 늘 모자랐다. 학자금대출을 갚느라 몇 년을 버텼고, 이제는 병원에 계신 어머니의 치료비와 막냇동생의 학비가 매달 그녀를 조여 왔다. 들어오는 돈은 306만 원인데, 필수 지출만 해도 400만 원. 이번 달도 적자가 확실했다.

옆자리의 김정민 교사가 길게 한숨을 내쉬었다. 책상 위에 쌓인 서류철을 무심히 뒤적이다 말고, 고개를 들어 먼 벽을 멍하니 바라보았다. 그녀의 표정엔 피로와 권태, 그리고 설명하기 어려운 무기력이 묻어 있었다.

잠시 뒤, 선배 윤선희 교사가 커피포트를 들고 조용히 다가왔다. 커피를 따라주며 무언가 말을 건네려다, 이내 입을 닫고 고개를 끄덕였다. 그녀의 눈가에도 피로한 기색이 짙게 내려앉아 있었다. 화장기 옅은 얼굴, 정돈되지 않은 머리카락, 그리고 말없이 커피를 입에 가져가는 동작에서 하루가 얼마나 무겁게 흘렀는지를 알 수 있었다. 세 사람은 각자의 자리에서 일에 집중하는 척했지만, 실은 아무도 일에 몰두하지 못하고 있었다. 서류를 넘기던 손이 자꾸 멈추고, 컴퓨터 화면을 바라보는 눈길은 초점이 풀려 있었다.

교무실 안은 이상할 만큼 조용했다. 키보드 소리, 프린터 돌아가는 소음, 복도 너머 아이들 목소리, 모든 소리가 예전 그대로인데, 무언가 분명히 달라져 있었다. 말은 없었지만, 모두 알고 있었다. 강민서가 사라졌다는 사실. 그리고 지금 이 학교의 공기가, 어딘가 조금씩 어긋나고 있다는 것을.

한지원은 책상 앞에 조용히 앉아 있었다. 서류를 정리하던 손이 어느 순간 멈췄고, 무의식적으로 가슴께를 눌러 보았다. 묘하게 조이는 느낌이 있었다. 뭔가 지나친 것은 없는지, 놓치고 있는 것은 없는지. 불안은 설명이 아니라 감각처럼, 서서히 그녀의 마음속을 젖게 만들고 있었다.

6월이면 낮이 긴 시간이지만, 늦은 오후 남향인 교무실 안은 벌써 햇살이 비껴간 뒤였다. 창문은 무겁게 열린 채, 바람 한 점 없이 고요했고, 실내엔 간접광만이 연하게 번지고 있었다. 김도윤은 북쪽 복도 끝에서 천천히 걸어왔다. 텅 빈 복도를 따라 이어지는 조명 아래, 그의 그림자가 무표정하게 바닥을 따랐다. 문 앞에 선 그는 한 번 짧게 숨을 들이켰다. 손잡이를 돌려 교무실 문을 열자, 문 안쪽으로 서류 넘기는 소리와 낮은 숨소리들이 얽혀 있었다. 김도윤은 말없이 안으로 발을 들였다. 안쪽엔 몇몇 교사들이 책상에 기대 서류를 들여다보고 있었고, 고개를 든 이마 너머로 싸늘한 시선이 몇 개 스쳤다.

"실례합니다."

차분한 목소리로 문턱을 넘은 김도윤은, 다소 건조한 눈빛으로 교무실 안을 훑었다. 빛이 빠져나간 오후의 공기 속에서, 유독 시선을 끄는 인물이 있었다. 창가에서 한 칸 떨어진 책상에 앉아 있던 여교사였다. 팔다리가 곧고 가늘었고, 긴 생머리는 매끄럽게 빗어 내려져 어깨에 조용히 닿아 있었다. 수수한 옷차림이었지만, 맑고 청순한 분위기가 자연스레 묻어났다. 키가 큰 그녀는 서류를 넘기며 말없이 입술을 다문 채, 생각에 잠긴 듯한 눈빛을 하고 있었다. 김도윤은 그 조용한 실루엣이 누군지 직감적으로 알 수 있었다. 그는 주위를 슬쩍 살핀 뒤, 조심스럽게 그녀 쪽으로 걸음을 옮겼다. 발소리를 죽인 채, 그녀의 책상 앞에 멈춰 섰다.

"한지원 선생님이시죠?"

그녀가 펜을 들고 있던 손을 멈추고 천천히 고개를 들었다. 잔잔한 호수의 물결을 닮은 눈동자 속에 김도윤의 모습이 고요히 담겼다. 작은 놀람이 담긴 표정이 두 사람 사이의 침묵을 가른 첫 번째 반응이었다.

"무슨 일이시죠?"

"김도윤 기자입니다. 강민서 학생에 대해 여쭤보려고 합니다."

그녀가 놀란 듯한 표정을 짓자, 김도윤은 짧게 덧붙였다.

"교장선생님께 미리 허락받고 왔습니다. 잠시 시간 괜찮으실까요?"

한지원은 말없이 책상 위 서류를 정리하던 손을 멈췄다.

"선생님이 보시기에, 민서는 어떤 아이였나요?"

그녀는 잠시 망설였다.

"조용한 아이였어요. 눈에 띄지 않는……."

"친구는 많았습니까?"

"글쎄요. 딱히 친한 친구가 있었던 것 같진 않아요."

김도윤은 고개를 끄덕였다.

"아이들 말로는 늘 혼자 있었다고 하던데, 이유를 짐작하십니까?"

"모르겠어요."

그녀의 목소리가 미묘하게 떨렸다.

"혹시, 민서가 도움을 요청한 적은 없습니까?"

한지원은 잠시 눈을 피했다.

"상담하러 온 적이 한번 있어요."

"상담 내용은 무엇이었나요?"

"그건 못 들었어요."

김도윤은 그녀의 표정을 살폈다.

"왜 못 들으셨습니까?"

한지원은 고개를 숙였다.

"그때 마침 시험지를 채점하고 있어서……. 잠시 기다리라고 했는데, 민서가 그냥 돌아갔어요."

그녀의 목소리에 죄책감이 묻어났다. 김도윤은 짧게 한숨을 쉬었다.

"그리고 며칠 뒤 실종되었군요."

한지원은 입술을 깨물었다.

"언제 마지막으로 보셨습니까?"

"전날 마지막 수업이 끝난 후요."

김도윤은 한 박자 쉬고 조용히 말했다.

"그리고 CCTV 일부가 삭제된 정황이 있죠."

한지원은 짧게 숨을 멈췄다. 기사로 봤던 내용이지만 눈앞에서 그 말이 들리자 묘하게 다른 감각이 일었다.

"그 얘긴 기사로도 쓰셨잖아요."

"혹시 누가 고의로 삭제했다면, 짐작되는 사람 있나요?"

그녀는 정리하던 손을 멈췄다. 방금까지 만지던 파일이 낯선 물건처럼 느껴졌다. 시선을 내리깔고 서류를 덮으며 조용히 말했다.

"글쎄요. 저도 누가 지웠는지 몰라요."

"그렇군요. 하지만 중요한 건, 누군가가 그 장면을 지우고 싶어 했다는 사실입니다."

한지원은 불안한 표정으로 손을 꼼지락거렸다. 그리고 마침내 조용히 입을 열었다.

"전 더 할 말 없어요."

"침묵하면, 민서를 찾는 길은 그만큼 더 멀어질 겁니다."

그녀는 입술을 꾹 다물었다. 무언가 삼킨 듯 한참 말을 잇지 못했다. 김도윤은 여전히 담담한 얼굴이었지만 눈빛만은 부드럽게 깊어졌다. 상대가 어렵게 꺼낸 말을 놓치지 않으려는 듯, 그는 잠시 말을 아끼며 한지원을 바라보았다. 단순한 정보가 아닌, 한 사람의 마음을 듣고 있다는 걸 그는 알고 있었다.

9

 김도윤은 교무실 문을 나서며 핸드폰을 꺼냈다. 화면을 잠시 내려다보던 그의 눈에, 방금 전 한지원이 건넨 주소 하나가 떠올랐다. 관저동, 상가 2층. 학교에서 차로 겨우 5분 남짓. 그리 멀지 않은 거리였지만, 그곳엔 아직 풀지 못한 질문 하나가 기다리고 있었다. SUV에 올라탄 그는 창문 너머로 학교 건물을 한 번 더 바라봤다. 교무실 창문 뒤로 한지원의 희미한 실루엣이 보이는 듯했다. 그는 깊은숨을 내쉬며 차를 출발시켰다.

 오후 6시 20분, 김도윤은 관저동 상가 근처에 도착했다. 갓 지은 듯 반듯하게 뻗은 도로 위로 초저녁의 햇살이 길게 드리웠다. 관저동은 최근 들어 개발된 신도시답게 정돈된 분위기를 풍겼고, 아파트 단지와 상가들이 질서 있게 뒤섞인 풍경은 낯설지만 어딘가 단정한 인상을 주었다. 도심의 번잡함과는 다르게, 이곳의 상가 거리는 생활권 중심지로 기능하는 조용한 분위기였다. 퇴근한 직장인들이 마트에 들러 장을 보고, 학원을 마친 중학생들이 간간이 거리를 오갔다. 대규모 상업지구는 아니었지만 1층에는 편의점, 카페, 음식점들이 몇 군데 자리

잡고 있었다. 그는 차를 건물 근처에 세우고 상가 건물을 올려다봤다. 2층으로 올라가는 계단은 상가 건물 측면에 위치해 있었다. 비교적 새 건물이었지만, 어딘가 차가운 느낌이 감돌았다.

오후 6시 30분, 강민서의 집에 도착한 김도윤은 잠시 문 앞에 멈춰 섰다. 망설임 끝에 초인종을 눌렀다. 적막만이 대답했다. 그는 다시 한번 손을 뻗었다. 이번에도 집 안에선 아무 소리도 들리지 않았다. 마치 사람이 살지 않는 공간처럼 고요했다. 김도윤은 문 앞에서 한동안 기다리다가 결국 건물 1층으로 내려갔다. 그는 무인 카페 한쪽 창가 자리에 앉아 따뜻한 아메리카노를 마셨다. 편의점보다는 조용한 곳에서 정리할 시간이 필요했다. 카페 안에는 몇 명의 손님들이 있었다. 대부분 핸드폰을 보고 있거나, 혼자 커피를 즐기는 동네 주민들이었다. 그는 핸드폰을 꺼내 강민서 실종 사건 관련 기사를 다시 읽었다. 그리고 실종된 강민서 양의 사진을 다시 보았다. 밝게 웃고 있는 아이였다. 그러나 그 아이는 지금 어디에도 없다. 김도윤은 커피를 마시며 창밖을 바라봤다. 카페 너머로 보이는 2층 창문에는 아무런 불빛도 없었다.

오후 8시 40분, 다시 강민서의 집 앞에 섰다. 김도윤은 조용히 2층 계단을 올랐다. 마침 한 여성이 퇴근한 듯 지친 걸음으로 복도를 지나 현관 앞에 멈췄다. 한 손엔 묵직한 장바구니, 다른 손으론 문을 열려는 찰나였다. 그녀의 어깨 위로 하루의 피로가 조용히 내려앉아 있었다.

"실례합니다."

그녀가 흠칫 놀라며 돌아보았다.

"뭐야, 누구예요?"

어조는 날카로웠고, 피곤한 얼굴엔 짜증이 묻어 있었다. 눈 밑엔 깊은 그늘이 져 있었고, 머리는 대충 묶여 있었다. 비닐봉지에는 생필품이 들어 있었다.

"김도윤 기자입니다. 따님인 강민서 양 실종 사건과 관련해 몇 가지 여쭤보고 싶습니다."

그녀의 얼굴이 더 굳었다.

"아니, 기자들이 왜 이렇게 들들 볶는 거야? 경찰도 하루에 몇 번씩 전화해서 지긋지긋한데, 이젠 기자까지?"

그녀는 짜증이 가득한 얼굴로 문을 열었다.

"저기요, 저 지금 너무 힘들거든요? 퇴근하고 밥 먹을 시간도 없어요. 그냥 돌아가 주세요."

그러나 김도윤은 물러서지 않았다.

"잠깐이면 됩니다. 잠깐 시간 내주실 수 있을까요?"

그녀는 망설였다. 그리고 푹 꺼진 한숨을 내쉬며 문을 활짝 열었다.

"아 진짜……. 뭐든 빨리 물어보고 끝내요."

집 안은 정리되지 않은 상태였다. 거실 테이블 위에는 물건들이 굴러다녔다. 그 사이로 경찰과 기자들이 남긴 명함들이 무심하게 흩어져 있었다. 김도윤은 조심스레 자리에 앉았다. 강민서 어머니는 한숨을 쉬며 겨우 자리에 앉았다.

"솔직히 너무 지쳤어요. 기자고 경찰이고, 다 같은 말만 묻고."

"많이 힘드신 줄 알지만, 그래도 여쭤보겠습니다."

그녀가 짜증 섞인 표정으로 그를 쳐다봤다.

"실종되기 전 민서 양이 달라진 점이 있었나요?"

그녀는 생각하다가 툭 내뱉었다.

"몰라요. 아침엔 학교 가고 저녁엔 알아서 공부하고……. 난 솔직히 신경 쓸 여유도 없었어요."

"남편분은요?"

그녀가 눈을 치켜떴다.

"이혼했어요. 몇 년 전에. 양육비? 그런 거 없고요. 나 혼자 벌어서 먹여 살리느라 죽겠는데, 애까지 사라져서 지금 미치겠어요. 더 물어볼 거 있어요?"

김도윤은 조용히 수첩을 넘겼다.

"혹시 마지막으로 나눈 대화 기억나세요?"

그녀는 한동안 침묵했다. 그러다 낮은 목소리로 중얼거렸다.

"그날 밤 민서가 그러더라고요. '엄마, 나 이상한 거 봤어.'라고요."

김도윤의 눈썹이 살짝 올라갔다.

"이상한 거요?"

"학교에서 뭔가 이상한 걸 봤다고 했어요. 근데 말 안 하더라고. 그냥…… 되게 걱정스러운 얼굴이었어요."

김도윤은 펜을 쥔 손에 힘을 주었다.

"무엇을 봤다는 거죠?"

"몰라요. 끝까지 말을 안 했어요."

"선생님이나 친구들 얘기는 아니었을까요?"

이수정은 짜증을 내며 말했다.

"아니요. 그냥…… '학교에서 본 거'라고만 했어요."

김도윤은 수첩에 적은 글자를 바라보았다. 학교에서 무언가를 봤다. 그리고, 그것이 실종과 관련 있을 가능성이 크다. 그러나 강민서는 끝까지 말하지 않았다. 그는 질문을 하나 더 던졌다.

"민서 양이 평소 학교생활을 힘들어하진 않았나요?"

이수정은 피식 웃음을 흘리며, 잠시 허공을 바라보다가 입을 열었다.

"힘들어했죠. 우정 노트 때문에."

"우정…… 노트요?"

김도윤은 생소하다는 듯 눈썹을 살짝 찡그렸다.

이수정은 한숨을 내쉬며 고개를 저었다.

"서로 칭찬하라고 만든 노트래요. 애들끼리 좋은 말 적으라고. 근데 현실은 달랐어요. 거기다 민서 이름 적어놓고, 별의별 소리를 다 썼다니까요. '없어졌으면 좋겠다'는 말까지……."

그녀의 목소리가 점점 낮아졌다. 김도윤은 잠시 침묵하다가 물었다.

"그런데 학교에서는 어떻게 대처했습니까?"

이수정은 씁쓸히 웃었다.

"내가 그 일로 학교 찾아가서 난리도 쳤어요. 근데 선생님들은 다 똑같았어요. '아이들끼리의 장난일 뿐'이라고, 아무 일 아니라면서 그냥 덮어 버리더라고요."

그녀의 눈가가 붉어졌다.

"결국 그게 장난이었겠어요?"

김도윤은 천천히 숨을 내쉬며 다시 물었다.

"혹시 또 다른 괴롭힘 같은 건 없었습니까?"

이수정은 잠깐 입술을 달싹이다가 허탈한 듯 웃었다.

"그건 잘 몰라요. 민서가 원래 말을 잘 안 하거든요. 나한텐 학교 괜찮다고만 했었는데……."

이수정의 목소리가 잦아든 뒤에도, 한동안 자리에 정적이 흘렀다. 김도윤의 시선은 어딘가 멀리 향해 있었다. 우정 노트. 이름은 그토록 순수해 보이는데, 그 안에 숨겨진 건 칼날 같은 말들이었다. 아이들의 장난이라는 말로 덮기엔, 너무 많은 상처가 거기에 스며 있었다. 그리고 어쩌면, 강민서의 실종도 그 상처의 연장선 위에 놓여 있는 것은 아닐까.

10

늦은 밤, 한지원은 텅 빈 교무실에서 조용히 서류를 정리하고 있었다. 책상 위에 놓인 학급일지를 펼치려는 순간, 이상한 느낌이 스쳤다. 그녀는 조용히 손을 멈추고,

학급일지를 한 장씩 넘기며 확인했다. 공식적인 학급일지는 교육행정정보시스템에 전산으로 입력되지만, 그녀는 평소 간단한 메모나 당일 분위기를 수기 일지로도 따로 정리해 두곤 했다. 그날그날 직접 적은 기록이 있어야, 행정 기록에는 담기지 않는 사소한 분위기나 이상 징후를 놓치지 않을 수 있기 때문이다.

강민서가 실종되기 전의 기록을 찾아보려 했지만, 일부 날짜의 메모가 사라져 있었다. 학급일지는 원칙적으로 매일 작성해야 했다. 아무리 바빠도, 최소한 그날의 분위기나 특이 사항 정도는 간단히 남기게 되어 있었다. 그러나 강민서가 마지막으로 학교에 온 날을 포함해, 며칠간의 기록이 누락돼 있었다. 한지원은 가슴이 조여 오는 듯한 불쾌한 감각을 느꼈다. 단순한 실수일 수도 있었다. 하지만 왠지 누군가가 의도적으로 없앤 듯한 인상이 짙었다. 그녀는 다시 꼼꼼히 페이지를 훑기 시작했다. 일주일 전 기록에는 이렇게 적혀 있었다.

오늘 반 분위기는 평소와 다름없었다. 아이들은 다들 밝았고, 별다른 특이 사항은 없었다.

단순한 문장이었다. 그러나 어딘가 부자연스러웠다. 그녀의 기억 속에는 그날 쉬는 시간마다 누군가 강민서를 향해 수군대던 장면이 뚜렷했다. 강민서는 유난히 말이 없었고, 책상에 가만히 앉은 채 시선을 들지 않았다. 하지만 기록은 아무 일도 없었다는 듯 적막했다. 그녀는 바로 전날의 기록으로 눈을 옮겼다.

오늘 지아가 수업 중 울었다. 이유를 물었지만 대답하지 않았다. 몇몇 아이들이 쉬는 시간마다 특정 학생을 조용히 지켜보는 모습이 눈에 띄었다.

그녀의 손이 멈췄다. 강민서가 실종되기 하루 전, 그날의 기록엔 어떤 변화도 없었다고 적혀 있었다. 하지만 그 전날에는 분명히, 무언가 감지되는 분위기가 있었다. 그 특정 학생이 강민서가 아니라고, 정말 확신할 수 있을까? 그녀는 다시 일지를 넘기며 확인했다. 그리고 문득, 필체가 어색하다는 사실을 깨달았다. 학급일지는 담임인 그녀가 수기로 작성했지만, 실종 전날의 기록은 이상할 만큼 각이 져 있었고, 글씨체가 낯설었다. 그녀는 지난달 자신의 기록과 비교하며 글씨를 따라갔다. 평소 그녀의 글씨는 둥글고 일정한 속도를 가졌지만, 이 기록은 서둘러 쓴 듯 꺾여 있었다. 다른 누군가가, 마치 아무 일도 없었던 것처럼 가장하며 기록을 바꿔 놓은 듯했다. 한지원이 조용히 숨을 고르며 학급일지를 덮자 외면해 왔던 기억 하나가 조용히 떠올랐다. 흐릿한 잔상처럼 스쳐 가는 감정이 아니라, 명확한 장면과 냄새와 공기까지 되살아나는 기억이었다.

강민서가 사라지기 두 달 전의 일이었다. 수업이 끝난 오후, 교실은 이상하게 조용했다. 아이들은 돌아가며 하나의 노트를 넘기고 있었다. 한 권의 공용 노트인 우정 노트는, 아이들이 서로에게 익명으로 전하는 메시지를 남기는 방식이었다. 한지원은 처음엔 그것이 관계 회복의 작은 시작이 되길 바랐다. 하지만 그날, 공기를 감싸던 침묵은 예사롭지 않았다. 강민서도 우정 노트를 넘기고 있었다. 몇 줄을 읽던 손끝이 멈췄다. 문장 하나하나는 교묘하게 감정을 포장하고 있었다. 그러나 그 안에 담긴 메시지는 명확했다.

넌 우리랑 어울릴 수 없어.
그건 네가 그렇게 만든 거야.

우정 노트는 단 한 명이 쓴 것이 아니었다. 이건 무언의 합의였고, 누군가가 시작하면 나머지는 동조만 하면 되는 구조였다. 말 한마디, 표정 하나, 일부러 지나치는 침묵조차 언어가 되는 교실에서, 강민서는 '말하지 못하는 아이'가 되었다. 아이는 자리를 박차고 일어났다. 그리고 교실 뒤쪽 창가에 앉아 있던 장수현을 향해 걸어갔다.

"장수현. 이거 네가 시킨 거지?"

교실의 공기가 멈췄다. 장수현은 천천히 고개를 들고, 얕게 웃었다.

"뭔 소리야. 애들이 알아서 쓴 거야."

"그걸 누가 시킨 건데? 굳이 말하지 않아도, 네 눈치 보고 애들이 그렇게 적은 거잖아."

장수현은 어깨를 으쓱하며 말했다.

"그래. 내가 쓰라고 했다 치자. 근데 넌 아무 잘못도 없다는 거야?"

말투는 가벼웠지만, 시선은 무겁게 깔려 있었다. 무시였고 조롱이었다.

"애들한테 나를 본보기로 삼은 거 아니야? 그래서 다들 말도 안 걸게 만든 거잖아. 네가 그렇게 한 거잖아. 다 알고 있어."

장수현은 조용히 자리에서 일어났다.

"야, 교복은 좀 빨아서 입자. 진짜 네 옆에 있으면 쉰내 나, 몰라?"

강민서의 입술이 떨렸다. 하지만 눈빛은 단단했다.

"이제 못 참아. 우정 노트도, 단톡방도, 네가 어떻게 사람 하나 왕따시켰는지도."

다음 날 복도 저편에서 성큼성큼 다가오는 이수정의 발소리가 먼저 들려왔다. 잠시 뒤 교무실 문이 벌컥 열리며 차가운 공기와 함께 그녀의 격앙된 기운이 안으로 밀려들었다. 이수정의 얼굴은 이미 상기돼 있었고, 눈빛은 누군가를 겨냥하듯 단단히 고정돼 있었다. 문턱을 넘은 그녀는 주위를 빠르게 훑어본 뒤, 곧장 한지원에게 시선을 꽂았다. 목덜미까지 붉게 물든 얼굴, 굳게 다문 입술, 억눌린 감정이 스며든 걸음걸이까지 누가 봐도 단단히 화가 난 상태였다. 이수정의 목소리는 교무실을 가득 울릴 만큼 날이 서 있었다. 순간 공기가 얼어붙었고, 한지원은 자리에서 일어나다 말고 굳은 표정으로 그녀를 바라봤다.

"그런 의도는 아니었어요, 민서 어머님. 아이들 관계를 조금 더 자연스럽게……."

"자연스럽게요?"

이수정이 말을 끊었다.

"누가 누굴 싫어하는지 적는 게 자연스러운 거예요? 그게 우정이에요? 우리 애가 그걸로 얼마나 따돌림당했는지, 왜 말 안 했는지 아세요? 애가 거기 적힌 거 보고 얼마나 힘들었는지, 선생님은 그거 한 번이라도 직접 읽어 보셨어요?"

교무실 한쪽에 앉아 있던 다른 교사들이 조용히 시선을 피했고, 한지원은 입술을 꼭 다문 채, 한참을 말없이 서 있었다. 소란이 이어지자 교장실에 있던 최석진이 허겁지겁 들어왔다.

"무슨 일이십니까?"

그는 상황을 잠깐 훑어보더니 곧장 나직한 목소리로 말했다.

"민서 어머님, 여기서는 대화가 어려울 것 같습니다. 교장실로 옮기시죠."

그렇게 자리는 교장실로 옮겨졌다. 한지원과 이수정, 그리고 연락받고 급히 달려온 장수현의 어머니 윤지연이 마주 앉았다. 테이블엔 최석진도 함께 자리했다. 무거운 분위기였다.

"너무 감정적으로 받아들이실 일은 아니라고 생각합니다."

윤지연이 먼저 말을 꺼냈다.

"아이들끼리 다툼은 늘 있는 일이고, 저희 수현이는 그럴 애가 아닙니다. 게다가 익명으로 쓴 글을 어떻게 특정 학생이 썼다고 단정합니까?"

이수정의 얼굴이 일그러졌다.

"누가 봐도 당신 아들이 시킨 거잖아요! 지금 와서 시치미 뗄 건가요? 그리고 그 노트, 선생님이 매주 다 확인하신다고 했죠? 근데 왜요? 왜 그동안 아무 말도 안 했어요? 애가 그렇게 당하고 있었는데, 진짜 몰랐던 거예요? 아니면 모른 척한 거예요?"

한지원은 말문이 막혔다. 확실히 느낀 적 있었다. 몇몇 문장이 이상하게 삐딱하게 기울어져 있다는 걸. 하지만 그땐 '애들이 쓰는 거니까', '농담일 수도 있으니까'라고 넘겼다. 그 순간들의 회피가 지금의 결과를 만들었다는 자책이 들어, 그녀는 무겁게 짓눌리는 듯했다. 최석진이 마침내 입을 열었다.

"이번 사안은 학교 차원에서도 심각하게 받아들이고 있습니다. 우정 노트는 잠정 중단하겠습니다. 그리고 추후 상황에 따라 상담 조치 및 추가 조사를 진행하겠습니다."

"그럼 가해자로 지목된 애들은요?"

"명확한 사실관계가 더 필요한 상황입니다. 무분별한 억측과 감정은 오히려 학생들에게 더 큰 상처가 될 수 있습니다."

그날 오후, 한지원은 빈 책상 위에 덩그러니 놓인 우정 노트를 바라보고 있었다. 그녀는 조심스럽게 노트의 한 장을 넘겼다. 익명의 문장들이 줄지어 있었고, 그 뒤에 숨어 있던 표정들이 하나씩 떠올랐다. 그녀는 노트를 덮고 눈을 감았다.

11

다음 날 아침 A중학교 앞 골목에 멈춰 선 검은 세단이 보였다. 그 창문에는 옅은 김이 서려 있었고, 라디오는 꺼진 채 정적만 흐르고 있었다. 운전석에 앉은 장도경은 잠시 손목시계를 확인한 뒤, 조수석의 아들을 향해 천천히 말했다.

"굳이 직접적으로 괴롭히는 건, 그리 좋은 방법이 아

니야."

 목소리는 낮고 부드러웠다. 훈계도, 설교도 아닌, 다만 조용히 들려주는 이야기 같았다. 그는 언제나 그런 식으로 말을 건넸다. 짧지만 마음에 오래 남는 말들로.

 "진짜 힘이란 건 손을 쓰지 않아도 사람들을 움직이게 하는 거야. 무슨 말을 하느냐도 중요하지만, 어떻게 말하느냐가 더 중요하지. 말보다 말투, 말투보다 그 자리에 흐르는 분위기. 그런 걸 다룰 줄 알아야 다른 사람들 위에 설 수 있는 거란다."

 장수현은 말없이 앞을 바라보고 있었다. 어깨엔 은근히 힘이 들어가 있었지만, 표정은 조금도 흔들리지 않았다. 이미 아버지의 말을 마음속 깊이 새겨 두고 있는 듯했다. 장도경은 고개를 돌리지 않은 채 부드럽게 말을 이었다.

 "분위기는 네가 만들어 가는 거야. 아이들이 뭘 원하는지 먼저 살피고, 그걸 조금은 내어주더라도 주도권은 꼭 네가 쥐고 있어야 해. 그래야 네 자리를 지킬 수 있단다."

 장수현은 조용히 고개를 끄덕였다. 직접적으로 누군가를 괴롭히지 않았다. 그러나 어떤 말이 웃음으로 받아들여지고, 어떤 아이가 서서히 교실 밖으로 밀려나는지를 누구보다 정교하게 계산할 줄 아는 아이였다. 장도경은 차창 너머로 교문을 바라보며 조용히 덧붙였다.

"오늘은 아빠가 나서 줄게. 하지만 그다음은 네가 해내야 한단다. 어떤 상황에서도 네가 중심에 선다는 걸 꼭 기억해. 아빠는 네가 잘할 거라 믿어."

그는 시동을 끄고 문을 열었다. 단정히 슈트를 여민 뒤, 미소를 띤 얼굴로 교문 안으로 걸음을 옮겼다. 장도경이 안내를 받아 교장실로 들어서자, 최석진은 책상 앞에서 서류를 정리하는 척하다가 일어섰다. 두 사람은 악수를 나눴고, 대화는 예의와 침묵 사이에서 시작되었다.

"아침 일찍 오시느라 고생 많으셨습니다."

최석진이 먼저 입을 열었다. 말투는 공손했지만, 눈빛은 경계와 계산으로 덮여 있었다.

장도경은 자리에 천천히 앉으며 슈트의 단추를 풀었다.

"별일 아닙니다. 아이들 문제는 부모가 직접 풀어야 하는 게 맞다고 생각해서요."

"이번 일은 저희도 조심스럽게 보고 있습니다. 학부모님들 간 오해도 생기고, 교실 분위기도 조금 어수선한 것 같고요."

장도경은 잠시 말없이 웃었다. 소리 없는 미소는 경계인지, 안심인지 모를 미묘한 결을 띠고 있었다.

"그래서 아이들 앞에서 몇 마디 하려고 합니다. 사과 차원에서요."

최석진의 손이 잠시 멈췄다. 그는 펜을 정리하며 조심스럽게 말했다.

"아버님 말씀이야 무게가 있으시지만……. 혹시라도 아이들이 더 위축되거나, 오히려 다른 학부모들 사이에서……"

장도경은 그의 말을 가로막고, 정면을 바라보며 낮고 차분하게 말했다.

"너무 염려하지 않으셔도 됩니다. 아이들에게 잘 설명하겠습니다."

짧은 침묵이 흘렀다. 최석진은 얕게 숨을 내쉬며 고개를 끄덕였다. 더 밀어붙이는 것은 현명하지 않다는 판단도 함께 깃든 몸짓이었다.

"그럼 잘 부탁드립니다. 아이들, 워낙 예민하니까요."

장도경은 자리에서 일어나며 대답했다.

"그래서 지금이 좋습니다. 일이 더 커지기 전에 가라앉힐 수 있는 시점이니까요."

 낯선 구두 소리가 복도 끝에서부터 울려오더니, 문틈 사이로 조용히 그림자가 드리워졌다. 교실 문이 열리자 아이들의 시선이 일제히 그쪽으로 향했다. 익숙하지 않은 정숙이 교실을 감쌌고, 순간 숨소리마저 낮아졌다. 단정한 슈트를 입은 장도경이 문턱을 넘었다. 그의 걸음은 느리지도 빠르지도 않았고, 눈길 하나로 공간의 중심을 자연스럽게 장악했다. 아이들은 허리를 곧추세우며 자세를 고쳐 앉았고, 교탁 옆에 서 있던 한지원은 말없이 그의 모습을 바라보았다.

"장도경입니다. 수현이 아버지고요."

 말투는 낮고 단정했다. 그는 교실 한가운데에 서서 아이들을 바라봤다.

"어른이 교실에 들어와 말을 하는 게 옳은 일인지 망설였습니다. 하지만 지금 이 상황에서, 학생 여러분 스스로 정리하기엔 어려운 감정들이 있을 것 같아 조심스럽게 몇 마디 하려고 합니다."

 장도경은 차분히 교실을 둘러봤다. 그의 목소리는 낮고 또렷했다.

"여러분이 쓴 우정 노트 속 말들이 오해를 불러왔습니

다. 제 아들 수현이로 인해 이런 일이 생겨 정말 미안합니다. 서로를 걱정하는 마음도, 다르게 전달되면 상처가 될 수 있죠. 누구를 탓하기보다는, 지금은 각자의 마음을 돌아볼 시간이 필요한 것 같습니다."

사과의 말이었지만, 그 말에는 '이쯤에서 끝내자'는 메시지가 명확하게 깔려 있었다. 아이들은 조용히 고개를 끄덕였고, 한지원은 말없이 그의 옆모습을 바라봤다.

말을 마친 장도경은 아이들에게 더는 시선을 주지 않고 조용히 교실을 나섰다. 복도를 따라 걸음을 옮긴 그는 곧장 교무실로 향했다. 장도경은 교무실에서 다시 한지원과 마주 앉았다.

"선생님께서도 많이 애쓰신 걸로 알고 있습니다."

"아닙니다. 제가 제대로 살피지 못한 탓입니다."

한지원이 조심스럽게 말끝을 흐리자, 장도경은 미간을 잠시 좁히더니 부드럽게 웃었다.

"그저, 수현이 일로 더 이상 일이 커지지 않도록 선생님께서 현명하게 정리해 주시기를 부탁드리겠습니다."

그 말은 공손했지만, 본질은 부탁이 아닌 정중한 통제였다. 짧은 침묵 끝에 장도경이 먼저 자리에서 일어섰다.

"오늘 일은 실례가 안 됐기를 바랍니다."

그는 고개를 살짝 숙인 뒤, 더 머물 필요 없다는 듯 말 없이 교무실 문을 나섰다. 그가 지나간 자리에 무언의 긴장감만이 짧게 남았다.

한지원은 그의 뒷모습을 잠시 바라보다가 조용히 의자에서 몸을 일으켰다. 아직 정리되지 않은 감정이 가슴 어딘가에 남아 있었지만, 더 말을 잇는 건 무의미해 보였다. 그녀가 막 교무실을 나서려는 순간, 문 앞에서 최석진이 조용히 불러 세웠다.

"한 선생, 잠깐만요."

그는 교장실 소파에 앉아 한동안 침묵하다가, 낮게 말을 이었다.

"우리 수현이 아버님, 학부모회에서 목소리가 꽤 크신 분이잖아요. 대전교육청에도 인맥이 많으신 분이고……. 뭐, 아시죠?"

한지원이 아무 대답 없이 고개를 숙이자, 그는 말을 이었다. 목소리는 한층 더 낮아졌다.

"내가 하고 싶은 말은 이 사안이 꼭 지금처럼 계속 커질 필요는 없다는 겁니다. 이미 교실 분위기도 좀 예민해졌고, 다른 학부모들한테도 항의 전화가 오고 있습니다. 굳이 더 자극해서 좋을 게 없지 않겠어요?"

그는 손끝으로 바지를 한 번 털었다. 마치 먼지라도 떨어진 듯한 동작이었다.

"내가 한 선생 입장이면 속상한 것도 이해합니다. 근데 학교라는 게 말이죠, 일이 생겼을 땐 조용히 덮는 게 제일 현명할 때가 많아요. 괜히 언론에 제보 들어가고, 민원 받으면 선생님도 곤란해질 수 있으니까요."

최석진은 마치 '내가 당신을 위해 하는 말'이라는 듯, 부드러운 미소를 지었다.

"그냥, 구렁이 담 넘듯이 넘기는 게 서로한테 가장 좋은 그림일 것 같아요. 아직 확실한 것도 없잖아요. 한 선생이 괜히 마무리 짓겠다고 끌고 가면 오히려 감당하기 어려워질 수도 있고……."

그는 마지막으로 덧붙였다.

"아이들 문제는, 너무 깊이 파지 않는 게 오히려 아이들한테 좋습니다. 무슨 말인지 알죠?"

한지원은 아무 대답도 하지 않았다. 그러나 그 침묵은 수긍이 아니라, 서서히 끓어오르는 무언가를 삼키는 시간이었다.

12

　김도윤은 원내동에 자리한 미래요양병원 입구에 잠시 멈춰 섰다. 일회용 마스크를 고쳐 쓰며, 그는 병동 안내판 위를 천천히 눈길로 더듬었다. 희미한 소독약 냄새가 문틈을 타고 스며 나와, 공기마저 서늘하게 만드는 듯했다.

　한지원이 "어머니가 입원해 계시다"며 어렵게 시간을 내겠다고 한 건 어제 오후였다. 취재 요청을 완곡히 거절할 수도 있었을 텐데, 그녀는 굳이 병원이라는 장소를 택했다. 엘리베이터 문이 열리고, 그는 조용히 병실 복도를 따라 걸었다. 병실 앞 복도에서 잠시 멈춰 선 김도윤은 반쯤 열린 문 너머로 작은 말소리가 섞여 나오는 것을 들었다. 그는 바로 들어가지 않고, 한 걸음 물러나 조용히 기다렸다.

　"지금 병원비 내는 것도 빠듯한데, 어떻게 비급여 항암제를 맞아?"

　익숙한 말투. 젊은 여성의 낮고 짜증 섞인 목소리였다.

　"회당 수백만 원 하는 항암제를 어떻게 매달 맞냐고."

　"그럼 어떡해? 치료할 방법이 없는데."

짧은 침묵이 흘렀고, 그 틈을 비집고 한지원의 목소리가 낮게 흘러나왔다.

"너 힘들게 하고 싶지 않아서, 지금까지는 내가 어떻게든 해 왔어. 근데 이제는…… 나도 한계야. 병원비에 네 학비까지, 이젠 혼자서 감당할 자신이 없어."

병실 안쪽에서 이불이 바스락거리는 소리가 났고, 누군가가 침대에서 몸을 뒤척였다. 한지원은 목소리를 낮췄다.

"됐어, 엄마 깨시겠다. 이 얘긴 나중에 하자."

그제야 김도윤은 조심스럽게 문을 두드렸다.

"한지원 선생님 계신가요?"

문틈으로 고개를 내민 건, 머리를 질끈 묶은 젊은 여성으로, 한지원의 여동생이었다.

"누구세요?"

"김도윤입니다. 한 선생님께서 잠깐 시간을 내주시기로 해서요."

여동생은 놀란 눈빛으로 언니를 바라봤고, 한지원은 입술을 꾹 다문 채 고개를 끄덕였다.

"밖에서 잠깐 얘기할게."

그녀는 카디건 주머니에 핸드폰을 넣으며 병실을 나섰

다. 복도 휴게실로 향하는 발걸음은 지쳐 보였고, 김도윤은 그녀의 옆모습에서 '교사'라는 직업 너머의, 한 명의 딸이자 언니로서의 쓸쓸하고 현실적인 무게감을 읽을 수 있었다.

복도 끝 창가 옆 의자에 나란히 앉자, 두 사람 사이엔 한동안 말이 없었다. 김도윤은 무릎 위에 올려 둔 가방에서 작은 수첩을 꺼냈지만, 펼치진 않았다. 조용한 침묵이 흐르던 중, 그는 잠시 망설이다가 낮은 목소리로 물었다.

"어머님은 좀 어떠세요?"

조심스러운 말투였다. 한지원은 고개를 살짝 끄덕이며, 미소인지 아닌지 모를 표정을 지었다.

"대학병원에서 항암치료 받으시다가…… 최근에 요양병원으로 오셨어요. 많이 쇠약해지셨지만, 아직은 치료가 가능한 상태예요."

그녀는 병실 쪽을 힐끔 돌아보고서야 다시 시선을 돌렸다. 그리고 잠시 뜸을 들이다가 조용히 말을 이었다.

"민서 어머님이…… 기자님께 뭔가 말씀드렸나 봐요."

김도윤은 말없이 고개를 끄덕였다.

"네. 실종 전에 민서가 학교 안에서 뭔가 이상한 걸 봤다고요."

한지원은 고개를 숙였다. 팔꿈치를 무릎 위에 얹고, 양손을 깍지 낀 채 엎드리듯 앉았다.

"처음 듣는 얘기네요."

김도윤은 조심스럽게 한마디를 덧붙였다.

"그래도 한 번만 더 생각해 봐 주시겠어요? 사소한 거라도 괜찮습니다."

한지원은 고개를 들었다. 표정은 담담했지만, 눈빛 한편에는 눌러 담은 어떤 감정이 어른거렸다.

"글쎄요. 전혀 모르겠어요."

김도윤은 수첩을 덮으며 다시 물었다.

"민서의 교우 관계나, 실종 전 반에서 특별히 이상했던 점은 없었나요?"

한지원은 잠시 말을 아꼈다. 창문 밖으로 시선을 돌린 채, 입술을 꾹 다물고 있었다.

"있었어요. 우정 노트 문제로 장수현과 다툼이 있었어요."

"우정 노트요?"

"아이들끼리 칭찬이나 하고 싶은 말을 익명으로 적는 활동인데요. 처음엔 반 분위기가 좋아지는 것 같았는데, 어느 순간부터 그게 은근한 조롱이나 따돌림을 위한 수단이 되더라고요."

김도윤은 짧게 메모했다.

"민서가 그걸로 상처를 받았던 걸까요?"

한지원은 망설이다가 조용히 고개를 끄덕였다.

"민서 어머님께서 우정 노트 문제로 학교에 오셔서 크게 화를 내셨는데, 그걸 생각하면 민서도 상처를 받았겠죠."

"민서와 다퉜다는 장수현은 어떤 학생인가요?"

그녀는 천천히 고개를 들었다.

"어머니는 학부모회장을 맡고 있고, 아버지는 지역 유지예요. 그런 배경 때문인지, 그 아이는 친구들 사이에서 소위 '인싸'라고 불려요."

"수현이가 민서를 직접 괴롭혔나요?"

"그건 아니에요. 은근히 따돌리는 분위기를 만들어 놓고, 정작 본인은 빠지는 식이었어요."

"선생님이나 학교 측에서는 개입하지 않았나요?"

한지원은 짧게 웃었다. 씁쓸한 미소였다.

"수현이네 부모님은 교장선생님도 쉽게 건드리지 못해요. 민서가 힘들어하는 걸 알면서도, 다들 그냥 조용히 넘어가길 바랐죠. 저도 그랬던 것 같아서…… 마음이 무거워요."

 김도윤은 그제야 수첩 끝자락에 처음으로 장수현이라는 이름을 적었다. 한동안 말이 끊겼다. 복도 저편에선 누군가 링거를 끌고 지나갔고, 창밖으론 초여름 햇살이 무심하게 쏟아지고 있었다.

"선생님, 한 가지만 더 여쭤도 될까요?"

 한지원은 조용히 고개를 끄덕였다.

"우정 노트 말입니다. 혹시 기억나는 내용이 있으신가요? 민서와 관련해서요."

 한지원은 입술을 꼭 다물었다. 손끝이 무릎 위에서 잠시 굳었다가, 조심스레 움직였다. 그녀는 마치 한 페이지 한 페이지를 떠올리는 듯, 눈을 감고 말했다.

"투명 인간이라는 표현이 있었어요. 농담처럼 썼지만, 그게 농담이 아니라는 건 저도 알았어요."

 잠시 침묵이 흘렀다. 김도윤은 손에 쥔 펜을 누르지 못한 채, 그대로 멈춰 있었다. 한지원은 다시 눈을 떴다.

"그런데 그걸 굳이 지적하면 아이들 일에 지나치게 끼어드는 것 같아서 그냥 넘겼어요. 지금 돌이켜 보면, 민서는 매일 조금씩 교실 안에서 존재가 희미해지고 있었던 거예요."

그녀는 김도윤을 바라봤다. 이번에는 떨림 없는 목소리로, 조용히 말했다.

"기자님. 민서 얘기, 끝까지 써 주세요."

김도윤은 대답 대신 고개를 천천히 끄덕였다. 그의 수첩은 이미 닫혀 있었지만, 방금 전의 말들은 이미 기록보다 더 깊숙한 곳에 새겨지고 있었다.

2

취재

1

김도윤은 A중학교 근처 무인 카페 구석 자리에 앉아 있었다. 노트북과 취재 수첩을 펼쳐 두고, 방금 전 한지원과 나눈 대화를 정리하고 있었다. 유리창 너머로 흘러내린 햇살이 테이블 위에 사선으로 번지고, 커피머신의 규칙적인 소음이 잔잔한 배경음처럼 깔렸다.

그때였다. 출입문 쪽에서 여중생 세 명이 들어섰다. 음료를 받아 든 아이들은 김도윤 가까운 테이블에 자리를 잡았다. 대수롭지 않게 넘기려던 순간, 익숙한 이름 하나가 귓가를 스쳤다.

"민서는 진짜 실종된 걸까?"

김도윤의 손끝이 멈췄다. 그는 시선을 돌리지 않고, 커피를 마시는 척하며 귀를 기울였다.

"글쎄. 가출인지 실종인지는 경찰이 조사하겠지."

"걔네 집 사정 안 좋잖아. 엄마 혼자 키우는 집이라던데. 수현이한테 찍혀서 왕따당한 뒤로 학교생활도 힘들었을 거야. 우리도 괜히 눈 밖에 나면 곤란해."

"민서랑 친하던 애 있지 않았어?"

"응. 학기 초엔 이지아랑 붙어 다녔잖아."

"그러다 왜 혼자 다니기 시작했을까?"

"모르지. 언제부턴가 혼자였어."

김도윤은 수첩에 빠르게 이름을 적었다. 아이들의 목소리는 점점 더 구체적인 쪽으로 좁혀졌다.

"문제는 수현이한텐 아무도 뭐라 못 한다는 거야. 엄마가 학부모회장이잖아. 아빠는 지역 유지라며? 교장선생님도 눈치 본다니까."

"선생님들도 그 애한텐 아무 말 못 해."

김도윤은 더는 망설이지 않았다. 수첩을 덮고 조용히 자리에서 일어나 아이들 테이블로 다가갔다.

"얘들아, 미안한데 잠깐 얘기 좀 할 수 있을까?"

세 아이가 동시에 고개를 들었다. 순간 어깨가 굳는 듯했다. 김도윤은 부드러운 미소를 지으며 기자증을 꺼내 보였다.

"아저씨는 김도윤 기자라고 하는데. 너희 A중학교 3학년 3반 맞지?"

"……맞긴 한데요."

김민경이 조심스럽게 대답했다.

"민서 문제로 취재 중이야. 아까 너희가 한 얘기, 혹시 조금만 더 들려줄 수 있을까?"

아이들 사이로 조심스러운 눈빛이 오갔다. 말이 빠른 이주희가 먼저 입을 열었다.

"어떤 게 궁금하신데요?"

"수현이 부모님에 대해 좀 더 자세히 듣고 싶은데."

"……수현이 아빠가 대전에서 꽤 큰 기업 대표래요."

이주희가 말했다.

"우리 학교랑도 거래한다던데요. 교장선생님이랑도 친하대요. 교육청에도 아는 사람 많고요."

"엄마도 학교에 자주 와요. 학부모회장이라서요. 근데 봉사라기보단, 선생님들 일에 다 간섭해요."

김민경이 덧붙였다.

"문제는……"

정해인이 주변을 살피며 낮은 목소리로 말을 이었다.

"수현이 일은 절대 문제로 안 커져요. 민서가 힘들어한 것도 그냥 예민한 아이로 치부하고 넘어갔어요."

김도윤은 수첩에 빠르게 적으며 아이들의 얼굴을 살폈다. 그 눈빛에는 두려움과 함께 억눌린 울분이 묻어 있었다.

"교실에서 무슨 일이 벌어져도, 수현이가 한 일이면 '애들끼리 그럴 수도 있는 일'로 끝나요."

이주희가 말했다. 잠시 정적이 흘렀고, 김도윤은 조심스럽게 물었다.

"그런 분위기라 다들 민서한테 말 안 하고 있었구나?"

아이들이 조용히 고개를 끄덕였다.

"말하면, 같이 피해 볼까 봐요."

정해인이 말했다.

"괜히 이런 얘기를 했다는 말이라도 돌면…… 그땐 진짜 왕따 되는 거예요."

학생들과의 대화가 잠시 끊긴 틈에, 김도윤은 수첩에 적힌 또 하나의 이름을 떠올렸다.

"지아는 어때? 민서랑 좀 친하지 않았어?"

가장 말 없던 김민경이 조심스럽게 입을 열었다.

"맞아요. 학기 초엔 같이 다녔어요. 밥도 같이 먹고, 쉬는 시간에도 함께였고요."

"언제쯤부터 둘이 멀어진 것 같았어?"

"민서 실종되기 한 달 전에요. 갑자기요."

이주희가 말했다.

"싸운 건 아닌데, 지아가 먼저 거리를 둔 것 같았어요. 그때부터 민서가 더 침울해졌죠."

정해인이 덧붙였다.

"요즘 지아는 어때?"

김민경이 잠시 머뭇거리다 대답했다.

"말이 더 없어졌어요. 예전엔 발표도 잘하고 손도 자주 들었는데……. 지금은 그냥 무표정하게 앉아만 있어요."

김도윤은 무언가 알고 있으면서도 말하지 못하는 아이의 얼굴을 떠올렸다.

"지아가 수현이 무리한테 미움받은 적은 없었고?"

"그건 잘 모르겠어요. 대놓고 따돌림당하는 건 못 본 것 같아요."

이주희가 말했다.

"지아는 조용한데, 되게 똑똑한 애예요. 교실 분위기 같은 건 별로 신경 안 쓰는 것처럼 보이기도 했고요."

"민서 실종되기 전에, 지아가 민서에 대해 얘기한 적 있어?"

셋은 잠시 머뭇거리다, 김민경이 조용히 말했다.

"딱 한 번요. 민서가 요즘 무슨 고민이 있는 것 같다고 했어요. 근데 곧바로 말을 바꿨어요. '아냐, 그냥 내 생각이야.' 하면서."

김도윤은 낮게 중얼거렸다.

"지아가 뭔가 알고 있다면…… 왜 말을 안 했을까."

그 말에 정해인이 낮은 목소리로 말했다.

"무서워서요. 말하면, 자기한테도 피해 오니까요."

그 한마디는 교실이라는 세계의 모든 법칙을 함축한 듯했다. 목소리를 내는 순간 표적이 되고, 침묵은 생존의 방식이 되는 곳이었다. 옳고 그름보다 눈치와 무리가 중요한, 아이들이 만들어 낸 조용하고 은밀한 질서였다.

2

김도윤은 해가 기운 선암초교 사거리, 영어학원 건너편 가로수 아래에 서 있었다. 수업을 마친 아이들이 무리를 지어 쏟아져 나오고, 잎새 너머로 네온사인이 저녁 공기 위에 길게 번졌다. 학교 근처 무인 카페에서 만난 아이들 말에 따르면, 이지아는 매주 화요일과 금요일 이 학원에 온다고 했다. 파란 간판 불빛이 깜빡이고, 학생들은 하나둘씩 문을 나섰다. 저마다 짝을 이뤄 웃으며 흩어졌지만, 그는 오직 한 얼굴만을 기다리고 있었다. 잠시 후, 긴 생머리에 짙은 그림자를 드리운 아이 하나가 조용히 문을 나섰다. 다른 아이들과는 시선조차 교환하지 않은 채, 혼자 천천히 버스 정류장을 향해 걷고 있었다. 김도윤은 조심스럽게 다가가며 입을 열었다.

"지아 맞지?"

아이의 어깨가 살짝 움찔했다. 그는 서둘러 손을 들어 보이며 부드럽게 말을 이었다.

"놀라게 했지? 미안해. 아저씨는 김도윤이라고 해. 기자야. 민서 이야기 취재 중인데……, 혹시 잠깐 시간 괜찮을까?"

조심스럽게 기자증을 꺼내 보이며 최대한 따뜻한 톤을 유지했다.

이지아는 그를 가만히 바라봤다. 눈빛은 맑았지만, 낯선 어른을 향한 경계심이 얼굴에 그대로 묻어났다. 김도윤은 주변을 둘러보다가 옆 편의점을 가리켰다.

"우리 잠깐 들어갈까? 시원한 거 마시면서 얘기하자. 오래 안 걸려."

이지아는 말없이 고개를 끄덕였다. 자동문이 열리며 두 사람의 그림자가 형광등 불빛 아래로 겹쳤다. 김도윤은 냉장고 앞에 멈춰 음료를 고르다 말고 아이를 돌아봤다.

"탄산 좋아해? 아니면 주스가 나을까?"

"그냥 아무거나요."

"그럼 주스로 하자."

그는 오렌지주스 하나와 포장된 쿠키를 골라 계산대에 올렸다. 어색함을 덜고 마음의 문을 여는, 작지만 진심 어린 제안이었다.

두 사람은 편의점 앞 간이 의자에 나란히 앉았다. 김도윤은 음료와 쿠키를 조심스럽게 건넸다.

"인터뷰에 응해 줘서 고마워. 이렇게 시간 내줘서도 고맙고."

이지아는 말없이 고개를 끄덕였다. 주스를 감싼 손끝이 미세하게 떨리고 있었다. 작은 병 안에는 무게보다 훨씬 많은 것들이 담겨 있는 듯했다. 잠시 정적이 흘렀고, 김도윤은 조심스러운 말투로 입을 열었다.

"지아야, 민서랑 매우 친했잖아. 언제부터 좀 멀어진 것 같았어?"

이지아는 고개를 숙였다.

"중간고사 끝났을 때쯤이요. 갑자기 멀어진 느낌이었어요. 민서가 저를 피한 것도 아닌데, 말이 줄었고, 같이 있는 시간이 줄었어요."

"왜 그랬을까……. 혹시 계기 같은 거 있었어?"

아이는 더 깊이 고개를 떨궜다.

"……잘 모르겠어요."

짧은 대답이었지만, 김도윤은 아이가 스스로도 쉽게 꺼내기 힘든 마음을 꾹 눌러 담고 있다는 걸 느꼈다.

그는 조금 숨을 고르며 말을 이었다.

"혹시 단톡방에서 무슨 일 있었던 건 아니야?"

이지아는 작게 숨을 내쉬며 주스를 두 손으로 더 꼭 쥐었다.

"처음엔 민서를 닮았다며 이상한 짤을 올렸어요. 전혀 안 닮았는데도 다들 웃었죠. 저는 뭐라고 말할 수도 없고, 그냥 가만히 있었어요."

김도윤은 수첩 위에서 손을 멈추고, 아이를 바라보았다.

"나중엔 민서가 채팅에 뭐라도 쓰면 바로 다른 얘기로 넘어갔어요. 아무도 욕은 안 했는데……, 은근하게 따돌리는 거였죠."

"음……, 그랬구나. 근데 지아는 왜 단톡방을 안 나왔어?"

"그러면 진짜 왕따예요."

이지아의 목소리는 조용했지만 분노가 담겼다.

"반장이 거기서 학급 공지도 하고, 행사 준비도 해요.

단톡방 나가면, 수업 바뀌는 것도 혼자만 모르고 지나가요."

김도윤은 고개를 끄덕이며 천천히 받아 적었다.

"그런 분위기는 수현이가 조장한 거야?"

"직접 뭘 했는진 몰라요. 근데 분위기를 그렇게 만들었어요. 자기 말에 안 따르는 애한테는 본보기로 무안을 줬어요."

주변은 여전히 조용했고, 가로등 불빛 아래로 시간만 느리게 흘러가는 듯했다.

"수현이는 다 알아요."

이지아가 조용히 말했다.

"누가 누구랑 친한지, 누가 어디서 뭘 하는지. 그리고 그걸로 애들을 움직여요."

"선생님들은 아무 말도 안 해?"

"네……. 그냥 모르는 척해요."

이지아는 고개를 저었다.

"수현이 엄마가 학부모회장이에요. 선생님들도 눈치 봐요. 민서가 상담실 간 적도 있었는데, 그냥 '예민한 아이라 그렇다'고 넘겼어요."

김도윤은 아이의 떨리는 어깨를 바라보며 마음속으로

조용히 숨을 삼켰다.

"민서가 실종되기 전에 이상한 말 한 적 없니?"

이지아는 잠시 눈을 감았다가 아주 낮은 목소리로 말했다.

"어느 날 그랬어요. '알지 말아야 할 걸 알게 된 것 같아.'"

김도윤의 손이 멈췄다.

"그래서 뭐라고 했는데?"

"제가 물었어요. 그게 뭔데? 그랬더니 민서가 말했어요. '이제는 누구도 믿을 수 없게 됐어.'라고요."

아이의 목소리는 점점 가라앉았고, 눈빛도 희미하게 떨렸다.

"근데 다음날도 학교에 나왔어요. 아무렇지 않게. 그래서 그냥…… 기분이 안 좋았던 건가 보다 했어요. 지금 생각하면…… ."

이지아는 말을 잇지 못했다. 김도윤도 더 묻지 않았다. 잠시 후 버스 한 대가 정류장에 도착했다. 이지아는 자리에서 조용히 일어나 주스를 가방에 넣고 고개를 꾸벅 숙이고는 정류장 쪽으로 걸어갔다. 그 뒷모습은 쓸쓸하다기보다, 조용히 버티고 선 누군가처럼 단단해 보였다.

3

거실엔 바흐의 무반주 첼로 모음곡 1번이 낮게 흐르고 있었다. 깊은 현의 떨림이 헤링본 마루를 따라 잔잔하게 번졌고, 오크로 마감된 선반 위엔 은은한 조명이 호박색 그림자를 드리우고 있었다. 창밖으로는 정원의 조명이 잔디 위에 길게 스며들며, 다듬어진 회양목과 조형석의 윤곽을 부드럽게 드러내고 있었다. 온기가 있지만 서늘한 공기가 집 안 전체를 감싸고 있었다. 그 속엔 마치 고요한 수면 아래로 끈질기게 밀려드는 물살처럼, 느릿하고 정교한 압력이 흘렀다.

아이가 다녀온 영국 여름 영어 캠프의 수료증이 금테 액자에 담겨 책장 위에 놓여 있었고, 벽면엔 파리 여행 중 구입한 추상화 한 점이 고요히 걸려 있었다. 그림의 붓놀림은 격정적이었지만, 그걸 감싸고 있는 벽면은 흠 하나 없이 정제되어 있었다. 공간은 말끔했고, 공기조차 절제되어 있었다.

윤지연은 크리스탈 와인 잔을 천천히 돌렸다. 습관처럼, 한 바퀴 돌리고 잠시 멈춘 후 다시 돌렸다. 붉은 와인은 잔 속에서 조용히 출렁이며 묘하게 불안한 곡선을 그랬다. 입술을 떼지 않은 채, 그녀는 잠시 눈을 내리깔았다.

"민서 엄마가 또 학교 게시판에 글을 올렸어요."

그녀가 먼저 입을 열었다. 낮은 목소리였지만, 그 안엔 분명한 긴장이 묻어 있었다.

"이제 기자까지 나섰다고 하네요. 김도윤이라던데요."

나파 가죽 소파에 깊이 기대앉아 있던 장도경은 천천히 신문을 접었다. 그의 동작은 느렸지만 단정했다. 손목에는 파텍필립 시계가 반사된 조명을 은은히 퍼뜨리고 있었고, 테이블 위엔 《이코노미스트》와 《포브스코리아》 같은 경제 주간지들이 각을 맞춘 채 정돈되어 있었다. 잡지 표지 위로 와인 잔의 굴절된 조명이 번들거렸다.

"기자가 교무실까지 찾아왔대요. 민서 엄마도 계속 만나고 있고요."

윤지연은 고개를 약간 숙인 채 조심스럽게 덧붙였다. 말끝에는 어느 정도의 피로와 불안이 배어 있었고, 손끝은 무의식적으로 와인 잔의 다리를 더 세게 움켜쥐고 있었다. 장도경은 천천히 휴대폰을 들어 화면을 확인했다. 표정 하나 변하지 않았다. 화면에 반사된 조명이 그의 눈동자 위를 스쳤지만, 그 안엔 별다른 동요가 없었다.

"기자 하나쯤은 감당할 수 있어."

그는 와인 잔에는 손도 대지 않은 채, 차분히 말을 이었다.

"당신이 학부모회장이잖아. 학부모들이랑 선생님들, 조금 더 신경 써. 불필요한 얘기 나돌지 않게 말이야."

윤지연의 눈썹이 살짝 꿈틀거렸다. 손등의 힘줄이 순간적으로 드러났다.

"제가 관리를 안 한 건 아니잖아요. 이번 건은 좀 달라요. 민서 엄마는 자기 애 문제로 많이 예민해져 있다고요."

"알아. 그러니까 지금부터 더 조심하자는 거지."

장도경은 몸을 약간 앞으로 기울였다. 그의 어깨가 낮게 기울어지면서, 방 안 공기가 조금 더 단단해졌다. 하지만 목소리는 여전히 낮고 부드러웠다.

"민서 엄마 성격 알잖아. 주변에서 조금만 부추기면 일을 키울 수 있어. 학부모 임원들 불러서 한번 자리 만들고, 교무부장이나 교감 쪽엔 촌지라도 좀 챙겨. 말만 잘해도 다들 알아서 움직여."

"요즘은 그런 거 조심해야 한다면서요."

"조심해야지. 그렇다고 가만히 있으면 안 되잖아."

장도경은 희미하게 야릇한 미소를 지었다.

"당장은 말조심시키는 게 우선이야."

윤지연은 와인 한 모금을 삼켰다. 혀끝에 감도는 떫은 맛이 목 안으로 따라 내려갔다. 그녀는 잠시 머뭇거리며 잔을 내려놓고 말했다.

"교장선생님께는 말씀드렸어요?"

장도경은 대답 대신 자리에서 일어났다. 그의 움직임엔 여전히 묵직함이 있었다. 천천히 창가로 걸어가 이중창 너머 정원을 내려다봤다. 정원등이 소나무의 가지를 타고 흐르며 잔디 위로 부드러운 그림자를 드리웠다. 그 그림자는 마치 집 안에 드리운 또 하나의 겹침처럼 보였다.

그는 휴대폰을 들고 익숙하게 연락처를 찾아 눌렀다. 손가락에 주저함은 없었다. 화면엔 '교육감'이라는 이름이 떠 있었고, 통화음이 네 번 울린 끝에 전화가 연결됐다.

"예, 교육감님. 장도경입니다. 늦은 시간에 죄송합니다."

그의 목소리는 낮고 부드러웠지만, 또렷하고 흔들림이 없었다. 말을 고르는 법을 아는 사람이었다. 말이 곧 무기가 될 수 있다는 걸 아는 사람의 언어였다.

"강민서 실종 건 때문에 기자가 학교 주변을 조금 지나치게 들쑤시고 다니고 있습니다. 선생들이랑 아이들까지 만난다고 하더군요. 학교 분위기가 꽤 뒤숭숭합니다."

그는 창문에 한 손을 괴고 천천히 말을 이었다.

"교장선생님이든 누구든, 섣불리 얘기 못 꺼내게 기강 좀 잡아야 할 것 같습니다. 괜히 일이 커질 필요는 없으니까요."

그의 말은 무심할 만큼 담백했지만, 그 안에는 분명한 목적이 있었다. 그는 통화를 마치고 천천히 돌아서며 윤지연을 바라봤다.

"사람들은 말보다 침묵을 더 두려워해. 기자들이 뭘 캐려 해도, 다들 입 닫고 있으면 방법이 없어."

그는 소파에 다시 앉으며 덧붙였다.

"수현 엄마, 내가 교육청이나 학교에 써 온 돈이 적지 않아."

윤지연은 대답하지 않았다. 장도경은 스스로 말을 이었다.

"교육감 선거, 재작년이었잖아. 그때 공식 후원 말고도 따로 챙긴 게 꽤 있었어. 교육감만 챙기는 것도 아니고, 장학사들은 명절마다 인사하고, 교장들 중에선 자녀 취직까지 챙겨 줬지. 다들 겉으론 안 받는다면서도, 거절한 사람은 한 명도 없었어."

그는 잠시 말을 멈췄다. 와인 잔 쪽으로 시선을 돌렸지만, 여전히 손은 닿지 않았다.

"그 정도로 관계를 만들어 놨는데, 내 말을 무시할 사람 있겠어? 대전 교육계에서 나한테 신세 안 진 사람이 과연 몇이나 되겠어."

그 말에 윤지연은 와인 잔을 내려놓으며 고개를 끄덕였다. 남편의 말이 맞다는 걸 알면서도, 가끔은 그 목소리 뒤에 숨은 냉정함이 더 무섭게 느껴졌다. 그리고 그 냉정함이야말로, 그들이 지금까지 쥐고 있는 거의 모든 걸 지탱해 온 힘이라는 걸 누구보다 잘 알고 있었다.

4

강민서가 사라진 뒤 학부모들의 시선은 달라졌다. 누군가는 "어쩔 수 없는 일"이라며 체념하듯 말했고, 또 누군가는 "담임 책임"이라며 뒤에서 수군거렸다. 그때부터 한지원은 자신에게 되묻기 시작했다. 정말, 자신이 그 아이를 놓친 걸까? 처음엔 스스로를 변호하고 싶었다. "강민서가 아무 말도 안 했는데, 내가 어떻게 알 수 있었겠어."라는 변명이 입에서 흘러나왔지만, 곧 스스로 거짓임을 알아챘다. 그날, 강민서는 분명 도움을 요청했었다. 하지만 그녀는 아이의 눈보다 시험지를 먼저 봤다. 그 선택은 겉보기엔 작고 사소했지만, 되돌아보면 돌이킬 수 없는 순간이었다. 그리고 그 사실이야말로 그녀를 가장 아프게 했다.

조회가 끝난 후 한지원은 일부 학생들에게 따로 물었다.

"민서랑 친했던 친구들 있니?"

돌아오는 대답은 예상과는 사뭇 달랐다.

"솔직히 민서는 좀 이상했어요."

처음 말을 꺼낸 건 반에서 그다지 두드러지지 않던 평범한 아이였다.

"맨날 조용하고, 말도 별로 안 하고, 가끔 이상한 짓도 했어요."

"무슨 이상한 짓?"

한지원이 묻기도 전에, 옆에 있던 다른 학생이 말을 덧붙였다.

"수업 시간에도 뭔가 골똘히 생각에 잠겨 있거나, 혼잣

말을 중얼거릴 때가 있었어요."

"그래서 다들 좀 피했어요. 무서워서 그런 건 아니고, 그냥 어울리기 싫었고요."

"어울리기 싫었다고?"

"응. 좀 다른 애들이랑 다르게 행동하니까요. 괜히 민서한테 말 걸었다가, 우리까지 이상하게 보일 수도 있고……."

아이들은 자신들이 괴롭힌 적 없다고 믿고 있었다. 어울리지 않았을 뿐이라는 말 뒤에 그들은 스스로의 죄책감을 감추고 있었다. 하지만 그 무관심은 결국 고립과 따돌림으로 이어졌고, 한지원은 그 사실을 알고 있었다. 그녀는 더 이상 묻지 않았다. 아이들이 직접적인 가해자가 아니었을지라도, 그 침묵이 폭력을 더욱 심화시켰다는 걸 누구보다 잘 알고 있었기 때문이다.

복도에서 아이들이 강민서를 밀치던 장면, 교실 뒤편에서 떠돌던 수군거림, 고개를 숙인 채 늘 같은 자세로 앉아 있던 강민서. 그녀는 그 모든 장면을 알고 있었고, 그때 아무 말도 하지 않았던 자신을 떠올리며 숨을 삼켰다. 그리고 끝내, 기억해 낸 건 바로 자신의 말이었다.

'아이들끼리 그런 건 원래 있어. 너무 예민하게 받아들

이지 마.'

 무심히 던졌던 말 한마디였다. 그 말이 지금은 가시처럼 가슴을 찌르고 있었다. 그 말에 한 아이의 고통을 너무도 가볍게 여긴 자신의 태도가 고스란히 담겨 있었다.

 수업이 없는 시간, 한지원은 커피를 마시며 학급일지를 정리하고 있었다. 그때 최석진이 교무실로 찾아와 짧게 말했다.

 "지아가 내일 전학 갑니다."

 "네? 갑자기요?"

 "집안 사정이랍니다. 서류는 다 처리됐어요."

 최석진은 더는 설명하지 않았다. 하지만 한지원의 머릿속엔 하나의 의문이 계속 맴돌았다. 며칠 전 쪽지를 건넨 아이, 혹시 그게 이지아였던 건 아닐까?

 종례가 끝난 뒤, 다른 아이들이 집에 가며 웃고 떠드는 와중에도, 유독 한 아이만이 책상 위에 두 손을 꼭 모은 채 조용히 앉아 있었다. 한지원은 조심스레 그 아이에게 다가갔다.

 "지아야, 잠깐 이야기할 수 있을까?"

 아이의 어깨가 살짝 움찔했지만, 고개를 끄덕였다. 두 사람은 교무실에서 마주 앉았다.

"며칠 전 네가 선생님에게 쪽지를 줬었지?"

한지원이 조심스럽게 물었다. 이지아의 표정이 굳었다. 그리고 작은 손을 다시 한번 꽉 쥐었다.

"네."

"그때 무슨 말을 하려던 건지, 이제라도 말해 줄 수 있을까?"

아이의 눈동자가 잠시 흔들렸다. 입술을 꾹 다문 채 한참을 망설이다가, 이지아는 작게 중얼거렸다.

"선생님도 그냥 모른 척하는 게 나을 거예요."

그 말에 한지원의 등줄기를 차가운 전율이 타고 지나갔다. 이지아는 더 이상 아무 말도 하지 않았다. 그저 고개를 깊이 숙인 채 "죄송합니다."라는 말만 되뇌었다. 마치 이 상황에서 벗어나고 싶어 안간힘을 쓰는 아이처럼.

그날 저녁, 한지원은 결국 김도윤에게 전화를 걸었다.

"기자님, 저예요. 한지원입니다."

"한 선생님?"

"전학 가는 아이가 있어요. 이지아라는 학생이에요."

"지아가 전학을 간다고요?"

김도윤의 목소리가 미묘하게 낮아졌다.

"네. 그런데……."

그녀는 잠시 망설이다가 입을 열었다.

"며칠 전, 저한테 쪽지를 건넨 학생이에요."

짧은 정적 끝에, 김도윤이 나직이 말했다.

"지아가 그나마 민서랑 좀 친했던 아이였잖아요. 그런데 갑자기 전학이라니……, 뭔가 이상한데요."

그는 숨을 깊이 들이마신 뒤, 단호하게 덧붙였다.

"한 선생님, 지아가 전학 가기 전에 다시 한번 더 만나 봐야겠어요."

5

이지아는 전입학 절차를 마치고 이미 새 학교 배정을 받은 상태였다. 이날은 어머니와 함께 A중학교에 들러 마지막 인사를 나누는 일정만 남아 있었다. 먼저 교무실 한쪽에서 담임교사 한지원과 조용히 마주 앉았다. 짧은 인사를 나눈 뒤, 한지원은 이지아를 바라보며 말을 건넸다.

"지아야, 새 학교에서도 힘든 일 있으면 꼭 이야기해야 해. 선생님이 어떻게든 도와줄게."

이지아는 눈을 마주치지 않은 채 작게 고개만 끄덕였다. 어머니가 대신 인사를 건넸다.

"그동안 감사했습니다, 선생님. 전학이 갑작스레 결정돼서 저희도 좀 정신이 없네요."

그다음은 교장실이었다. 최석진은 늘 그렇듯 익숙한 표정으로 두 사람을 맞았다.

"지아야, 새 학교에서도 성실히 지내길 바란다. 지아 어머님도 건강하시고요."

최석진의 목소리는 변함없었지만, 눈빛엔 무언의 압박이 담겨 있었다.

이지아는 대답 없이 시선을 내렸고, 어머니는 짧은 숨을 고른 뒤 조심스럽게 입을 열었다.

"그동안 감사했습니다. 이런 일이 생길 줄은 몰랐네요……. 아무튼, 잘 정리하고 가겠습니다."

간단한 인사를 마친 뒤, 두 사람은 학교를 빠져나와 출입문을 향해 걸어갔다. 가방을 든 이지아의 어머니는 무언가를 중얼거리며 걸음을 멈췄다.

"어머, 핸드폰을 두고 왔네."

어머니는 아이를 돌아보며 말했다.

"지아야, 엄마가 핸드폰을 안 챙긴 것 같아. 금방 가지고 올게. 넌 먼저 나가서 기다리고 있을래?"

이지아는 말없이 고개를 끄덕이며 천천히 교문 밖으로 걸어 나왔다. 걸음은 조심스러웠고, 어깨는 평소보다 더 움츠러든 듯했다.

멀리서 걸어오는 아이를 본 건, 김도윤이었다. 학교 맞은편 인도에 서 있던 그는 가볍게 숨을 들이켰다. 손에 들었던 담배를 잠시 바라보다가, 결국 주머니에 다시 넣었다. 그의 눈빛은 날카롭고도 차분했다. 이지아가 학교를 떠나기 전 반드시 만나야 한다는 직감이, 고요하게 그러나 확고히 가슴을 두드리고 있었다. 김도윤은 교문 밖 인도 가장자리를 따라 조심스럽게 다가갔다. 이지아는 그를 보고 잠시 멈춰 섰다. 익숙한 듯, 그러나 낯선 듯한 표정이 얼굴에 떠올랐다.

"지아야."

귀에 익은 목소리에 이지아가 놀란 듯 고개를 들었다.

"기자 아저씨?"

"응. 아저씨야. 전에 잠깐 봤었지."

김도윤은 부드러운 표정을 지으며 손짓 없이 말만으로 인사를 건넸다.

"잠깐이면 돼. 궁금한 게 있어서 왔어. 혹시 잠깐 괜찮을까?"

이지아는 주변을 빠르게 둘러보았다. 어머니는 아직 학교 안에서 나오지 않았고, 교문 근처엔 다른 사람의 인기척도 없었다. 아이는 잠시 머뭇거리다 천천히 고개를 끄덕였다.

"네……."

김도윤은 아이의 눈높이에 맞춰 자세를 살짝 낮추었다.

"전학 간다고 해서 놀랐어. 지난번엔 그런 얘기 없었잖아. 갑자기 이렇게 떠나게 된 이유, 혹시 말해 줄 수 있을까?"

이지아는 대답하지 않았다. 고개를 살짝 떨군 채, 가방 끈을 꼭 쥐고 있었다. 손등엔 잔뜩 힘이 들어가 있었다.

"물론 집안 사정이라면 이해하지. 그런데 그게 전부는 아닐 것 같아서."

김도윤은 말끝을 흐리지 않고 조심스레, 하지만 단호하게 덧붙였다. 아이가 다시 머뭇거리는 기색을 보이자, 한 걸음 더 가까이 다가갔다.

"지아야, 마지막으로 민서랑 얘기했을 때……, 혹시 너만 들은 말이 있었니? 아무한테도 말하지 않은 그런 얘기."

잠시 망설이던 이지아는 조심스럽게 입을 열었다.

"……민서가, 누가 자기를 협박하고 있다고 했어요."

김도윤의 눈빛이 순식간에 좁아졌다. 그는 침착한 목소리로 물었다.

"협박? 누가?"

이지아는 고개를 저었다.

"그건 말하면 안 된대요. 말하면 더 위험해진다고 했어요."

"민서가 왜 그런 말을 했을까? 무슨 일이 있었는지는 말해 줬어? 혹시, 뭘 봤다든가……."

이지아는 눈을 내리깔았다. 말끝을 망설이다가 고개를 저었다.

"정확히는 몰라요. 그냥…… 무섭다고만 했어요."

김도윤은 조용히 아이의 얼굴을 바라보았다. 피하는 시선, 말없이 흔들리는 손끝. 거짓말은 아니었다. 하지만 숨기고 있는 게 있었다. 그때, 멀리서 학교 출입문이 다시 열렸다. 핸드폰을 손에 든 이지아의 어머니가 모습을 드러냈다. 시간이 얼마 남지 않았다. 김도윤은 숨을 한 번 고르고 마지막 질문을 던졌다.

"지아야, 하나만 더 묻자. 전학 얘기 나온 다음에……, 혹시 누가 너한테 아무 말도 하지 말라고 한 사람 있어?"

그 순간, 이지아의 어깨가 미세하게 떨렸다. 그리고 무의식적으로 왼손으로 오른쪽 손목을 감싸 쥐었다. 김도윤은 그 작은 움직임을 놓치지 않았다.

"누구였어?"

이지아는 입술을 꼭 다물다가, 아주 작은 목소리로 말했다.

"……교장선생님이요."

김도윤의 표정이 단단하게 굳어졌다.

"교장선생님이 무슨 말을 했는데?"

"어제…… 교장실로 불려 갔어요. 괜히 나서지 않는 게 좋겠다고 하셨어요."

"그게 전부야?"

이지아는 눈을 질끈 감았다. 마치 그것마저 말하는 게 죄인 듯한 표정이었다.

"전학 가는 김에, 다 잊고 지내는 게 좋겠다고도 했어요."

어머니가 이지아에게 다가오고 있었다. 아이는 조용히

가방끈을 고쳐 메고 천천히 몸을 돌렸다. 그러다 마지막으로 다시 김도윤을 바라보았다. 그 눈빛엔 말로 다 하지 못한 두려움이 고스란히 담겨 있었다. 그리고 아이는 아주 조용히, 그러나 또렷하게 속삭였다.

"……기자 아저씨도 조심하세요."

그 말을 끝으로 이지아는 조용히 고개를 숙였다. 잠시 뒤 어머니가 아이 곁으로 다가왔고, 두 사람은 아무 말 없이 나란히 걸음을 옮겼다. 이지아는 고개를 들지 않았다. 작게 움츠러든 어깨와 무거운 발걸음만이 아이의 마음을 대변하고 있었다. 김도윤은 그 뒷모습을 한동안 바라보았다. 아이가 남긴 한마디가, 속으로 내려앉아 먹먹한 울림이 됐다. 그는 주머니 속 담배를 다시 꺼냈다가, 한참 동안 손안에 쥔 채 피우지 못했다. 멀어지는 두 사람의 그림자가 인도 너머로 사라질 때까지, 그는 눈을 떼지 않았다.

6

 수업이 끝난 뒤, 한지원은 교무실 책상 앞에 앉아 학급일지를 다시 펼쳤다. 기록을 넘기던 손끝이 잠시 멈췄지만, 그녀의 시선은 글자 위에 오래 머물지 않았다. 어제부로 전학을 간 이지아. 떠나는 날까지도 끝내 입을 열지 않았던 아이. 말하고 싶은 게 있었던 건지, 아니면 끝까지 말하지 않겠다는 결심이었는지, 여전히 알 수 없었다. 떠난 자리엔 설명도 이유도 남지 않았고, 남은 건 짧은 작별 인사 한마디 없이 사라진 공백뿐이었다. 그녀는 문득, 이지아의 마지막 눈빛을 떠올렸다. 조용했지만 분명 무언가를 말하고 있었다. '선생님도 알고 있죠?' 마치 그렇게 말하던 눈동자. 그때, 교무부장이 조심스럽게 다가왔다.
 "한 선생, 교장선생님이 좀 보자고 하시네요."
 한지원은 고개를 들었다.
 "저요?"
 "네. 강민서 학생 건으로 할 얘기가 있다고 하십니다."
 그녀는 순간 심장이 철렁 내려앉았다. 강민서 실종으로 최석진이 불러들인다는 건, 결코 좋은 소식이 아닐

것이다. 조용한 긴장감 속에서, 그녀는 교장실 문을 두드렸다.

"들어와요."

최석진은 컴퓨터 앞에 앉아 있었다. 그의 표정은 평소처럼 온화했지만, 그 눈빛은 날카로웠다.

"한 선생, 앉아요."

한지원은 조심스럽게 자리에 앉았다.

"혹시 강민서 학생 생활기록부를 최근에 확인해 봤습니까?"

한지원은 순간 당황했다.

"아뇨. 무슨 문제라도 있나요?"

최석진은 마우스를 움직여 자신의 컴퓨터 화면을 돌려 보였다. 거기에는 NEIS(나이스) 시스템의 로그인 화면이 떠 있었다.

"이걸 직접 수정해 줬으면 합니다."

한지원은 화면을 바라보았다.

"잠깐만요, 교장선생님. 생기부를 수정하라고요?"

최석진은 고개를 끄덕이며 덤덤하게 말했다.

"강민서 학생의 생기부에서 몇 가지 표현을 정리하면 좋을 것 같습니다."

"어떤 표현이요?"

최석진은 태연하게 말했다.

"'친구 관계에서 어려움을 겪고 있음'을 '친구들과 원만하게 지냄'으로 바꿔 주고요. 괴롭힘 관련 기록은 불필요한 오해를 부를 수 있으니 삭제하고요. 정서적으로 불안하다는 표현도 빼고, 평범한 학생이었다는 식으로 정리하면 됩니다."

한지원은 믿을 수 없다는 표정으로 최석진을 바라보았다.

"교장선생님. 이건 기록을 조작하는 거잖아요."

최석진은 미소를 유지하며 대답했다.

"아닙니다. 단순한 행정 업무죠. 민서 학생이 실종된 상태에서, 이런 기록이 남아 있으면 오해를 불러일으킬 수 있습니다. 학교를 위한 일이기도 하고요."

그의 목소리는 마치 이건 단순한 수정일 뿐이라는 듯 가벼웠다. 하지만 한지원은 알고 있었다. 이건 단순한 수정이 아니다. 진실을 지우는 행위다. 최석진은 화면을 가리키며 덧붙였다.

"로그인하세요."

한지원은 손끝이 떨렸다. 나이스 시스템은 담임교사만

이 직접 생기부를 수정할 수 있는 시스템이다. 그녀는 키보드 위에 손을 올렸다. 한지원은 망설였다. 지금 로그인하면, 최석진이 시키는 대로 생기부를 수정해야 한다. 하지만 거부한다면?

"교장선생님, 이건 교육청에서 검토해야 하는 문제 아닐까요?"

그 말이 나오자, 최석진의 미소가 서서히 사라졌다.

"한 선생."

최석진은 몸을 앞으로 숙이며, 낮고 단호한 목소리로 말했다.

"학교에 불필요한 문제를 만들지 마세요."

최석진은 이미 답을 정해 두고 있었다. 그녀가 거부할 수 없는 상황을 만들기 위해 이 자리에 부른 것이다. 최석진은 다시 화면을 가리켰다.

"한 선생이 직접 수정해 주는 게 좋습니다. 그래야 깔끔하게 끝날 수 있어요."

한지원은 숨을 들이마셨다. 로그인하고, 몇 가지 단어만 수정하면 끝이다. 하지만 그렇게 하면 강민서의 마지막 기록은 사라진다. 그녀는 조용히 키보드 위에 손을 올렸다. 그러나 아무것도 입력하지 않았다.

"죄송합니다, 교장선생님. 잠깐 생각할 시간을 주실 수 있을까요?"

최석진은 고개를 끄덕이며 미소를 되찾았다.

"좋습니다. 내일 오전까지 처리해 주세요."

한지원은 아무 말도 하지 못했다. 최석진은 그녀가 거부할 수도 있다는 걸 알기에, 시간을 준 것이다. 그리고 그 하루 동안 그녀가 이게 최선이라고 체념하기를 바라고 있었다. 최석진의 지시를 거절하면, 이 학교에서 버티기 어려워질 수도 있다. 하지만 그렇다고, 정말 수정해야 할까?

그날 밤, 한지원은 노트북을 켜고 나이스에 접속했다. 입력창에는 그녀의 아이디와 비밀번호가 비어 있었다. 손을 올려놓았지만, 입력하지 않았다. 마우스를 잡은 손끝이 미세하게 떨렸다. 몇 번이고 아이디를 입력할까 말까 망설였다. 그냥 수정하면 되는 일이라고, 누가 알기라도 하겠냐며 스스로를 타일렀다. 어차피 강민서는 이제 없으니 아무 일도 아닐 거라고 애써 자신을 속이고 있었다. 한지원은 그렇게 스스로를 타이르듯 고개를 숙였다. 하지만 마음 깊숙이 밀어 두었던 문장이 불쑥 떠올랐다. 잊으려 애썼고, 외면하려 했던 말들이었다. 상담

일지에 기록된 바로는 강민서가 자신에게 이상한 일이 생기고 있다고 털어놓았으며, '그 아이'가 자신을 가만두지 않을 것 같다는 불안을 드러냈다. 그리고 마지막으로, 어제는 누군가가 집 앞까지 따라왔다고 조심스럽게 덧붙여져 있었다.

그녀의 가슴이 조용히 내려앉았다. 왜 그땐 그 말이 그렇게 가볍게 들렸던 걸까. 왜 아이의 두려움을 단지 예민한 반응쯤으로 여겼을까. 한 글자, 한 글자, 상담일지의 문장이 또렷이 떠오를수록, 죄책감이 날카로운 바늘처럼 가슴을 찔렀다. 그 애는 분명히 도와달라고 말하고 있었는데. 마음속 어딘가가 천천히 무너지고 있었다. 그 문장은 단순한 기록이 아니라, 도와달라고 마지막으로 내민 아이의 손이었다. 그녀는 숨을 삼켰다. 이 아이는 마지막 순간까지 누군가에게 도움을 요청했다. 하지만 그 도움을 제대로 받지 못했다. 그리고 지금, 그 아이의 기록조차 사라지려 하고 있다. 한지원은 자리에서 벌떡 일어났다.

"이건 안 돼……."

말끝을 흐리며 그녀는 노트북을 닫았다. 그리고 잠시, 아무 말 없이 깊은숨을 내쉬었다. 그녀는 알고 있었다.

이 기록만은 절대로, 그리고 결코, 바꿔서는 안 된다는 것을.

다음 날 오후, 한지원은 무거운 마음으로 나이스 시스템에 접속했다. 그러나 눈앞에 펼쳐진 화면을 보는 순간, 그녀는 숨이 턱 막히는 듯한 충격을 받았다. 어제까지 그대로였던 강민서의 학교생활기록부 내용이 완전히 바뀌어 있었던 것이다.

> 학교생활에 별다른 문제 없이 성실히 적응하고 있으며, 또래 친구들과 원만한 관계를 유지하고 학급 내에서도 안정적인 모습을 보임.

한지원은 믿기지 않는다는 듯 모니터를 응시하다가, 이내 자리에서 벌떡 일어났다. 그녀는 곧장 교무부장한테로 향했다.
"누가 강민서 학생 생기부를 수정한 겁니까?"
교무부장은 의아한 듯 고개를 갸웃거렸다.
"한 선생이 한 거 아닌가요?"
"제가요?"

"예. 시스템상엔 그렇게 되어 있는데요?"

"전 손댄 적 없습니다. 어제 확인했을 땐 수정 전 상태였어요."

교무부장은 어깨를 으쓱였다.

"그럼 뭐……, 착각한 거 아닐까요? 다른 학생 기록하고 헷갈린 건지도 모르고요."

한지원의 눈빛이 서늘하게 빛났다. 분명한 것은 누군가 그녀 몰래 기록을 바꿨다는 사실이었다. 자리에 돌아온 그녀는 다시 나이스 시스템에 접속했다. 생기부 수정 이력을 조회하자, 기록상 수정자는 담임교사로 되어 있었고, 변경 내용은 '특이 사항 없음'으로 처리돼 있었다. 담임교사 본인이 직접 하지 않는 이상 기록을 수정할 수 없는 구조. 그런데 지금 이 기록은 마치 그녀가 자발적으로 강민서의 과거를 지운 것처럼 조작돼 있었다.

'이건 명백한 조작이야.'

그녀는 속으로 되뇌며, 깊은숨을 삼켰다. 학교 내부에서 누군가가 강제로 생기부를 수정했다는 강력한 증거가 생긴 것이다.

7

 늦은 저녁, A중학교 근처의 무인 카페. 한지원은 천천히 문을 열고 안으로 들어섰다. 구석 자리에서 노트북을 펴고 앉아 있던 김도윤이 고개를 들었다. 그녀는 조심스럽게 다가가 맞은편에 앉았다.
"기자님, 시간 내주셔서 감사합니다."
"괜찮습니다. 말씀하시죠."
 잠시 머뭇거리던 그녀가 조심스레 말했다.
"어제 교장선생님이 민서의 생기부를 문제없게 수정하라고 지시했는데, 차마 그렇게 할 수가 없어서 망설이는 사이에 어느새 교장 지시대로 내용이 바뀌어 버렸어요."
 김도윤은 고개를 갸웃하며 그녀를 바라보았다.
"수정된 생기부 좀 보여 줄 수 있나요?"
 한지원은 핸드폰을 켜, 나이스 시스템에 접속해 둔 화면을 그에게 보여 줬다.
"지금은 이렇습니다. 일부 항목이 사라졌고, 표현도 달라졌어요."
 김도윤은 조용히 화면을 들여다보며 눈썹을 살짝 찌푸렸다.

"혹시 수정 이력은 확인해 보셨어요?"

"제가 수정한 적이 없는데, 이력에는 제가 수정한 걸로 나와요. 누가 제 아이디를 도용해서 기록을 바꾼 것 같아요."

그녀의 말투에는 여전히 조심스러움이 묻어났다. 마치 눈치를 보듯, 어떤 선을 넘지 않으려 애쓰는 모습이었다.

"학교에 공식적으로 문제 삼을 생각이세요?"

한지원은 잠시 망설였다.

"정식으로 요청하면, 제가 문제를 키운 사람처럼 보일 수도 있거든요."

김도윤은 고개를 끄덕였다.

"그럴 수도 있죠. 학교 정서라는 게……."

그는 말을 흐리며 수첩을 꺼냈다.

"하지만 조작을 확인한 지금, 아무것도 안 하는 건 오히려 더 큰 문제를 만들 수 있습니다."

한지원은 그의 말에 반박하지 않았다. 다만, 고개를 살짝 숙이며 작게 중얼거렸다.

"맞아요. 저도 그게…… 두렵긴 해도, 그냥 넘길 수는 없어서요."

김도윤은 수첩에 짧게 몇 줄을 적더니 조용히 말을 꺼

냈다.

"이건 두 갈래 접근이 필요합니다. 선생님은 학교 내부 절차를 통해 공식적으로 생기부 수정 이력을 요청해 보세요. 로그인한 IP 주소를 확인하면, 누가 한 선생님의 아이디로 접속했는지 알 수 있을 거예요. 그리고 저는 대전교육청을 통해 행정 민원을 넣겠습니다."

한지원은 놀란 듯 그를 바라봤다.

"교육청이요?"

"학교보다 상위 기관이고, 이력을 직접 확인할 권한도 있죠."

그녀는 아직 확신이 서지 않은 듯, 조심스럽게 물었다.

"기자님…… 이런 일까지 해도 괜찮으세요?"

김도윤은 짧게 웃었다.

"한 선생님이 먼저 움직이셨잖아요. 저는 그걸 따라가는 것뿐입니다."

두 사람 사이엔 여전히 거리감이 있었다. 하지만 그날 밤의 대화는 처음으로 '같은 방향'을 바라본 순간이었다. 그리고 그 순간은, 더 큰 진실로 나아가기 위한 조용한 출발점이기도 했다.

다음 날 아침, 한지원은 결심한 듯 교무부장을 찾았다.

"저, 생기부 로그인 기록을 확인하고 싶습니다."

교무부장은 순간 당황한 표정을 지었다.

"무슨 말이죠?"

"강민서 학생의 생활기록부 로그인 정보를 확인하고 싶습니다. 나이스에 로그인한 IP 주소 기록이 남아 있을 거예요."

교무부장은 어색하게 웃었다.

"그걸 갑자기 왜요?"

"제가 담임교사인데, 제 신청 없이 변경된 기록이 있어서요. 누가 제 아이디로 로그인해서 수정한 건지 확인하려고 합니다."

교무부장은 머뭇거리며 대답을 회피했다.

"학교 정보부장이 교육청 정보보안 담당자에게 요청하고, 이후 나이스 운영센터에서 확인하는 절차라 조금 복잡합니다. 그전에 교장선생님께 먼저 여쭤보시는 게 좋을 것 같아요."

한지원은 이를 악물었다.

"그럼 공문을 작성해서 교육청 담당자에게 공식적으로 요청하겠습니다."

그 순간 교무부장의 표정이 굳어졌다.

"잠깐만요. 그럴 필요까지는 없습니다."

한지원이 공문을 작성하려고 막 자리에 앉았을 때, 교무실 출입구 쪽에서 최석진의 목소리가 들렸다.

"한 선생, 잠깐 좀 봅시다."

고개를 들자, 그는 출입구에 서서 무표정한 얼굴로 그녀를 바라보고 있었다. 교장실에 들어서자, 최석진은 미간을 좁힌 채 말없이 그녀를 바라보았다.

"한 선생, 뭘 그렇게까지 확인하려 합니까?"

한지원은 차갑게 응시했다.

"생기부 로그인 이력을 확인하고 싶습니다. 제 신청 없이 변경되었으니까요."

최석진은 커피를 한 모금 마시며 말했다.

"혹시 한 선생이 직접 수정해 놓고 잠깐 잊은 건 아닐까요? 너무 민감하게 받아들일 필요는 없을 것 같은데요."

"그렇다면, 공식적으로 요청해서 확인해 보면 될 일입니다."

커피잔을 조용히 내려놓는 그의 눈빛이 어느새 날카롭게 변해 있었다.

"한 선생."

그는 몸을 앞으로 숙이며 낮은 목소리로 말했다.

"학교에 불필요한 문제를 만들지 마세요."

한지원은 숨을 들이마셨다.

"이건 문제를 만드는 게 아니라 사실을 확인하는 겁니다."

최석진은 잠시 침묵하더니 조용히 말했다.

"이미 정리된 문제입니다. 더는 신경 쓰지 않는 게 좋을 겁니다."

최석진은 이미 모든 걸 알고 있었다. 그리고 그걸 덮으려 하고 있었다. 한지원의 연락을 받은 김도윤은 곧바로 상황을 파악했다. 생기부 수정 이력을 확인하는 과정에서 학교뿐만 아니라, 대전교육청에서도 방해받을 가능성이 크다는 사실이 명확해졌다. 단순한 실수가 아니라면, 누군가 의도적으로 이를 은폐하고 있다는 뜻이었다. 그리고 그 배후가 학교에만 국한되지 않을 수도 있다는 생각이 들었다. 그렇다면 법적으로 열람 권한을 가진 사람과 함께 움직여야 한다.

김도윤은 핸드폰을 들어 한지원이 보낸 정보를 다시 확인한 뒤, 짧게 숨을 내쉬었다. 이제 강민서의 어머니를 직접 만나야 할 차례였다. 그녀는 강민서 실종 이후 언론과 접촉을 꺼려 왔다. 그는 깊은숨을 내쉬고 전화를 걸었다.

"여보세요?"

이수정의 목소리는 날카로웠다.

"아니, 또 무슨 일이에요?"

김도윤은 차분하게 말했다.

"민서 어머님, 학교에서 민서 양의 생기부를 조작한 흔적이 있습니다."

전화기 너머에서 날카로운 숨소리가 들렸다.

"뭐요?"

"지금 대전교육청에서 확인하면, 학교가 뭘 숨기려 하는지 정확히 알 수 있습니다. 저와 함께 가 주시겠습니까?"

이수정은 한숨을 내쉬며 짜증 섞인 목소리로 말했다.

"아니, 그놈의 학교는 대체 언제까지 내 애를 괴롭히는 거야? 실종된 것도 모자라서 이제는 기록까지 없애?"

김도윤이 조용히 기다리자 그녀는 다시 소리쳤다.

"됐어요. 지금 당장 갑시다."

이수정의 단호한 목소리에 김도윤은 짧게 답했다.

"대전교육청에서 뵙겠습니다. 곧 출발하겠습니다."

전화를 끊은 그는 노트북을 닫고 가방을 챙겼다. 수첩 위 메모를 훑어보며 다시 한번 생각을 정리했다. 학교가 생기부를 조작했다. 교육청에서도 이를 은폐하려 할 가능성이 있다. 이수정과 함께 요청하면, 공식적으로 기록을 확인할 수 있다. 김도윤은 깊게 숨을 들이쉬고는 천천히 자리에서 일어났다. 이제는 더 이상 망설일 시간이 아니었다.

그는 차에 올라 내비게이션을 켜고 목적지 대전교육청을 입력했다. 예상 소요 시간은 20분이라고 나왔다. 시동이 걸리자, 차는 도심 속을 미끄러지듯 빠져나가기 시작했다. 출근 시간대가 지나 도로는 한산했지만, 그의 머릿속은 되레 더 복잡하게 얽혀 있었다. 차창 너머로 스쳐 지나가는 대전의 풍경이 흐릿한 그림처럼 지나가는 사이, 생각은 점점 깊어졌다. 생각은 하나둘 의심의 가지를 뻗었고, 그 끝은 점점 더 무거운 진실로 이어지고 있었다. 김도윤은 입술을 굳게 다문 채 운전대를 조금 더 힘주어 잡았다.

8

 교육청 주차장에 차를 세우고 입구로 향하자, 이수정이 이미 그곳에 서 있었다. 그녀는 팔짱을 낀 채 초조한 기색이 역력했으며, 주변을 날카로운 눈빛으로 살피고 있었다. 김도윤이 다가가자, 그녀는 곧장 걸어오며 낮고 단호한 목소리로 말했다.
 "기다릴 시간 없어요. 바로 들어갑시다."
 그녀의 말투에는 참을성이 바닥난 조급함과 분노가 뒤섞여 있었다. 김도윤은 짧게 고개를 끄덕이며 문을 열었다.
 "좋습니다. 가시죠."
 두 사람은 굳은 얼굴로 대전교육청 건물 안으로 발걸음을 옮겼다. 이수정은 초조한 듯 머리를 몇 번이나 쓸어 넘기며, 주변을 매섭게 살폈다. 그녀는 민원실 카운터로 다가가자마자, 직원이 말을 꺼내기도 전에 목소리를 높였다.
 "여기 생활기록부 수정 기록 확인하러 왔어요!"
 직원이 당황한 듯 서류를 정리하며 물었다.
 "보호자 본인 맞으십니까?"
 "네, 맞아요! 보호자가 아니라면 누가 오겠어요? 신분증 여기 있어요!"

그녀는 손에 쥔 신분증을 테이블 위에 쾅 내려놓았다. 김도윤이 옆에서 조용히 말했다.

"강민서 학생의 생기부 수정 이력을 조회하고 싶습니다."

직원이 키보드를 두드리며 물었다.

"요청 사유는 어떻게 되십니까?"

이수정이 다시 폭발했다.

"사유요? 아니, 학교에서 내 딸 기록을 마음대로 바꿨다는데 그게 사유가 안 된다고요?"

직원은 당황해서 주위를 둘러봤다.

"진정해 주십시오, 학부모님. 절차대로 진행하겠습니다."

삼십여 분 후, 정보보안 담당 부서로부터 연락은 받은 직원의 표정이 굳어졌다.

"이상하네요……."

김도윤이 바로 물었다.

"뭐가 이상하죠?"

직원은 김도윤과 이수정을 조심스럽게 바라보며 말했다.

"정보보안 담당자가 확인해 봤는데, 말씀하신 대로 수정 이력은 있습니다. 다만 수정자는 한지원 선생님으로 되어 있네요."

이수정이 눈을 부릅떴다.

"뭐라고요? 한 선생님이 수정했다고요?"

"네. 나이스 시스템상으로는 그렇게 나오고 있습니다. 로그인한 IP 주소도 기존에 한 선생님이 평소 사용하시던 것과 동일하게 기록되어 있습니다."

이수정이 자리에서 벌떡 일어났다.

"그게 말이 돼요? 선생님이 자기가 한 것도 모를 만큼 멍청하다고요?"

직원이 당황한 듯 손을 흔들었다.

"그게 아니라……, 기록상으로는 그렇다는 뜻입니다. 시스템에 남아 있는 정보로는 외부 접속 흔적이 보이지 않아서요."

"그럼 누가 선생님 아이디를 쓴 거예요. 학교 안에서!"

민원실 직원들이 슬쩍 이쪽을 쳐다보기 시작했다. 김도윤이 이수정의 팔을 붙잡으며 조용히 말했다.

"민서 어머님, 조금만 진정하세요."

"진정? 지금 내 딸 기록이 누군가 손댔는데, 내가 조용히 있어야 한다고요?"

그녀는 분노에 찬 채 복도 안을 거칠게 걸어 다녔다.

"이건 교사 개인정보보호 차원의 문제가 아니라니까요! 학교랑 교육청이 다 한패야! 누가 선생님 아이디로 들어가서 조작까지 해 놓고, 이제 와서 덮으려는 거잖아!"

직원이 진땀을 흘리며 주변을 살폈다.

"제발 목소리 좀 낮춰 주시겠습니까……."

그러나 이수정은 오히려 더 소리쳤다.

"내 딸이 사라졌고 이제는 기록까지 지워졌는데, 그럼 조용히 하라고요?"

그녀는 책상 위의 인쇄물을 하나 집어 벽 쪽으로 내던졌다. 직원들이 황급히 뒷걸음질 쳤다.

"당장 교육감 불러와요! 내가 가만히 안 있을 테니까!"

김도윤은 그녀를 진정시키며 조용히 말했다.

"우리가 원하는 건 사실을 밝히는 겁니다. 지금처럼 감정적으로 나가면, 교육청은 오히려 우리를 회피하려 들 겁니다."

이수정은 숨을 거칠게 몰아쉬다가 이내 주저앉아 머리를 감쌌다.

"그럼 기자님이 알아서 하세요. 난 정말 못 참겠어

요……."

김도윤은 민원실 직원을 향해 다시 물었다.

"기록상으로는 분명히 한지원 선생님이 수정한 걸로 나오고, 로그인 정보도 일치한다는 말씀이시죠?"

직원은 난감한 얼굴로 고개를 끄덕였다.

"네……, 전산상으로는 그렇게 확인되고 있습니다."

대전교육청 민원실을 나온 두 사람은 근처 카페에 자리를 잡았다. 이수정은 손을 떨며 종이컵을 힘껏 쥐었다.

"이거 그냥 넘기면 안 돼요. 내가 직접 나서야 해요."

김도윤은 차분하게 말했다.

"지금은 정식 절차를 밟는 게 먼저입니다. 국민신문고에 민원을 제기하고, 언론을 통해 공론화하면 교육청도 움직일 수밖에 없어요."

"근데 기자님, 만약 이것도 막아 버리면요?"

김도윤은 조용히 창밖을 바라보며 말했다.

"그땐 다음 수를 준비해야죠."

며칠 후 이수정에게 학교 측에서 연락이 왔다.

"민서 어머님, 국민신문고에 민원을 넣으셨다고 들었습니다."

"그런데요?"

"학교에서 적극적으로 협조하겠습니다. 그런데 굳이 이렇게까지 일을 키울 필요가 있을까요?"

이수정은 눈을 가늘게 떴다.

"지금 제게 협조한다고요? 그럼 제 딸 생기부는 왜 조작됐나요?"

"그 건은 내부적으로 알아보고 있습니다. 혹시 민원을 철회해 주시면, 교육청과 협의해서 원만하게 해결할 수 있도록 돕겠습니다."

이수정은 헛웃음을 터뜨렸다.

"민원 철회? 그러니까 조용히 넘어가라는 거죠?"

"그렇게 심각하게 생각하실 필요 없습니다. 어머님도 불필요한 마찰을 원치 않으실 테니까요."

"됐어요. 내가 미쳤다고 철회하겠어요? 오히려 더 키울 겁니다."

"뭐! 좋습니다. 선택은 민서 어머님께 달려 있습니다."

전화가 끊어졌다. 이수정은 핸드폰을 내려놓으며 이를 악물었다. 이제 이 싸움이 더 거세질 것이라는 걸 직감했다.

그 무렵 한지원은 학교 내에서 점점 고립되는 걸 실감하고 있었다. 교무실에 들어설 때마다 동료 교사들의 시선이 미묘하게 변했다. 아무도 대놓고 말은 하지 않았지만, 분위기가 달라졌다. 회의 중 최석진이 아무렇지 않은 듯 말했다.

"최근 불필요한 문제 제기로 인해 학교 운영이 어려워지고 있습니다. 모두 신중하게 행동해 주시기 바랍니다."

한지원은 그 말이 자신을 겨냥한 것임을 직감했다. 회의가 끝난 후 교무부장이 다가왔다.

"한 선생, 교장선생님께서 잠시 보자고 하십니다."

그녀는 조용히 숨을 삼켰다. 이제 최석진이 본격적으로 압박을 가하려 한다. 교장실 문이 조용히 닫히자, 최석진은 커피를 한 모금 마시며 말했다.

"한 선생, 참으로 열정적입니다."

한지원은 차분하게 대답했다.

"당연히 해야 할 일을 하고 있을 뿐입니다."

최석진은 웃으며 말을 이었다.

"그런데 너무 앞서 나가는 건 좋지 않습니다. 선생님도 아시잖아요? 이 학교에서 얼마나 많은 일이 조용히 해결

되는지."

"그게 무슨 뜻이죠?"

"우리는 학교라는 공동체 안에서 함께 일하는 사람들입니다. 그런데 굳이, 조직을 흔들 필요가 있을까요?"

최석진은 교직 근무 평가 보고서를 그녀 앞에 밀어 놓았다. 한지원은 눈가가 떨리는 걸 느꼈다. 최석진이 그녀의 교직 생활 자체를 위협하려 하고 있었다. 그는 천천히 말했다.

"한 선생, 지금처럼 계속 문제를 제기하면, 곧 여러 가지 어려움이 생길 겁니다. 신중히 생각하길 바랍니다."

한지원은 숨을 깊이 들이마셨다. 그리고 그녀의 자리로 돌아왔을 때, 동료 교사들은 아무 일도 없었다는 듯 자신들의 업무에만 집중하고 있었다.

"한 선생, 잠깐만요."

교무부장이 최석진을 만나고 돌아온 한지원을 불렀다.

"네?"

그녀가 돌아보자, 교무부장은 어딘가 난처한 표정을 지으며 말했다.

"교장선생님께서 한 선생이 교육청과 접촉한 걸 알고 계십니다."

한지원은 당황했다.

"교육청이요? 전 그런 적 없는데요?"

교무부장은 애매한 표정을 지으며 어깨를 으쓱했다.

"어쨌든 그런 이야기들이 돌고 있습니다. 교장선생님도 많이 신경 쓰고 계신 것 같더라고요."

"근거도 없이 그런 이야기가 도는 거예요?"

"한 선생, 솔직히 말해서 요즘 너무 앞서 나가는 거 아닙니까?"

교무부장은 한숨을 쉬었다.

"나는 그냥 조언하는 겁니다. 학교에서 오래 일하고 싶다면, 괜한 분란을 일으키지 않는 게 좋습니다."

한지원은 입술을 꾹 깨물었다. 그녀는 교육청에 직접 접촉한 적이 없다. 하지만 한지원이 문제를 제기하는 순간 문제 인물이 되어 버렸다. 그녀가 교무실을 나설 때, 동료 교사 몇몇이 미묘한 시선으로 그녀를 바라보았다.

"그쪽에서 확인해 줄 수 있는 게 없다는 겁니까?"

김도윤은 교육청의 한 관계자를 직접 만나 묻고 있었다. 상대는 잠시 눈치를 보더니 조심스럽게 말했다.

"죄송합니다, 기자님. 해당 로그인 기록은 저희 내부

시스템으로도 추가 조회가 어렵습니다."

"로그인한 IP 주소는요? 누가 접속했는지 확인할 수 있지 않습니까?"

관계자는 잠시 망설이다가 고개를 저었다.

"기록상 접속한 IP 주소는 평소 한지원 선생님이 사용하시던 것과 동일합니다. 외부에서 도용한 흔적은 현재로선 확인되지 않습니다."

"그럼, 누군가 내부에서 선생님 컴퓨터 계정을 통해 조작했을 수도 있겠군요."

김도윤의 말에 관계자는 애매하게 미소를 지으며 말을 흐렸다.

"확정적으로 말씀드리기 어렵습니다. 시스템상으로는 정상이지만, 그 외의 부분은 저희 소관이 아닙니다."

김도윤은 확신했다. 이건 단순한 착오가 아니다. 누군가 의도적으로 흔적을 감추고 있다. 하지만 문제는 그가 아무리 움직여도 이 이상으로는 발을 뻗을 수 없다는 점이었다. 쥐고 있던 수첩을 조용히 덮으며 그는 느꼈다. 진실에 가까워질수록 그것을 감추려는 벽은 더욱 단단하고 치밀해지고 있음을. 그리고 지금, 그는 그 벽의 가장자리에서 멈춰 서 있었다.

얼마 뒤 이수정은 국민신문고에 접수했던 민원의 답변을 받았다. 핸드폰 화면에 떠오른 문장은 차갑고 형식적이었다.

> 조사 결과, 해당 학교의 생활기록부 수정 이력에 대한 공식적인 오류는 확인되지 않았습니다. 향후 동일한 문제가 발생하지 않도록 주의하겠습니다. 추가적인 문의 사항은 해당 교육청으로 연락해 주시기 바랍니다.

그녀는 황당하다는 듯 코웃음을 흘렸다. 의심은 더 짙어졌고, 그 짧은 문장들 속에 숨겨진 무책임함이 그녀의 속을 뒤집었다. 이수정은 더는 참지 못한 채, 벌떡 일어나 교육청의 번호를 눌렀다.

"아니, 학교에서 애 기록을 조작했는데, 그걸 확인할 방법이 없다고요?"

"해당 사안은 내부적으로 검토한 결과, 문제는 없는 것으로 확인되었습니다."

"그러니까 그냥 덮겠다는 거네?"

"추가 조사가 필요하시면 별도의 절차를 통해 정식 요청해 주시면 됩니다."

이수정은 핸드폰을 꾹 눌러 전화를 끊었다. 그리고 깊이 숨을 들이마셨다. 이 싸움을 시작하면 뭔가 바뀔 줄 알았다. 하지만 아무것도 변하지 않았다. 한지원은 학교에서 고립되었다. 김도윤은 교육청에서도 정보를 얻지 못하고 막혔다. 이수정은 국민신문고에서도 별다른 성과를 얻지 못했다. 그들은 각자의 자리에서 싸웠다. 하지만 지금, 아무것도 바꿀 수 없다는 현실이 그들을 짓눌렀다.

9

김도윤은 수첩을 천천히 펼쳤다. 그는 지금까지의 취재 내용을 되짚으며 한 가지 사실에 주목했다. 기록이 수정된 것은 단순한 실수가 아니다. 누군가 의도적으로 이를 감추고 있다면, 그 자체가 가장 강력한 단서가 될 것이다. 그는 노트북을 열고 천천히 기사를 작성하기 시작했다.

대전 A중 생기부 조작 의혹 … 대전교육청 'IP 동일' 해명 논란

대전 A중학교에서 특정 학생의 생활기록부가 외부 개입 없이 수정됐다는 의혹이 제기되면서 교육당국의 해명이 도마 위에 올랐다. 대전교육청은 "담임교사 계정으로 접속한 기록이 남아 있다"며 도용 가능성을 일축했지만, 정작 그 근거로 제시한 '로그인 IP 주소 동일' 주장에 대한 반발이 커지고 있다.

본지 취재에 따르면, 실종된 강민서 학생의 생활기록부에서 중요 항목이 변경된 정황이 드러났지만, 담임교사는 나이스 시스템에서 변경한 적이 없다고 주장하는 것으로 확인됐다. 이에 학부모 측은 교육청에 정식 기록 열람과 조사를 요청했지만, 돌아온 답변은 다음과 같았다.

"해당 수정은 담임교사의 계정으로 이루어졌으며, 로그인한 IP 주소 역시 기존 사용 기록과 동일합니다. 외부 도용으로 보기 어렵습니다."

이 같은 설명에 대해 학부모 측은 강하게 반발

했다. 삭제된 기록을 당사자인 담임교사가 수정한 기억이 전혀 없다고 주장하고 있는 데다, 동일한 IP 주소 접속만으로 도용 가능성을 배제하는 것은 이해하기 어렵다는 이유에서다. 해당 학생의 어머니는 국민신문고를 통해 민원을 제기했지만, 교육청의 입장은 변함없었다.

"조사 결과, 생활기록부 수정 이력에서 공식적인 오류나 외부 접속 정황은 확인되지 않았습니다."

이에 대해 한 교육계 관계자는 "동일 IP라고 해서 본인 접속이라고 단정 지을 수는 없다"며 "학교 내 여러 사람이 같은 네트워크를 사용하는 상황에서는 내부에서 다른 사람이 교사 계정을 활용해 접근하는 것도 가능하다"고 지적했다. 또 다른 교직자 역시 "생활기록부는 절차 없이 수정될 수 없고, 수정 시 이력이 자동으로 남는다"며 "기록이 사라진 것도 이례적이지만, 그것이 특정인의 책임으로만 단정되는 것은 문제가 있다"고 밝혔다.

현재 학교 측은 해당 사안에 대한 공식 입장을 내지 않고 있으며, 교육청은 추가 조사는 계획하고 있지 않다고 밝혔다. 이에 대해 일각에서는 "생활기록부는 학생의 공적 기록인데, 책임 소재도 불분명한 채 사건을 덮으려는 움직임은 용납할 수 없다"는 비판이 제기되고 있다. 의혹이 단순한 시스템 오류인지, 내부 조작이 있었는지에 대한 진상 규명이 이뤄지지 않는다면, 학부모 사회의 불신은 더 커질 수밖에 없다는 지적이다.

  김도윤은 기사의 마지막 문장을 다시 한번 읽어 보았다. 지금 당장은 아무것도 변하지 않을지 몰라도, 진실을 드러내려는 노력은 결코 헛되지 않는다. 그는 숨을 깊이 들이마시고, 원고를 편집국으로 넘겼다. 김도윤은 노트북을 덮었다. 창밖으로 어둠이 내려앉고 있었다. 긴 싸움이 될 것임을 알면서도, 그는 다시 한번 수첩을 손에 쥐었다. 이제부터가 진짜 시작이었다.
  기사가 보도된 직후부터 반응은 즉각적이었다. 맘 카페에서는 "학교가 대체 뭘 숨기려는 거냐"는 비판이 쏟아졌고, 대전교육청 홈페이지에도 항의 글이 올라오기 시작했다. 기사 댓글에는 "이게 사실이면 큰일이다", "또 조용히 묻힐까 봐 걱정된다"는 반응들이 이어졌다. 그러나 반발은 학교와 교육청 측에서도 빠르게 나왔다. 교육청 관계자가 "사실과 다른 보도"라며 문제를 부정했고, 학교 측은 내부적으로 과장된 의혹 제기라며 학부모들에게 불안감을 조성하지 말라는 공문을 보냈다. 그러자 편집국에서도 압박이 들어오기 시작했다. 데스크는 "교육청에서 강하게 문제 삼을 수 있다"며 후속 보도에 신중할 것을 요구했다.

김도윤은 핸드폰을 확인했다. 몇 시간 동안 걸려 온 부재중 전화 목록이 쌓여 있었다. 그중에는 익숙한 번호도 있었다. 그는 짧은 한숨을 뱉고는 핸드폰을 천천히 내려놓았다. 창밖엔 여전히 밤의 그림자가 짙게 내려앉아 있었고, 그 어둠은 쉽게 거두어질 기미가 없었다. 김도윤은 알고 있었다. 이 싸움에서 한 걸음이라도 물러나는 순간, 진실은 다시는 세상 밖으로 떠오르지 못할 거라는 걸. 그것은 단순한 포기가 아니라, 누군가의 목소리를 영영 지워 버리는 일이었다.

10

한지원은 학급 아이들을 조용히 둘러보았다. 강민서가 사라진 이후, 교실은 이상할 정도로 침묵에 잠겨 있었다. 누군가 억지로 입을 다물고 있는 듯한 공기가 가득했다. 아이들의 눈빛에는 두려움과 망설임이 뒤섞여 있었고, 그 속에서 유독 위축된 아이 하나가 눈에 들어왔다. 책상에 엎드린 채 주먹을 꽉 쥐고 있는 아이, 손지훈이었다. 강민서가 사라진 뒤로 손지훈은 점점 말수가 줄었고, 쉬는 시간에도 친구들과 어울리는 모습이 사라졌다. 수업이 끝나고 교실이 조용해졌을 무렵, 한지원은 아이의 옆에 다가가 낮은 목소리로 말했다.

"지훈아."

아이의 어깨가 움찔했다.

"괜찮아. 잠깐만 같이 나갈까. 이야기 좀 하게."

한지원은 교실 문을 열고 먼저 복도로 나섰고, 손지훈도 조용히 그 뒤를 따랐다. 두 사람은 아무도 없는 복도 끝 계단참에 멈춰 섰다. 바깥 창문 너머로 희미한 햇살이 흘러들고 있었고, 교실보다 훨씬 고요한 공간이었다. 한지원이 먼저 입을 열었다.

"요즘 많이 힘들지?"

손지훈은 대답하지 않았다. 그저 시선을 바닥에 둔 채, 손끝으로 층계 난간을 가만히 문질렀다.

"선생님이 보기엔, 지훈이가 요즘 많이 움츠러든 것 같아서 그래. 혹시 무슨 일 있었니?"

한참을 망설이던 아이가 작게 고개를 저었다.

"……아무 일 없었어요."

"그래. 꼭 말하지 않아도 괜찮아. 그냥 마음에 걸리는 게 있으면 선생님이 들어주고 싶어서 그래."

그 말에 손지훈은 잠시 한지원의 얼굴을 바라보다가, 다시 시선을 돌렸다. 그리고 조심스럽게 입을 열었다.

"……그날요."

"응?"

"……학교 뒤편에서 민서가 어떤 사람이랑 같이 있는 걸 봤어요."

"사람이라니……, 누구였는지 기억나?"

"잘 모르겠어요. 비도 오고 어두워서 얼굴은 잘 안 보였는데……, 같이 어디로 가는 것처럼 보였어요."

한지원은 복도를 걸으며, 핸드폰을 꺼내 들었다. 떨리는 손으로 연락처를 눌러 통화 버튼을 눌렀다.

"김 기자님, 지금 통화 괜찮으세요?"

"무슨 일인데요?"

"직접 만나서 얘기하고 싶어요. 학교 근처 카페에서 볼 수 있을까요?"

짧은 침묵 후 대답이 돌아왔다.

"네, 한 선생님 퇴근하신 뒤에 뵙겠습니다."

그녀는 통화를 끝내고 핸드폰을 내려놓고는, 잠시 복도에 멈춰 서서 길게 숨을 내쉬었다. 손지훈의 말이 머릿속에서 자꾸 되살아났다.

초저녁, A중학교 앞 무인 카페에서 김도윤은 자리에 앉아 자료를 정리하고 있었다. 잠시 후, 문이 열리고 한지원이 들어왔다. 그녀는 조심스럽게 자리에 앉아 두 손을 꽉 쥐었다.

"지훈이가…… 어떤 사람을 봤대요."

김도윤이 고개를 들었다.

"어떤 사람이요?"

"우리 반에 손지훈이라는 아이가 있는데요. 그 애가 민서가 실종된 날 학교 뒤편에서 어떤 사람이 민서와 함께 있는 걸 봤다고 했어요."

"그 사람이 누구예요?"

"비도 오고 날이 어두워서 얼굴은 못 봤대요. 뒷모습만 어렴풋이 기억난다고 해서, 누군지는 잘 모르겠다고 하더라고요."

김도윤은 손가락으로 테이블을 가볍게 두드렸다.

"한 선생님, 혹시 당시 CCTV 기록 확인은 해 보셨나요?"

그녀는 고개를 저었다.

"그날 이후, 일부 영상이 삭제됐다는 말만 들었어요. 누가 왜 그런 짓을 했는지는…… 아무도 말하지 않아요."

김도윤은 짧게 숨을 내쉬며 말했다.

"지훈이의 진술, 그리고 삭제된 영상. 뭔가 연결돼 있을 가능성이 있습니다. 그 사람이 누군지를 파악해야겠네요."

다음 날 아침, 김도윤은 학교 앞에서 손지훈을 기다렸다. 등교 시간이 되자, 학생들 사이로 손지훈이 고개를 숙인 채 천천히 걸어왔다.

"지훈아, 잠깐 이야기할 수 있을까?"

손지훈은 고개를 흔들며 한 걸음 물러섰다.

"누구세요?"

"아저씨는 김도윤 기자야. 민서 일 때문에, 지훈이한테 잠깐 물어보고 싶은 게 있어서."

"저 아무것도 몰라요."

"하지만 네가 본 걸 말하지 않으면, 민서를 찾을 수 없어."

손지훈은 주변을 살피듯 주위를 둘러봤다. 아이의 눈동자가 살짝 흔들리고 있었다.

"그날……, 방과 후에 민서가 학교 뒤편으로 가는 걸 봤어요."

김도윤이 조심스럽게 물었다.

"혼자였어?"

손지훈은 고개를 저었다.

"아니요. 장수현이 바로 뒤따라갔어요. 그리고…… 어떤 사람도 그쪽으로 가고 있었어요."

김도윤의 눈썹이 살짝 찌푸려졌다. 사람이라면, 학생이 아닌 누군가가 그 시간에 학교 뒤편에 있었다는 뜻이다. 생각이 거기까지 미치자 그의 표정에 묘한 긴장감이 스쳤다.

"그걸 어디서 본 거야?"

"교실 창문 너머로요. 창문 열려 있었거든요."
"그러고 나서?"
손지훈은 잠시 망설이다가 말했다.
"조금 지나서…… 장수현만 돌아왔어요."
김도윤은 목소리를 낮췄다.
"그 사람 말인데……, 얼굴은 못 봤어도, 남자인지 여자인지 정도는 알 수 있었지?"
손지훈은 고개를 끄덕였다.
"글쎄요……."
"혹시 기억나는 다른 특징은 없니?"
손지훈은 잠시 생각에 잠긴 듯 눈을 깜빡이다가 말했다.
"키가 컸어요. 민서보다 훨씬요."

종례 후, 한지원은 교무실에서 서류를 정리하고 있었다. 창밖으로는 어둑해진 하늘이 내려앉고 있었고, 복도는 고요했다. 그때 조용한 문 두드림 소리가 들렸다.
"선생님……."
고개를 든 그녀는 문 앞에 선 아이를 보고 숨이 멎는 듯한 충격을 받았다. 손지훈의 눈 밑에는 선명한 멍 자국이 퍼져 있었고, 어깨는 잔뜩 움츠러들어 있었다.

"선생님, 저 이제 어떡하죠…….”

아이의 목소리는 떨렸고 눈엔 눈물이 그렁그렁 맺혀 있었다. 한지원은 황급히 자리에서 일어나 문 쪽으로 달려가 아이를 붙잡았다.

"지훈아, 무슨 일이야? 이거……, 누가 이렇게 한 거야?"

손지훈은 말없이 고개를 떨군 채 주머니 속에서 접힌 종이 한 장을 꺼냈다. 한지원이 조심스럽게 받아 펼치자 종이에는 빨간색 글씨로 이렇게 적혀 있었다.

너도 민서처럼 되고 싶어?

손끝이 얼어붙은 듯 차가워졌다. 한지원은 쪽지를 든 채 말없이 손지훈을 바라봤다. 아이는 잔뜩 겁에 질린 표정이었다.

"이거……, 누가 준 거야?"

그녀가 조심스럽게 물었다.

"책상 서랍 안에 들어 있었어요……. 아마 장수현 무리 중 누가 넣은 것 같아요.”

손지훈의 목소리는 점점 가늘어졌고 아이는 결국 고개

를 숙인 채 어깨를 떨기 시작했다.

"무서워요, 선생님. 정말 무서워요……."

한지원은 쪽지를 내려다본 채 깊은숨을 내쉬었다. 강민서의 이름은 여전히 교실 어딘가에서 지워지지 않고 있었다. 그리고 지금 또 다른 아이가 그 그림자 속에 갇혀 있었다. 그녀는 아이의 어깨에 손을 얹고, 낮은 목소리로 말했다.

"지훈아, 괜찮아. 선생님이 널 지켜 줄게. 이번엔…… 절대 그냥 넘기지 않을 거야."

11

점심시간 복도 한쪽에 삼삼오오 모여 선 아이들 사이로 낮은 소음이 흘러나왔다. 고개를 맞댄 채 속삭이는 표정들, 간헐적으로 터지는 짧은 숨소리와 웃음. 그러나 그들의 얼굴에는 왠지 모를 긴장감이 묻어 있었다. 강민서의 이름이 흘러나왔지만, 누구도 '괴롭힘'이라는 단어는 입에 올리지 않았다. 아이들은 말하지 않는 방식으로 진실을 비껴갔고, 서로의 시선을 피해 가며 새로운 이야기를 지어내고 있었다. 마치 누가 먼저 사실을 인정하느냐가 패배를 의미하는 것처럼, 아이들은 침묵과 추측으로 죄책감을 덮고 있었다.

아이들의 웅성거림이 다시 복도 끝에서 번지기 시작했다. 말소리는 작았지만, 분위기는 이전과 달랐다. 단순한 호기심이 아닌, 무언가를 짚어 내려는 속삭임들이 오가고 있었다. 누군가는 학교 뒤편에서 이상한 소리가 들렸다고 했다. 비명 같기도, 아니면 무언가 부딪히는 소리 같았다고. 늦게까지 남아 있던 학생의 귀띔이었다. 그리고 어느새 화살표는 장수현에게 향하고 있었다. 그날 밤, 장수현과 몇몇 아이들이 학교 근처에 있었다는 말이 퍼졌고, 그 사실은 아이들 사이에서 점점 더 구체적인 의심으로 번져 갔다. 처음엔 단순한 가출이라던 이야기 속에서, 이제는 조심스럽게 이름이 오르내리기 시작한 것이다. 아이들은 누구도 확신하지 못한 채 서로를 힐끔거렸고, 그 침묵 속에서 장수현이라는 이름만이 선명하게 남았다.

소문은 기하급수적으로 퍼져 나갔다. 하지만 그 내용은 점점 원래의 진실에서 멀어지고 있었다. 복도와 교실, 급식실과 운동장 구석 어딘가에서 나지막이 속삭이던 말들은 점차 방향을 틀었고, 말의 온도는 가벼운 호기심에서 은근한 불안으로 옮겨 가고 있었다. 그러다 누군가가 조심스럽게 주위를 살폈고, 아이들의 시선이 동시에 교실 한쪽으로 쏠렸다. 장수현이 앉아 있는 자리였다. 아이는 창밖을 바라보며 아무 말 없이 앉아 있었지만, 그 조용한 뒷모습은 이상할 만큼 또렷하게 공간을 점유하고 있었다. 아이들은 더 이상 말을 잇지 않았다. 무언의 공기가 스며들었고, 누구랄 것도 없이 조용히 각자의 자리로 흩어졌다. 소문은 계속해서 퍼지고 있었지만, 동시에 교실 안에는 점점 더 깊은 침묵이 내려앉고 있었다.

"애들 분위기 이상한 거 느끼죠?"

교무실에서 서류를 정리하던 한지원이 박선영에게 물었다.

"뭐가요?"

"애들이 수업 시간에도 웅성거려요. 근데 이상한 게 뭔지 알아요?"

"뭔데요?"

"다들 뭔가를 알고 있는 것 같은데, 아무도 확실하게 말하지 않아요."

그녀는 출석을 부르던 순간을 떠올렸다. 아이들의 얼굴에 떠오른 묘한 기색, 불안과 긴장이 뒤섞인 그 낯선 공기가 채워져 있었다. 누군가는 고개를 숙였고, 누군가는 눈을 피했다. 그 조용한 침묵 속엔, 말로 표현되지 않은 무언가가 분명히 흐르고 있었다. 한지원은 마음속 깊은 곳에서 조용히 생각했다. 이 아이들 어쩌면, 스스로 또 다른 가해자가 되어 가고 있는 건 아닐까. 그 깨달음은 서늘하게 가슴을 스쳤고 그녀는 그 무게에서 쉽사리 눈을 돌릴 수 없었다.

다음 날 교실에서는 여전히 소문이 퍼지고 있었다. 하지만 이제는 조심스럽게 말하는 아이들도 생겼다.
"근데, 수현이랑 마지막으로 같이 있던 거 맞지 않아?"
"쉿!"
"왜? 사실이잖아."
"그만 말하라고."
그때였다.
쾅!
장수현이 자리에서 벌떡 일어나며 주먹으로 책상을 내려쳤다. 순간 교실이 조용해졌다. 장수현의 눈빛이 흔들렸다.

"헛소리하지 마."

장수현은 문을 큰소리 나게 닫고 교실을 나왔다. 분노와 불안이 섞인 얼굴이었다. 복도를 빠르게 걸어가던 장수현은 문득 이상한 낌새를 느꼈다. 고개를 돌리자, 계단 아래에 한 남자가 조용히 서 있었다. 그는 장수현과 눈이 마주치자 말없이 천천히 걸어 올라왔다.

"수현 학생, 잠깐 이야기 좀 할 수 있을까?"

"여긴 어떻게 들어온 거예요?"

장수현은 경계심 어린 눈빛으로 그를 노려보았다. 김도윤은 미소도 없이 담담한 목소리로 말했다.

"교장선생님 좀 뵈러 왔어. 그런데 아이들 얘기를 들어보니까…… 요즘 소문이 점점 네 쪽으로 향하고 있더라. 친구들이 슬슬 널 의심하기 시작한 것 같던데?"

장수현의 손이 움켜쥐어졌다. 심장이 미친 듯이 뛰었다. 김도윤은 한 걸음 더 다가오며 조용히 말했다.

"수현아, 너 뭐 알고 있지?"

장수현의 얼굴이 일그러졌다.

"저한테 그런 말 하지 마세요."

그러나 아이의 목소리는 미묘하게 흔들렸다. 김도윤은

눈을 가늘게 뜨며 장수현의 반응을 지켜봤다.

"나는 네가 뭘 했다고 말한 적 없어. 그런데 네가 이렇게 반응하는 걸 보면, 뭔가 찔리는 게 있는 거 같은데?"

장수현은 이를 악물었다.

"헛소리하지 마세요."

"그럼, 네가 직접 말해 봐. 그날 밤 어디 있었지? 친구들은 네가 학교 근처에서 늦게까지 있었다고 하더라."

"그냥…… 집에 가는 길이었어요."

김도윤은 짧게 웃었다.

"그래? 그럼 그날 학교 근처에서 뭔가 이상한 걸 본 적은 없고? 혹시 민서랑 마지막으로 같이 있던 사람이 너 아니야?"

장수현의 몸이 순간적으로 굳어졌다. 그러나 곧 눈을 크게 뜨고 되물었다.

"아저씨, 저 협박하는 거예요?"

김도윤은 고개를 저었다.

"협박? 난 그냥 궁금해서 묻는 거야. 어차피 지금 애들 사이에선 너한테 의심이 몰리고 있잖아."

장수현은 주먹을 꽉 쥐었다.

"지금처럼 해명 안 하고 가만히 있으면, 결국 아이들은 네가 범인이라고 확신하게 될 거야."

장수현의 입술이 바짝 말라 갔다. 김도윤은 그 아이를 가만히 응시하며 마지막으로 한마디를 던졌다.

"넌 정말 아무것도 모르는 거야?"

순간 장수현의 동공이 흔들렸다. 아주 잠깐이었지만 김도윤은 놓치지 않았다. 장수현은 한 걸음 물러섰다.

"저…… 더 이상 할 말 없어요."

그리고 급하게 뒤돌아 복도를 걸어갔다. 그러나 발걸음은 흔들리고 있었다. 훤칠한 키에 또렷한 이목구비, 새하얀 피부까지 멀어지는 뒷모습조차 눈에 띄게 단정했다. 김도윤은 장수현의 뒷모습을 바라보았다. 어딘가 위태로우면서도, 끝내 아무 말 없이 등을 보이는 그 모습이 오래도록 시야에 남았다.

12

손지훈은 쉬는 시간에 물을 마시러 가다가, 누군가에게 거칠게 어깨를 붙잡혔다.

"야, 이 새끼야!"

손지훈이 놀라 돌아보자, 장수현이 싸늘한 표정으로 노려보고 있었다. 손지훈의 얼굴이 굳었다.

"뭐, 뭐야?"

장수현은 한 걸음 더 다가왔다.

"너, 내가 전에도 경고했었지."

손지훈은 당황하며 눈을 피했다.

"무슨 말이야?"

"너, 그날 밤에 본 거 말하고 다닌다면서?"

손지훈의 뺨에 힘이 들어갔다.

"나, 난 그냥……, 그냥 본 거 말한 건데."

장수현이 갑자기 한 손으로 손지훈의 멱살을 잡아당겼다.

"헛소리하지 마."

손지훈은 얼굴이 새하얗게 질렸다. 장수현의 눈빛이 무섭게 빛났다.

"너, 그날 아무것도 못 봤어. 알겠어? 입 잘못 놀렸다가, 너도 다칠 수 있어."

손지훈은 입술을 꾹 깨물었다.

"난 그냥, 아무 말도 안 할게."

장수현은 그제야 손을 놓고 가볍게 웃었다.

"그럼 됐어."

그리고 장수현은 손지훈을 스쳐 지나가며 나지막이 속삭였다.

"다시 한번 떠벌리면, 너도 같이 사라질 수 있어."

손지훈은 그 자리에 얼어붙었다. 눈앞이 캄캄해졌다.

퇴근하기 전, 한지원은 교무실에서 책상을 정리하고 있었다. 그때 누군가가 조용히 다가왔다.

"선생님."

한지원이 고개를 들자 장수현이 교무실 문 앞에 서 있었다.

"수현아? 무슨 일이야?"

장수현은 문을 닫고 천천히 걸어왔다.

"선생님, 요즘 저에 대한 소문 들으셨죠?"

한지원은 순간 당황했다.

"소문이라니?"

"아이들이 저를 의심하고 있잖아요."

장수현은 책상에 손을 짚으며 천천히 시선을 맞췄다.

"선생님도 그렇게 생각하세요?"

한지원은 조심스럽게 답했다.

"수현아, 선생님은 단정 짓지 않아. 하지만……."

"하지만 뭐요?"

순간 장수현의 눈빛이 차갑게 변했다.

"선생님도 곤란해지면 안 되잖아요?"

한지원은 숨이 멎는 느낌이 들었다.

"그게 무슨 말이니?"

장수현은 짧게 웃었다.

"저희 부모님, 아시죠? 아버지가 학교뿐만 아니라 대전교육청에도 영향력이 크다는 거."

그녀는 몇 개월 전 장수현의 어머니가 "성적 관리를 잘해줬으면 좋겠다"는 말을 했던 걸 떠올렸다. 그때는 단순한 학부모의 바람이라고 생각했다. 그런데 지금, 장수현이 그걸 이용하고 있었다.

"저를 범인으로 몰면 선생님도 곤란해질 수 있어요."

한지원은 차갑게 말했다.

"너 지금 선생님을 협박하는 거니?"

장수현은 어깨를 으쓱였다.

"전 그냥……, 선생님도 조심하라는 거예요."

그리고 장수현은 책상 위를 가볍게 두드리며 나지막이 속삭였다.

"만약, 선생님이 제 편을 안 들어주시면……"

장수현은 한지원의 눈을 똑바로 바라보았다.

"선생님이 위험해질 수도 있어요."

한지원은 순간, 숨이 턱 막히는 듯한 감각에 사로잡혔다. 눈앞의 이 아이는 지금, 스스로를 지키기 위해서라면 무엇이든 저지를 각오가 되어 있었다. 그 눈빛엔 두려움이 아닌 결의가 깃들어 있었고, 그것이 오히려 그녀를 더 깊은 혼란에 빠뜨렸다.

장수현이 떠난 교무실은 유난히 조용했다. 한지원은 자리에서 한참을 꼼짝도 하지 못했다. 장수현의 마지막 말이 머릿속에서 반복됐다. 선생님도 위험해질 수도 있다는 그 말.

몇 개월 전, 학부모 상담실에서 있던 일이었다.

"우리 수현이가 요즘 학업 스트레스가 많아요."

윤지연은 차분한 미소를 띠며 말을 이었다.

"아무래도 진학을 앞두고 있다 보니, 성적 관리가 중요하잖아요?"

한지원은 조용히 고개를 끄덕였다. 교사라면 익숙한 이야기였다.

"그래서 선생님께 부탁드리고 싶어요. 수현이가 최선을 다하고 있으니까, 성적 관리를 조금 더 배려해 주실 수 있을까요?"

순간 한지원은 망설였다. 이건 부정행위야. 하지만 거절하면 괜히 불이익이 생길 수도 있어. 그녀는 결국 장수현의 성적을 직접 조작한 건 아니었지만, 그 아이가 좋은 점수를 받을 수 있도록 과제와 수행평가에서 유리한 환경을 만들어 주었다. 그게 돌이킬 수 없는 실수였다는 걸 이제야 깨달았다.

한지원은 얼굴을 감쌌다. 그때 거절했더라면 오늘처럼 협박받는 일은 없었을지도 모른다. 그 아이는 자신이 가진 힘이 무엇인지, 그리고 그것이 얼마나 위력적인지를 정확히 알고 있었다. 그리고 이제 그 힘을 이용해 담임을 협박하는 지점까지 이르렀다. 한지원은 조용히 입술을 깨물었다. 이 상황이 더 나아질 가능성은 점점 희미해졌다. 어쩌면 지금이라도 멈춰야 하는 걸까. 그 생각이 목덜미를 스치고 지나가며 그녀의 마음을 조용히 짓눌렀다.

13

그날 밤 김도윤은 노트북을 덮고 조용히 눈을 감았다. 책상 위엔 아직 식지 않은 커피와 펼쳐 놓은 수첩이 있었다. 수첩 위에 쓰인 이름 하나, 손지훈. 그 세 글자가 마치 밤새도록 그의 시야 가장자리를 떠도는 유령처럼 느껴졌다. 마음 한구석이 묘하게 조여 오는 느낌이었다. 그 아이가 보인 눈빛. 떨리는 손. 꾹 다문 입술. 그리고 마지막에 꺼내 놓은 한 문장. 휴대폰이 책상 위에서 가볍게 진동했다. 화면에 떠오른 이름을 보는 순간, 김도윤은 숨을 삼켰다.

지훈인데요. 지금 만날 수 있어요?

아이가 먼저 연락해 온 건 처음이었다. 그는 망설이지 않고 답장을 보냈다.

어디야?

곧바로 위치가 도착했다.

A중학교 뒤쪽 작은 공원 벤치로 오세요.

그 짧은 문장이 어떤 의미를 담고 있는지, 그는 직감적으로 알 수 있었다. 이건 단순한 '불안'의 메시지가 아니었다. 도움 요청이었다. 세상 어른 중 그나마 믿을 수 있다고 생각한 단 한 사람에게 내미는, 조심스럽고 절박한 구조 신호였다.

비가 올 듯, 하늘은 잿빛 구름으로 뒤덮여 있었다. 바람은 축축했고, 가로등 불빛은 안개처럼 번져 있었다. 김도윤은 무거운 발걸음으로 공원으로 향했다. 그곳에는 벤치 끝자락에 조용히 웅크린 작은 그림자가 있었다. 어린 짐승처럼, 두려움에 몸을 말고 있던 그 아이는 고개조차 들지 않았다.

"지훈아……."

조심스럽게 불렀다. 반응은 없었다. 그는 천천히 다가가 아이 곁에 앉았다. 침묵은 잠깐의 시간처럼 짧았지만 무거운 공기 탓에 훨씬 길게 느껴졌다.

"수현이가…… 저한테 또 경고했어요."

손지훈의 목소리는 들릴 듯 말 듯, 부서진 유리 조각처럼 깨어진 끝자락을 품고 있었다.

"다시 말하면, 민서처럼 된다고요."

김도윤은 입술을 굳게 다물었다. 숨을 고르며 천천히 고개를 끄덕였다. 무서울 거라는 걸 알고 있었다. 하지만 그 공포가 이렇게 생생할 줄은 몰랐다. 목격자조차 '입 다물지 않으면 사라진다'는 암묵의 공포 속에서 살고 있다면, 이건 단순한 실종 사건이 아니었다. 공포 자체가 누군가에 의해 조작되고 있다는 증거였다.

"그래서 네가 날 부른 거구나."

손지훈은 손을 꼭 쥔 채 말없이 고개를 끄덕였다. 손가락 마디마디에 새겨진 긴장감이 눈에 들어왔다. 마치 말을 꺼내는 것조차 아이에겐 용기의 전부인 것처럼.

"이제 어떡하죠?"

그 한마디에 담긴 감정은 단순한 불안이 아니었다. 몸속 어딘가가 얼어붙는 듯한 고통, 그리고 도망칠 수 없는 현실에 대한 체념. 손지훈은 고개를 더 깊숙이 숙였다. 아무 말 없이 몸을 떨었다. 그 모습은 더는 아이의 것만은 아니었다. 그건 진실을 알고 있다는 대가로 침묵을 선택해야 했던 자의 모습이었다. 김도윤은 가볍게 한숨을 내쉬었다. 장수현은 단순한 용의자가 아니다. 그 애는 지금 뭔가를 덮고 있다. 그리고 손지훈은 그 진실에 너무 가까이 다가갔다.

"그런데요……."

아이는 잠시 말을 멈추고, 주위를 둘러보았다. 불빛, 인기척, 소리 하나에도 과민하게 반응했다. 이건 누군가에게 실시간 감시를 당하는 기분 속에서 살아온 아이의 움직임이었다.

"뭔데?"

김도윤이 낮은 목소리로 유도하듯 물었다. 한참을 망설인 끝에 손지훈은 아주 작게 속삭였다.

"친구가 봤대요. 교무실에서 수현이랑 한지원 선생님이 같이 있는걸요."

김도윤의 눈빛이 단단히 굳어졌다.

"그게 왜?"

손지훈은 조심스럽게 덧붙였다.

"수현이가 뭐라고 하니까, 선생님 얼굴이 갑자기 창백해졌대요. 진짜 숨 멎은 사람처럼. 말도 못 하고, 그냥 멍하게요."

김도윤은 천천히 고개를 돌렸다. 손지훈의 말 하나하나가 작은 조각처럼 흐릿한 진실의 표면 위에 내려앉고 있었다. 손으로 핸드폰을 꽉 쥐며 중얼거렸다.

"한지원 선생님이 무슨 말을 들은 걸까……."

아이의 손이 다시 떨리기 시작했다.

"그것까진 못 들었대요……."

손지훈은 자신도 모르게 무릎을 감싸 쥐며 말했다. 말하지 못한 대화 내용이 아니라, 기억하지 못해서 미안해하는 듯한 표정이었다. 김도윤은 생각에 잠겼다. 그녀가 그렇게까지 놀랄 정도였다면 장수현은 뭔가 아주 강한 '한 방'을 쥐고 있었다는 뜻이다. 그리고 그것은 '진실'이 아니라 '무기'로써 사용되고 있었다.

아이를 돌려보낸 뒤, 김도윤은 천천히 골목길을 걸었다. 어깨 위로 떨어지는 바람이 조금 차갑게 느껴졌다. 생각은 그 어느 때보다 맑았다. 한지원은 무언가를 들었다. 그날 밤, 강민서에게 무슨 일이 있었는지와 관련된 결정적인 증거일지도 모른다. 그는 주머니에서 휴대폰을 꺼내 한지원의 번호를 눌렀다. 신호음이 두 번 울리고, 통화가 연결되기 직전에 끊었다. 지금 당장 정면으로 부딪쳐선 안 된다. 그녀는 아직 입을 다물고 있다. 아무것도 모른다는 얼굴 뒤에, 무언가를 감추고 있다는 건 분명하다. 하지만 말만으로는 그 벽을 깨뜨릴 수 없다. 그녀의 입을 열게 하려면 확실한 증거, 도망칠 수 없는 단서가 필요했다. 부인할 수 없고, 외면할 수 없는 '무게'를 쥐여 줘야만 한다. 그래야 비로소 그녀는 말하기 시작할 것이다.

  그는 무심히 조용한 골목길을 둘러보았다. 가로등 아래, 골목의 끝자락. 주머니에서 수첩을 꺼냈다. 페이지 한가운데 그녀의 이름을 적고, 그 옆에 물음표를 천천히 그려 넣었다. 말은 감정을 속일 수 있다. 하지만 행동은 거짓을 오래 숨기지 못한다. 김도윤은 그렇게 중얼거리며, 다시 휴대폰을 들었다. 과거 학교 행사 자료, 기사 사진, 교직원 명단 등 그녀의 일상 속을 더듬기 시작했다. 정상 속에 숨어 있는 비정상. 그 어긋난 균열을 찾아내야 한다. 그리고 그 틈으로, 그녀가 감추고 있는 것들이 흘러나오게 해야 한다. 그는 다시 무인 카페로 발걸음을 돌렸다. 이 밤이 끝나기 전에 한지원이라는 인물의 껍질을 조금이라도 벗겨 낼 수 있다면, 그것이 곧 강민서의 자리로 가는 길의 입구일지도 몰랐다.

3

증거

1

대전 선화동 B중학교 정문 앞에 도착했을 때 시곗바늘은 오후 2시를 가리켰다. 초여름 햇살이 교정 위로 부드럽게 내려앉아 있었고, 바람은 잔잔했다. 이따금 창틀에 걸린 커튼이 흔들릴 뿐 학교는 오후의 한적한 고요함에 잠겨 있었다. 수업 중이어서일까, 복도는 적막했고, 교정에는 아이들의 웃음소리조차 들리지 않았다. 김도윤은 교문을 지나 느릿한 걸음으로 본관을 향해 걸었다. 계단을 오르고, 긴 복도를 따라가면서 몇 번이고 속으로 질문을 정리했다. 익숙한 학교 특유의 먼지 냄새, 어딘가 익명성이 감도는 풍경들. 어릴 적 다녔던 학교와 크게 다르지 않았다. 하지만 이곳엔 묘한 긴장감이 배어 있었다. 교무실 앞에 다다르자 그는 잠시 멈춰 섰다. 문 앞에서 짧게 숨을 고르고, 주먹을 살짝 쥔 손으로 문을 두드렸다. 낮고 단단한 두드림 소리만이, 조용한 복도 위에 또렷하게 울려 퍼졌다.

"실례합니다."

안으로 들어서자, 몇몇 교사들이 책상에 앉아 서류를 정리하고 있었다. 그중 나이가 지긋한 한 남성 교사가 눈길을 주었다.

"어디서 오셨습니까?"

김도윤은 명함을 내밀며 최대한 부드러운 미소를 지었다.

"김도윤입니다. 몇 가지 여쭙고 싶은 게 있어서요."

교사의 얼굴이 순간 굳어졌다.

"무슨 일로 오셨죠?"

"한지원 선생님에 대해 조금 알고 싶어서요. 예전에 이곳에서 근무하셨죠?"

교사는 한지원의 이름이 나오자, 책상 위 서류를 만지작거리며 시선을 피했다.

"그게 왜 궁금하신지……."

김도윤은 바로 본론으로 들어가지 않고, 적당한 거리를 유지한 채 자연스럽게 말을 이어갔다.

"그냥 이력이 좀 특이해서요. 보통 교사들은 3~5년 한 학교에서 근무하는데, 한 선생님은 2년 만에 전근하셨더라고요. 혹시 당시 특별한 일이 있었나요?"

교사는 순간적으로 움찔했다.

"그건…… 제가 말씀드릴 부분이 아닙니다."

교무실에는 다른 교사들도 있었다. 어쩌면 주변에 누

가 듣고 있을지 모른다. 김도윤은 시선을 한번 돌려 주변을 살폈다. 그리고 그에게 살짝 몸을 기울이며 낮은 목소리로 말했다.

"선생님. 혹시 잠시 자리 좀 옮겨서 이야기 나눌 수 있을까요? 다른 분들이 계셔서……."

그는 주변을 흘긋 보더니, 잠시 고민했다. 그러다 천천히 자리에서 일어났다.

"따라오세요."

교사는 주위를 한 번 둘러보더니 학교 뒤편 작은 정원의 조용한 벤치에 앉았다. 김도윤도 그 맞은편에 앉으며 조심스럽게 입을 열었다.

"학생과 관련된 일이었나요?"

그는 아무 말도 하지 않았다. 그러나 그 침묵이 오히려 답이었다.

"당시 무슨 일이 있었는지 알 수 있을까요?"

그는 한숨을 내쉬었다.

"그 반에서 한 학생이 세상을 떠났어요."

김도윤은 순간 숨을 들이마셨다.

"죽었다고요?"

그는 무겁게 고개를 끄덕였다.

"따돌림을 받던 학생이 극단적인 선택을 했습니다."

김도윤은 빠르게 수첩을 꺼내 메모를 남겼다.

"그런데 그게 끝이 아니었죠?"

그는 대답하지 않았다. 하지만 침묵은 곧 동의와도 같았다. 조심스럽게 말을 건넸다.

"혹시 또 다른 사건이 있었습니까?"

그는 깊은 한숨을 내쉬더니 작게 말했다.

"사건까지는 아니지만 얼마 뒤, 같은 반 아이가 급하게 전학을 갔어요."

"전학이요?"

"네……. 사실상 강제 전학이었어요."

"학부모가 반대하지 않았나요?"

"처음엔 항의하셨던 걸로 알아요. 그런데……"

그의 목소리가 낮아졌다.

"학교 측에서 뭔가 얘기를 한 것 같아요. 구체적인 내용은 모르지만, 며칠 지나고 나선 부모님이 입장을 바꿨어요. '어쩔 수 없다'며 이사를 했죠."

김도윤은 얼굴을 찡그렸다.

"결국 학교가 덮은 거군요."

그는 조용히 고개를 끄덕였다.

"네. 공식적으로는 단순 전학 처리로 끝났습니다."

김도윤은 마지막으로 물었다.

"그때, 한지원 선생님은 어떤 입장이었죠?"

그는 잠시 머뭇거리다 말했다.

"그때도 지금처럼 그 반의 담임이었습니다."

B중학교 정문을 나서자 납처럼 무거운 공기가 어깨에 내려앉았다. 김도윤은 천천히 발걸음을 멈췄다. 돌아본 학교는 고요했다. 회색빛 외벽은 묵묵히 그 자리를 지키고 있었고, 창문 너머 어렴풋이 교실의 그림자가 일렁였다. 마치 아무 일도 없었던 듯. 아니, 아무 일도 없던 것처럼 보이라는 듯. 하지만 그의 머릿속은 반대로 소란스러웠다. 오늘 아침, 대전교육청 민원 시스템을 통해 어렵사리 받아 낸 한 장의 회신서. 단정한 공문 양식 위에 적힌 몇 줄의 기록이 머릿속에서 지워지지 않았다.

2017년, B중학교 초임 발령.

2019년, B중학교 자진 전보.

2020년, A중학교 부임.

'자진 전보.' 그 단어는 지나치게 조심스럽고, 어딘가 인위적으로 다듬어진 문장이었다. 징계도 아니고 처분도 아니지만, 그 속엔 무언가를 감추려는 의도가 비쳐 있었다. 차라리 명확한 징계였더라면, 더 단순했을 것이다. 그는 천천히 고개를 들었다. 담장 너머로 햇살이 흘렀고, 운동장 어귀에선 아이들의 웃음소리가 바람에 섞여 희미하게 들려왔다. 밝고 평화로운 풍경이었다. 그러나 그 웃음이 쏟아지는 그늘 아래, 보이지 않는 균열이 자라고 있다는 것을 그는 직감으로 알고 있었다. 그녀는 정말 잊은 걸까. 아니면 끝까지 외면하고 있는 걸까, 그는 생각했다. 무언가를 기억하는 사람은 말이 없고, 정말 아무것도 모르는 사람은 이상할 만큼 말을 많이 한다. 한지원은 그사이 어딘가에 서 있는 듯 보였다. 그의 발끝이 다시 움직였다. 골목의 햇살과 그림자 사이를 걷는 그의 뒷모습은 묵직한 공기를 두른 채, 오늘 들은 이야기와 회신서의 문장들을 천천히 맞춰 가고 있었다. 진실은 아직 다 드러나지 않았다. 그러나 가장자리는 분명히 보이기 시작했다.

퇴근 후 한지원은 곧장 학교에서 도보로 10분 거리에

있는 봄정신건강의학과의원을 찾았다. 후기가 없어 망설였지만, 며칠째 이어지는 두통과 불면, 그리고 반복되는 악몽이 결국 그녀를 그곳으로 이끌었다. 무엇보다 최근 들어 기억의 일부가 툭툭 끊기는 듯한 느낌 탓인지 알 수 없는 불안이 커졌다.

"요즘 어떠세요?"

의사는 차분히 물었다. 한지원은 고개를 떨군 채 손가락을 가만히 꼼지락거렸다.

"머리가 자주 아프고요……. 잘 때마다 악몽을 꿔요. 그리고…… 기억이 잘 안 나요. 뭔가 중요한 걸 자꾸 놓치는 것 같아서 무서워요."

의사는 진지하게 고개를 끄덕이며 메모를 적었다.

"최근에 스트레스가 많았던 일이나 충격적인 사건이 있었나요?"

한지원은 잠깐 망설이다가 고개를 들었다.

"학생 한 명이…… 실종됐어요. 제가 담임인데……."

의사는 조심스럽게 물었다.

"그 일 이후로 증상이 심해졌다고 느끼나요?"

"네……. 밤마다 교실이 나오는 꿈을 꿔요. 너무 선명하게……."

의사는 부드럽게 말했다.

"혹시 그 꿈이 오늘도 계속된다면, 기억나는 대로 적어 보는 게 도움이 될 수 있어요. 꿈속의 장면 하나하나를요."

진료실을 나서며 그녀는 스스로에게 말했다.

'별일 아닐 거야. 그냥 스트레스 때문이겠지······.'

하지만 마음 한구석엔 설명할 수 없는 불안이 자리 잡고 있었다.

그날 저녁 한지원은 의원에서 처방받은 항불안제를 복용하고는 깊은 잠에 빠져 있었다. 무거운 몸을 침대에 눕힌 순간부터 어깨 위에 내려앉은 하루의 피로가 그대로 꿈속으로 스며든 듯했다.

희미한 안개처럼 펼쳐진 의식 속, 그녀는 어딘가 익숙한 공간에 서 있었다. 교탁 앞에서 천천히 몸을 돌리자 정돈된 교실의 풍경이 눈앞에 펼쳐졌다. 빛바랜 커튼, 칠판 위의 낙서 자국, 오래된 벽걸이 시계의 소리까지도 그리 낯설지 않았다. 그 가운데, 하나의 빈자리가 있었다. 다른 책상들과 똑같은 크기, 똑같은 배열. 하지만 유독 그 자리에만 시간이 멈춘 듯한 공기가 흘렀다. 그녀는 천천히 중얼거렸다.

"그 애가…… 안 보여."

목소리는 무심했지만, 뭔가를 부정하려는 마음이 묻어 있었다. 주위를 둘러보자, 학생들이 모두 자리에 앉아 조용히 그녀를 바라보고 있었다. 아무도 움직이지 않았다. 말도, 미소도 없었다. 모두가 그 빈자리를 애써 외면하며, 동시에 그녀의 눈을 피하지 않았다.

"어디 갔을까……."

그녀는 되뇌듯 말했다. 아이들의 시선이 일제히 그녀를 향했다. 목소리는 분명히 아이들 각각의 입에서 흘러나왔지만, 음색은 단 하나였다. 그건 냉정하고 무표정한, 판단의 목소리였다.

"선생님, 그때도 아무것도 안 했잖아요."

그녀는 순간 숨을 삼켰다. 가슴 깊은 곳이 차가운 물에 잠긴 듯, 심장이 수축하는 느낌이었다. 무언가를 말하려 했지만, 입은 열리지 않았다. 몸은 얼어붙은 채, 해명도 변명도 할 수 없었다. 오직 죄책감만이 교실 벽면을 타고 스멀스멀 기어오르고 있었다.

깜짝 놀라며 눈을 떴을 때, 방 안은 이미 어둠에 잠겨 있었다. 한지원은 천천히 몸을 일으켰다. 손등으로 식은땀을 훔치며 거울 앞으로 다가갔다. 거울 속의 얼굴은 낯설었다. 푸석한 머리카락, 눈 밑에 짙게 드리운 그늘. 그녀는 자신의 얼굴을 응시하며 중얼거렸다.

"나는…… 정말 아무것도 몰랐던 걸까?"

거울 속 그녀는 대답하지 않았다. 침묵은 도리어 질문보다 더 무거운 무게로 가라앉았다. 한지원은 여태껏 자신을 피해자로 여겨 왔다. 학생 하나가 사라진 일은 그녀로서도 충격이었고 혼란스러운 사건이었다. 학교라는 공간 안에서, 교사라는 위치로서도 그랬다. 하지만 상황은 점점 다르게 그녀를 감싸 오고 있었다. 지금까지는 외면할 수 있었다. 몰랐다고, 알 수 없었다고, 그렇게 자신을 설득하며 버텨 왔다. 하지만 그날, 장수현이 건넨 한마디에 숨조차 쉴 수 없었던 그 순간부터 그녀는 알고 있었다. 어떤 선택을 했는지. 무언가를 알았고, 무언가를 외면했다. 그 작은 선택이, 어떤 결과를 불러올 수 있는지를 짐작하면서도 모른 척했다.

한지원은 거울 앞에 선 채, 두 손으로 머리를 감쌌다. 혼란스러운 마음이 뇌리를 때렸다. 그녀는 가해자인가, 피해자인가. 무지였을까, 혹은 묵인이었을까. 단 하나의 정의로 이 상황을 설명할 수는 없었다. 그러나 한 가지는 분명했다. 이제는 더 이상 모른 척할 수 없다. 그녀의 귓가에 다시금, 꿈속 목소리가 맴돌았다.

"그때도 아무것도 안 했잖아요."

이번엔 그 말에 고개를 떨굴 수밖에 없었다.

2

늦은 오후, 교장실 커튼 사이로 기울어 가는 햇살이 책상 위를 스치고 있었다. 최석진은 한 장의 서류를 내려다보며, 손가락 끝으로 천천히 모서리를 문질렀다. 맞은편에 앉은 교감은 조용히 커피잔을 내려놓고 고개를 끄덕였다.

"이제 마무리해야겠군요. 내부 정리는 거의 끝났습니다. 이젠 외부로 번지지 않게 조율하는 일만 남았죠."

"CCTV는 전산상의 오류로 일부가 삭제된 거로 처리했습니다. 누가 봐도 단순 오류로 보일 겁니다. 생기부는 한 선생 아이디로 수정했으니 꼬투리 잡힐 일이 없습니다. 특이 사항은 일괄 삭제했고요."

"좋군요. 이제 남은 건 한 선생뿐이군요."

"방법은요? 정식 징계까지는 무리 아닐까요?"

"청탁금지법 위반과 학급 관리 부실을 이유로 삼죠. 학부모 민원 몇 건만 정리해 두면 됩니다. 이미 몇 명과 이야기했고, 필요하면 녹취록도 받을 수 있어요. 한 선생이 반박하면, 감정적 대응으로 몰아가면 됩니다."

"파면이나 해임은 번거롭고, 언론에도 좋지 않으니까요. 한 선생이 조용히 사직하면, 학교도 인사 기록에 좋게 남겨 줄 수 있겠죠. 결국 학교라는 시스템은 질서를 위해 누군가를 덜어 내야 할 때가 오는 법이니까요."

곧 호출이 왔다.

"한지원 선생, 교장실로 와 주세요."

그녀는 천천히 교장실 문 앞에 섰다. 문을 두드리자 차분한 목소리가 들려왔다.

"들어오세요."

최석진은 여유로운 얼굴로 그녀를 맞았다.

"최근 불필요한 논란이 많습니다. 그리고 한 선생이 그 중심에 있다는 점이 유감이군요."

그녀는 손을 꽉 쥐었다.

"무슨 말씀이신지……."

"학생들 사이에서 이상한 소문이 돌고 있습니다."

그녀는 순간 몸이 굳었다.

"소문이요?"

"네. 아이들 사이에서 강민서 실종에 대해 이상한 이야기들이 떠돌고 있어요. 수현이가 가해자라는 소문입니다. 그리고 누군가도 함께 있었다는 말도 있더군요."

그녀의 목덜미가 서늘하게 식는 것을 느꼈다.

"불필요한 오해가 생기지 않도록, 학생들의 동요를 막아야 합니다."

한지원은 입술을 꾹 다물었다. 말하지 않아도 알 수 있었다. 학교는 이 상황을 조용히 덮으려 하고 있었다. 최석진은 피식 웃으며 덧붙였다.

"물론, 소문이 어디까지 사실인지는 중요하지 않죠. 중요한 건 학교가 원치 않는 방향으로 일이 흘러가면 곤란하다는 겁니다."

최석진은 그녀를 바라보며 조용히 말했다.

"그리고 몇몇 학부모가 한 선생에 대해 이의를 제기했습니다. 부정청탁 수뢰 의혹에 대한 제보가 있었죠."

그녀의 손끝이 떨렸다.

"전 모르는 일이에요."

"하지만 학부모들과 교육청은 그렇게 생각하지 않을 수

도 있죠. 진실이 중요한 게 아닙니다. 나도 한 선생이 의도적으로 뭔가를 숨겼다고는 생각지 않습니다. 다만, 상황이라는 게 있잖습니까. 학교도 지금 어려운 처지에 놓여 있습니다."

그는 손가락 끝으로 책상 위를 천천히 두드렸다.

"교육청에서도 학교 대응을 주시하고 있습니다. 이미 민원이 몇 건 접수되었고, 언론이 달려들기 전에 일단락되어야 한다는 분위기입니다."

그의 시선이 다시 그녀에게 고정됐다.

"우린 내부에서 마무리하려는 겁니다. 그렇게 해야 학교도, 한 선생도 지킬 수 있어요."

최석진은 잠시 말을 멈췄다가, 천천히 의자에 등을 기대며 말을 이었다.

"중요한 건 학교의 체면과 질서입니다. 한 선생이 억울하다 해도 학교가 시끄러워지면 누구도 이득을 보지 못하죠."

한지원은 고개를 들었다. 눈빛에는 혼란과 억울함, 그리고 미세한 분노가 얽혀 있었다.

"그래서 저한테 모든 책임을 덮어씌우겠다는 건가요?"

최석진은 고개를 저었다.

"아뇨. 그냥 조용히 물러나 달라는 겁니다. 이 상황에서 더 나쁜 선택을 하기 전에 말이죠."

그는 한숨을 내쉬듯 말을 이었다.

"파면이나 해임 절차로 가게 되면, 한 선생도 감당하기 쉽지 않을 겁니다. 이후 재취업까지도 영향을 받겠죠."

그녀는 말없이 시선을 내리깔았다. 그는 마지막으로 덧붙였다.

"지금은 물러서는 게 현명합니다. 학교가 공식 문건을 작성하진 않을 겁니다. 자진 사직이라는 선택만 남겨 두는 거죠."

그녀는 말없이 침묵했다. 하지만 그 침묵은 무엇보다도 무거웠다.

그날 저녁 한지원은 머릿속이 복잡한 상태로 교문을 나섰다. 학교에 있을 수 없었다. 최석진의 말이 머릿속에서 맴돌았다. 그 말은 마치 판결문처럼 그녀의 등을 떠밀었다. 가방 속 휴대폰이 묵직하게 느껴졌다. 결국, 그녀는 화면을 켜고 김도윤의 이름을 눌렀다. 신호음이 두세 번 울린 뒤 익숙한 목소리가 수화기 너머로 흘러나왔다.

"한 선생님?"

"기자님, 저예요. 잠깐 통화 괜찮으세요?"

"그럼요. 무슨 일 있으셨어요?"

그녀는 발걸음을 멈추고, 한쪽 벽에 등을 기댔다.

"학교가 절 내쫓으려 하고 있어요."

전화기 건너로 짧은 숨소리가 들렸다. 마치 예상했다는 듯, 김도윤이 낮은 목소리로 말했다.

"그럴 줄 알았습니다. 학교는 선생님을 보호할 생각이 없어요. 오히려 마지막 희생양으로 삼으려는 거죠."

입술이 저절로 깨물렸다. 그녀는 한참을 망설이다가 입을 열었다.

"근데, 기자님. 저 얼마 전에 지훈이가 한 말이 떠올랐어요."

"어떤 말이요?"

"민서가 사라지던 날, 누가 따라간 것 같다고 했잖아요……."

그녀는 잠시 말을 멈췄다. 머릿속에 떠오른 또 다른 장면이 있었다.

"오늘 교장이 비슷한 얘길 했어요. 누군가 아이와 함께 있었다고요."

통화 너머로 잠시 정적이 흘렀다. 김도윤은 짧은 숨을

내쉰 뒤, 조심스럽게 입을 열었다.

"그날 기억, 없으시다고 했죠?"

"네. 정말 아무것도 기억이 안 나요."

그의 목소리가 낮아졌다. 단정 짓지 않으려는 듯, 신중한 어조였다.

"음……, 혹시 그런 상황을 상상해 본 적은 있으세요? 누군가 아이를 따라가는 장면을, 어디선가 본 듯한 기분이라든가."

한지원은 고개를 들었지만, 말이 잘 나오지 않았다.

"교장이 그렇게 말한 건 단순한 소문일 수도 있어요. 하지만 반대로 무언가를 본 사람이 정말 있었을 수도 있죠. 학교가 거짓말을 하고 있을 가능성도 있고요."

그는 잠시 말을 멈췄다가 다시 조심스럽게 덧붙였다.

"그리고 혹시 그 장면이 한 선생님과 관련된 건 아닐까, 그런 생각도 들어서요. 꼭 실제 행동이 아니더라도, 어딘가에 머물러 있던 기억이 흐려졌을 수도 있잖아요."

가슴 어딘가가 철렁 내려앉았다.

"단순한 망각일 수도 있어요. 그런데 때로는 사람은 자신을 보호하려고 기억을 스스로 밀어내기도 하거든요. 방어기제처럼요."

그녀는 입술을 달싹였지만, 끝내 말은 맺지 못했다.

"혹시……, 정말 잊고 싶었던 장면이 있었던 건 아닌가요?"

김도윤의 목소리는 부드러웠지만 단호했다. 추궁이 아니라, 조심스럽게 건네는 질문에 가까웠다.

"아니면……, 그저 기억에서 빠져나간 걸 수도 있고요."

한지원은 휴대폰을 든 손을 천천히 내려다보았다. 어쩌면, 그녀는 이미 알고 있는 무언가를 스스로 놓아 버린 걸지도 몰랐다. 머릿속은 점점 희미한 안개로 가득 차올랐다.

다음 날 학교는 여전히 조용했다. 복도는 평소와 다름없이 깨끗이 정리되어 있었고, 아이들의 웃음소리도 간간이 들렸지만, 그 소리 너머로 무언의 긴장감이 번지고 있었다. 교무실 안은 숨죽인 정적에 잠겨 있었고, 말없이 오가는 시선들만이 공기를 무겁게 짓눌렀다. 교사들은 각자의 자리에서 서류를 넘기고 키보드를 두드렸지만, 그 손끝에는 평소보다 느린 망설임이 배어 있었다. 출근한 이들 대부분은 무언가를 알고 있다는 듯 서로를 피하거나 은근히 엿보았다. 무심한 척하며 내던지는 짧은 한

숨, 잠시 머뭇거리는 눈빛, 말없이 커피를 들이켜는 모습 속에 의문과 수군거림이 흘렀다.

한지원의 책상 위에는 여전히 어제 그대로 놓인 서류뭉치가 정리되지 않은 채 쌓여 있었고, 그 자리는 유독 공허해 보였다. 누군가는 고개를 돌렸고, 또 누군가는 아예 그쪽을 쳐다보지 않으려 했다. 어느 누구도 목소리를 내지 않았지만, 마음속에서는 수많은 문장이 조용히 맴돌고 있었다. 과연 그녀가 그런 사람이었을까? 정말 아무 관련이 없다고 믿을 수 있을까? 하지만 누가 되었든 책임을 지는 사람은 필요했을 것이다. 학교는 언제나 문제를 드러내기보다 덮는 쪽을 택해 왔고, 이번에도 예외는 아니었다. 그 중심에 선 이는 여전히 진실과 망각의 틈에서 헤매고 있었다.

3

김도윤은 수소문 끝에 5년 전 B중학교에서 '전학 처리된' 학생의 부모가 대전 판암동에 살고 있다는 사실을 알아냈다. 전학 간 학교를 통해 어렵사리 주소를 받아 냈다. 개인정보라 쉽게 내어주지 않았지만, 직접 학교를 찾아가 여러 번 설득한 끝에야 겨우 손에 쥔 주소였다.

초여름의 햇살이 부드럽게 내려앉은 오후, 그는 대전 시내의 취재를 마친 뒤 곧장 차에 올랐다. 창문 너머로 신록이 짙어지는 길가의 나무들이 연신 스쳐 갔고, 카센터와 작은 가게들이 줄지어 선 구불구불한 도로를 따라 판암동 쪽으로 차를 몰았다.

내비게이션이 도착을 알릴 즈음 오래된 아파트 단지가 눈에 들어왔다. 벽면은 빛이 바래 있었고, 군데군데 덧칠된 흔적이 세월의 겹을 말해 주고 있었다. 그는 조용히 차에서 내려 아파트를 올려다보았다. 이곳에, 그날 이후 한 번도 이름조차 언급되지 않았던 아이의 가족이 살고 있었다. 외부 계단을 따라 올라가, 해당 동의 4층. 번호판이 낡아 숫자가 희미하게 번져 있었고, 김도윤은 초인종을 눌렀다. 잠시 정적이 흐른 뒤, 안쪽에서 발소리가 들려왔다. 그리고 문이 삐걱 소리를 내며 조금 열렸.

"네, 누구세요?"

문틈 사이로 나타난 중년 여성의 얼굴에는 피로가 깊게 내려앉아 있었다. 눈가 주변엔 잠을 이루지 못한 흔적이 번져 있었고, 낯선 얼굴을 마주한 눈빛엔 경계심이 서려 있었다. 김도윤은 조용히 명함을 꺼냈다.

"안녕하세요. 김도윤 기자입니다. 과거 B중학교에서 있었던 일과 관련해, 몇 가지 여쭤보고 싶습니다."

여성의 표정이 그 순간 굳어졌다. 시선이 잠시 그의 손에 머물렀다가, 말없이 고개를 저었다.

"죄송하지만 그만 돌아가 주세요."

그녀는 문을 닫으려 했다. 문은 마치 누군가 그 안으로 들어오지 않기를 바라는 듯 천천히 움직였다. 김도윤은 조심스레, 그러나 물러서지 않고 한 걸음 다가섰다.

"어머님……, 왜 그렇게 갑작스럽게 아이를 전학시키셨습니까?"

여성의 손이 문고리에서 멈췄다. 아주 미세하게 떨리는 듯했다. 긴 침묵. 결국 그녀는 문을 완전히 닫지 못한 채, 고개를 떨군 채 입을 열었다.

"……사정이 있었습니다."

"학교 측에서는 아이에게 문제가 있었다고 했습니다. 그게…… 사실입니까?"

여자는 한동안 대답하지 않았다. 손가락이 천천히 문고리에서 풀어지며, 마침내 그녀는 문을 조금 더 열었다.

"학교에선 그렇게 몰아가더군요."

목소리는 낮았지만 분명했다. 억울함인지 체념인지, 감정을 구분하기 어려운 말투였다.

"딸아이는 그 친구 일로 많이 힘들어했어요. 담임도, 생활지도 교사도 알고 있었을 겁니다. 상담실에 갔던 날도 있었고요. 그런데…… 정작 아무도 제대로 들으려 하지 않았어요."

짧은 숨소리가 들렸다. 한숨 같기도 하고, 삼켜 낸 울음 같기도 했다.

"학교 안에서는 오히려 우리 아이가 문제라는 분위기였죠. 겉으로는 괜찮은 척하면서, 계속…… 압박이 있었어요. 그걸 혼자 견뎌 내기엔, 우리 아이는 아직 너무 어렸어요."

말을 이어 가던 그녀는 잠시 시선을 피했다. 김도윤은 그 침묵을 깨지 않았다. 가슴 어딘가가 뻐근하게 조여 왔다.

"무슨 일이 있었던 겁니까?"

이번엔 여자가 고개를 숙였다. 말이 나오지 않는 듯, 입술만 꼭 다물고 있었다.

"딸아이가 학교에서 뭔가를 알게 됐던 모양이에요. 우리한텐 끝까지 말을 안 했지만요. 그 일 이후로, 학교에서 점점 혼자가 됐어요."

그녀는 자신의 말에 스스로를 이해시키려는 듯, 천천히 고개를 끄덕였다.

"결국 전학을 갈 수밖에 없었어요. 그게 우리가 할 수 있는 유일한 선택이었어요."

안쪽에서 낮은 발소리가 났다. 중년의 남자가 모습을 드러냈고, 여자는 흘끗 남편을 돌아본 뒤 다시 김도윤을 향해 입을 열었다.

"더는 학교와 싸울 수 없었어요. 진실을 밝히는 것보다, 아이를 지키는 게 더 중요했거든요."

그녀는 그렇게 말한 뒤 문틈 너머로 깊숙이 시선을 거둬들였다. 마치 더 이상 할 말은 없다는 듯이. 김도윤은 그 말에 아무 대답도 하지 못한 채 조용히 문이 닫히는 모습을 지켜보았다. 잠시 후 그는 천천히 고개를 숙였다. 차가운 계단 아래에서 바람이 불어왔지만, 그의 머릿속은 더 차가웠다. 그 아이는 무언가를 알고 있다. 그리고 어른들은 그걸 지우기 위해 전학이라는 이름을 만들었다. 입술을 굳게 다문 채 김도윤은 아파트를 뒤로 돌아섰다.

김도윤은 지난번 B중학교를 찾아가, 교사를 직접 설득해 어렵게 받아 낸 상담 기록지 복사본을 다시 펼쳤다. 한지원이 담임을 맡았던 5년 전의 기록이었다. 개인정보라 함부로 다룰 수 없는 자료였다. 종이의 감촉은 차갑지도, 따뜻하지도 않았다. 볼펜으로 또박또박 적힌 글씨는 흐트러짐 없이 가지런했고, 그 단정함이 오히려 낯설게 느껴졌다. 감정을 배제한 기록이란, 대체로 그런 식이었다. 상단에는 '상담 일지'라는 활자가 인쇄되어 있었고, 그 아래에 날짜와 상담 대상자 이름, 그리고 '지도교사 한지원'이라는 서명이 적혀 있었다. 그는 천천히 눈을 움직여 내용을 읽었다.

　　학생은 지속적인 불안감을 호소하였으며, 최근 등교 거부 반응이 관찰됨. 대화 시 특정 사안에 대해 언급을 꺼리는 태도 보임. 부모와의 통화 결과, 별다른 이상 징후 없음.

　세 문장. 그게 전부였다. 하지만 그 안에 들어 있던 건 단순한 '이상 징후 없음'이 아니었다. 김도윤은 문장을 되뇌었다. '언급을 꺼리는 태도.' 무언가 말하고 싶어 했지만, 끝내 말하지 못한 흔적. 혹은 말해서는 안 된다는 경계심. 그 아래엔 한 줄 평가가 덧붙어 있었다.

> 의사 표현 미숙으로 판단됨. 정서적 불안은 관찰되나, 외부 전문 상담은 불필요.

김도윤은 문득 시선을 멈췄다. 정리된 문장은 지나치게 조용했다. 모든 문제를 '괜찮다'는 이름으로 감싸안은 무표정한 서술. 문제의 핵심은 빠져 있고, 대응은 최소한으로 줄어 있었다. 상담이라는 명목 아래, 말하지 않은 자와 듣지 않으려는 자 사이에 암묵적으로 맺어진 묵계. 그는 그런 느낌을 받았다. 그 아이는 뭔가를 봤던 것일까. 아니면 누군가에게, 어떤 장면에, 말할 수 없는 방식으로 노출되었을까.

김도윤은 눈을 감았다. 말하지 않은 진실. 말해도 소용없을 거란 믿음. 그리고 그것을 '정서 불안'이라 이름 붙인 교사의 기록. 그녀는 정말 몰랐던 걸까. 아니면 너무 잘 알고 있어서 외면했던 걸까. 모르겠다는 것보다 무서운 건 '애써 모른 척'하는 것이었다. 그는 문서를 덮으며 천천히 숨을 내쉬었다. 5년 전의 상담 기록. 그 안엔 구체적인 설명도, 결론도 없었다. 그러나 분명히 존재하는 '침묵의 윤곽'이 또렷이 남아 있었다. 그 윤곽은 점점 현재의 강민서 사건과 겹치고 있었다.

4

 김도윤은 밤늦게까지 자료를 정리하던 중 '민서를 찾아주세요!'라는 제목의 익명 이메일을 받았다. 김도윤은 한순간 화면을 멍하니 바라보았다. 기자의 직감이 빠르게 반응했다. 이메일에는 단 하나의 동영상 파일이 첨부되어 있었다. 김도윤은 마우스를 움직여 파일을 클릭했다.
 영상 속에서 낡은 복도가 희미한 빛 속에 드러났다. 벽에는 오래된 먼지가 층층이 쌓여 있었고, 창문마다 바람에 흔들리는 누렇게 바랜 커튼이 느릿하게 출렁거렸다. 한눈에 봐도 학교에서 오랫동안 사용하지 않는 구역이라는 것이 분명했다. 카메라는 정지된 채로 복도를 담고 있었다. 잠시 후 화면 왼쪽 끝에서 두 사람의 실루엣이 나타났다. 성인으로 보이는 한 사람과 중학생 정도로 보이는 학생. 그 사람은 학생의 팔을 느슨하게 붙잡은 채, 걸음을 재촉하는 듯 천천히 앞으로 나아갔다. 학생은 주위를 두리번거리며 불안하게 고개를 돌리고 있었지만, 억지로 따라가는 모습이었다. 둘은 말없이 복도 중앙을 가로질렀다. 그리고 카메라가 계속 그 자리를 비추는 동안, 서서히 화면 오른쪽 끝으로 사라져갔다. 남은 것은 흔들리는 커튼과 오래된 복도의 적막뿐이었다. 그리고 이내 영상은 조용히 끊겼다.

김도윤은 노트북을 덮었다. 덮인 화면 너머로도 여운은 쉽게 가시지 않았다. 그의 심장은 느리지만 분명한 고동을 울렸다. 마치 무언가를 직감한 듯, 깊은 어둠 아래에서 서서히 고개를 드는 진실처럼. 학교 안, 사용되지 않는 공간. 그 안에서 마주한 사람과 학생. 화면 속 학생은 어딘가 불안한 기색이 역력했고, 그 곁의 사람은 정체를 감추고 있었다. 저 사람은 누구일까. 그리고 아이는, 대체 어디로 향하고 있었던 걸까. 무엇보다, 이 장면을 몰래 찍은 이는 누구란 말인가. 김도윤은 숨을 가다듬고 핸드폰을 들었다. 주저함 없이 번호를 눌렀고 이내 신호음이 허공을 뚫고 퍼져 나갔다.

"한 선생님, 지금 당장 만나야 합니다."

그날 밤 한지원의 집 앞 조용한 무인 카페에서 두 사람이 마주 앉았다. 김도윤은 노트북을 열어 화면을 돌려 보였다.

"이 영상을 한번 보세요."

한지원은 불안한 표정으로 화면을 응시했다. 영상이 재생되는 동안 그녀의 얼굴은 점점 굳어졌다. 그리고, 영상이 끝났을 때 그녀는 손을 입술에 가져갔다. 미세한 떨림이 느껴졌다.

"이 장소, 어디죠?"

"글쎄요."

"이 아이 민서 같은데……, 누구와 함께 있는 걸까요?"

한지원의 시선이 흔들렸다. 그녀는 말없이 머리를 감싸 쥐었다.

"한 선생님, 이 장소는 학교 내 어디입니까?"

"저도 잘 모르겠어요."

김도윤은 즉시 반격했다.

"정말 모르시겠어요? 아니면, 알고 있지만 말할 수 없는 겁니까?"

한지원의 눈가가 파르르 떨렸다. 김도윤은 노트북을 살짝 돌려 다시 화면을 가리켰다.

"영상 속에서, 이 아이가 누군가에게 이끌려 가고 있습니다. 여기가 학교 내 어디인지만 알아도, 우리가 훨씬 빨리 찾을 수 있어요."

그녀는 입을 열지 않았다.

"혹시 이 사람이 누군지 짐작 가는 사람은 없습니까?"

한지원의 눈동자가 흔들렸다. 김도윤은 그녀의 반응을 놓치지 않았다.

"지금 말해 주셔야 합니다. 민서를 찾을 수 있는 단서일 수도 있어요."

그녀는 깊이 숨을 들이마셨다.

"……그곳은"

한지원은 겨우 입을 뗐다.

"학교에서 학생들이 가지 않는 곳이에요."

"어디죠?"

그녀는 눈을 질끈 감았다.

"현재는 사용하지 않는 구관이에요."

김도윤의 눈빛이 날카롭게 빛났다.

"역시, 아시고 계셨군요."

한지원은 차가운 땀을 흘리며 조용히 고개를 숙였다.

김도윤은 숙소로 돌아와 노트북을 열어 구글 지도로 학교의 배치도를 살펴봤다. 하지만 아무리 봐도 영상 속 공간과 일치하는 곳이 보이지 않았다.

"이 장소는 대체 어디야?"

그는 다시 한번 영상을 돌려봤다. 낡은 복도, 먼지가 쌓인 벽, 삐걱거리는 문.

"한 선생의 말처럼 이건 지금 사용 중인 건물이 아니야."

그는 학교 홈페이지를 뒤졌다. 그리고 공지 사항 속 한 줄의 글을 발견했다. 오래된 건물이 안전상의 이유로 곧 공사에 들어간다는 내용이었다.

"여기 있다."

현재는 공식적으로 사용되지 않는 폐쇄된 공간을 찾은 것이다.

"이제야 이해가 되네."

그는 자리에서 일어났다. 공식적인 취재 요청을 해도 학교 측이 협조할 리 없었다.

"그럼, 직접 확인할 수밖에 없지."

5

 비가 내리고 있었다. 희뿌연 교실 창문을 타고 빗물이 미끄러졌다. 회색빛 하늘 아래, 교실 안은 적막했다. 책상은 질서 정연하게 놓여 있었지만, 하나의 자리가 비어 있었다. 그날도, 오늘처럼 비가 내렸다. 잔잔한 빗방울이 유리창을 타고 흘러내릴 때, 한지원의 마음속에도 오래전 기억이 천천히 고여 들었다. 그녀는 조용히 의자에 몸을 맡겼다. 마치 그 자리에 앉는 것만으로도 무너질 것처럼 조심스럽게. 책상 위에는 두 손으로 감싼 머그잔이 놓여 있었지만, 따뜻해야 할 그 온기는 그녀에게 아무런 위로도 되지 못했다. 손끝은 떨렸고 숨결은 조용히 흔들렸다. 그녀의 눈동자는 시간 저편 어딘가에 머물러 있었다. 차가운 비처럼, 기억은 그날의 감정들을 또렷하게 되살려 냈다.

 그녀의 시선이 문득 한쪽 벽으로 향했다. 거기엔 학급 학생들의 이름이 적힌 명단이 붙어 있었다. 그리고 하나의 이름이 명단에서 사라져 있었다. 분명 전학은 간 게 맞았지만, 한지원은 여전히 그 사실을 마음속 어딘가에서 되뇌고 있었다. 그것만이 자신을 겨우 붙들고 있는 마지막 말줄임표 같았다. 하지만 마음 한구석, 아무도 들여다보지 않는 깊은 곳에서는 알았다. 그 말이 얼마나 위태롭고 얇은 거짓 위에 세워졌는지를. 그녀는 매일 그 단어에 자신을 기대며 버텼다. '전학'이라는 두 음절 속에 모든 의심을 묻고, 모든 불안을 눌러 담았다. 그래야만 했다. 그렇지 않으면 견딜 수 없었으니까. 그 믿음은 사실, 도피였고 자기기만이었으며 동시에 절박한 구원이기도 했다. 그러나 한지원은 그 이면에 감춰진 진실을 알고 있었다. 알고 있으면서도 침묵했고, 그 침묵은 이제 되돌릴 수 없는 무게가 되어 그녀의 어깨를 짓눌렀다.

갑자기 5년 전 B중학교의 일이 떠올라서 숨이 가빠왔다.

"선생님…… 저, 할 말이 있어요."

아이의 목소리는 작고 떨렸다. 창밖에선 빗방울이 조용히, 그러나 끊임없이 창문을 두드리고 있었다. 흐릿한 회색빛이 교실 안으로 스며들던 그날 점심시간, 한지원은 상담을 요청한 아이와 마주 앉았다. 책상 위로 떨어지는 희미한 빛, 축축한 공기, 말없이 적막을 채우던 빗소리. 그녀는 몰랐다. 그날 아이가 건넨 그 짧은 말이, 앞으로 오랫동안 그녀의 마음을 젖게 할 줄은.

"그래, 무슨 일이니?"

아이의 시선은 불안정했다. 계속해서 손끝을 만지작거리던 아이는 한참을 머뭇거리다 어렵게 입을 열었다.

"저…… 무서워요."

"무섭다니? 뭐가?"

아이의 입술이 파르르 떨렸다. 눈동자가 어디에도 초점을 두지 못한 채 흔들렸다.

"요즘 이상한 전화가 계속 와요."

한지원의 목소리가 낮아졌다.

"전화? 누가?"

"모르는 번호예요. 처음엔 받지 않았는데, 너무 자주 오니까 한번 받았어요."

아이의 목소리가 점점 낮아졌다.

"그랬더니 아무 말도 안 하다가 조용히 '떠벌리다가는 네 친구처럼 될 수 있어.' 그렇게 말하고 끊어요."

"여러 번이라 했지? 몇 번이나?"

"이번 주에만 두 번이요."

한지원은 잠시 말을 잇지 못했다.

"혹시 그 전화 말고도 누가 너한테 이상한 말이나 행동한 적 있어?"

아이는 고개를 천천히 저었다. 그녀는 그 말을 듣고 잠시 머뭇거렸다. 이건 단순한 불안 증상일 수도 있었다. 그동안 아이는 조용하고 내성적인 성격이었다. 다른 친구들과 쉽게 어울리지 못했고, 늘 혼자 있는 경우가 많았다.

"혹시, 반 친구들과 다툰 적 있니?"

"아니요."

"그럼 선생님이 학교에서 도움받을 수 있도록 도와줄까?"

"아니에요. 그냥……, 아무것도 아니에요."

아이는 고개를 푹 숙였다. 그때 한지원은 아이의 손끝이 떨리는 걸 보지 못했다. 아니, 보고도 그냥 넘겼다. 며칠 뒤 아이는 학교에 나오지 않았다. 이틀째 결석. 사흘째 그녀는 학부모에게 연락을 시도하려 했지만, 그보다 먼저 교장실로 호출됐다.

"한 선생."

교장은 늘 그렇듯 단정하게 정리된 책상을 사이에 두고 앉아 있었다.

"그 아이는 전학 갔습니다."

"전학이요?"

"네. 학부모님이 요청해서, 급히 전학을 보냈습니다."

한지원은 당황했다. 분명히 며칠 전까지만 해도 전학 이야기는 없었다.

"혹시 무슨 이유인지 들으셨나요?"

교장은 잠시 눈에 힘을 줬다.

"한 선생. 우리는 아이들을 보호해야 합니다. 그리고 가끔은 더 큰 문제를 막기 위해 조용히 처리해야 할 일들도 있습니다. 그 아이 일은 안타깝지만, 괜히 드러내면 학교 전체가 흔들립니다. 그러면 남은 아이들은 누가 지켜 주겠습니까."

그녀는 순간 가슴이 철렁 내려앉았다. 이건 단순한 전학이 아니다. 그 아이는 사라진 것이다. 한지원은 입을 열려고 했다. 하지만 입술이 떨어지지 않았다. 괜히 나섰다가 나까지 위험해지는 건 아닐까. 이건 어쩌면 내가 감당할 수 있는 일이 아닐지도 모른다. 나는 그저 조용히 주어진 일만 하면 된다, 그렇게 스스로를 설득했다. 머릿속에서는 수많은 생각이 교차했지만, 마음은 이미 조용히 뒷걸음질 치고 있었다. 그리고 결국 한지원은 입을 다물었다. 말하지 않는 것이 최선이라 믿으며, 그날도 그렇게 침묵 속에 자신을 숨겼다. 그날 저녁, 그녀는 교실로 돌아와 텅 빈 책상을 바라보았다. 그리고 한없이 후회했다. 그때 나는 그 아이를 지켜야 했다. 하지만 나는 그러지 않았다. 그렇게 한지원은 조용히 그 학교를 떠났다.

현재 그녀는 다시 텅 빈 교실을 바라보고 있었다. 책상 위에 학급 출석부가 놓여 있었다. 그리고 이번에도 하나의 이름이 사라져 있었다. 강민서의 이름이 적혀 있던 자리. 그때처럼 이번에도 침묵하고 있다. 그리고 그때처럼 아이 하나가 사라졌다. 이번에도 아무것도 하지 않을 것인가? 한지원은 창밖을 바라보았다. 바깥은 여전히 비가 내리고 있었다. 마치 5년 전처럼. 그녀는 눈을 감았다. 이번에는 정말 그래도 되는 걸까?

6

최석진은 문을 잠그고 교장실 창문 블라인드를 내렸다. 그는 손에 쥔 묵직한 종이 백을, 학교에서 받는 게 조심스럽다는 듯 무겁게 내려놓았다. 책상 맞은편에서 이를 바라보는 남자가 있었다. 장수현의 아버지, 장도경. 겉으로는 점잖은 사업가였지만, 실제로는 학교와 거래하는 업체들을 배후에서 조정하는 실세였다. 학교 공사, 기자재 납품, 급식 계약 등 학교에 필요한 것들은 결국 그의 뜻대로 결정되었다. 그리고 교장들은 그가 건네는 돈을 받고 입을 다물어야 했다.

"이번 계약 건, 이상 없이 진행되는 거 맞지요?"

장도경이 천천히 차를 마시며 물었다. 그의 목소리는 부드러웠지만, 은근히 압박이 묻어났다.

"물론입니다. 서류 정리는 이미 마쳤습니다."

최석진은 억지로 미소 지으며 답했다.

"시설 공사 예산 조정이랑 기획 입찰까지 모두 완벽하게 처리해 뒀습니다. 그런데……"

그는 잠시 말을 고르더니, 장도경을 똑바로 바라보았다.

"사실 며칠 전에 교육감한테서 직접 전화가 왔습니다."

장도경의 눈이 잠깐 가늘어졌다.

"무슨 일로요?"

"민서 실종 건으로 학교가 시끄럽지 않게 잘 관리하라는 말씀이었습니다."

장도경은 피식 웃으며 말했다.

"교육감이 그런 일까지 일일이 신경 쓰나 보군요."

"예. 아무래도 이런 일로 교육감까지 움직이게 하시는 건……, 저로서도 조금 부담스럽습니다."

최석진은 살짝 몸을 앞으로 기울이며 낮은 목소리로 말했다.

"다음부터는 굳이 교육감을 거치지 않으셔도 됩니다. 저한테 직접 전화 주셔도 괜찮습니다."

장도경은 서류를 넘기며 미소 지었다.

"알겠습니다. 그럼 앞으로 교장선생님만 믿겠습니다."

4주 전 방과 후 강민서는 6교시가 끝난 뒤, 급히 교실을 나와 복도로 향했다. 책상 위에 핸드폰을 두고 나온 것이 생각나 다시 가지러 가는 길이었다.

"조용하네."

교장실 문이 반쯤 열린 게 눈에 들어왔다. 발걸음을 멈춘 강민서는 무심코 안쪽을 바라보다, 안에서 들려오는 낮지만 날 선 목소리에 귀를 기울였다.

"항상 이렇게 챙겨 주셔서 감사합니다. 다음부터는 웬만하면 학교 밖에서 부탁드립니다."

"그러시죠. 요즘은 도저히 시간이 안 나서 어쩔 수 없었습니다."

"지난번 B중학교처럼 되는 일은 절대 없어야 합니다."

"그렇죠. 그때도 학생 눈에 띄어서 일이 커졌고, 결국 그 애가 자살까지 했으니…….'"

"그 일이 아직도 교육청에 트라우마로 남아 있습니다. 이번에도 그런 식으로 새어 나가면 우리만 끝나는 게 아닙니다."

"그러니까 늘 조심해야죠. 학교 쪽도 CCTV 관리 잘하시고요."

"그뿐만 아니라 교감이랑 교무주임 쪽은 이미 입단속 철저히 시켜 놨습니다."

강민서는 숨을 죽인 채 한참을 문틈에 서 있었다. 식은 땀이 등에 배어들었다.

'B중학교……, 자살……?'

머릿속이 복잡하게 뒤엉켰다. 그날 저녁, 집에 돌아온 강민서는 가방을 내려놓자마자 곧장 책상 앞에 앉았다. 노트북을 켜고 검색창에 손을 올렸다. 'B중학교 자살 사건' 키워드로 검색하자 몇 개 안 되는 짧은 기사들만이 화면에 떴다. 강민서는 하나하나 기사를 눌러 보았지만, 모두 몇 줄짜리 짧은 기사일 뿐이었다. 학교 이름과 자살 사실 외엔 자세한 내용이 없었다.

'왜 이렇게 기사들이 짧지……? 다른 얘기는 하나도 없잖아…….'

강민서는 화면을 응시하며 입술을 깨물었다. 아이의 머릿속엔 낮에 들었던 목소리들이 계속 맴돌았다.

"지난 B중학교처럼 되는 일은 절대 없어야 합니다."

"그때도 학생 눈에 띄어서 일이 커졌고, 결국 그 애가 자살까지 했으니……."

강민서는 노트북 화면을 덮었다가 다시 열었다.

'그냥 포기할 수 없어…….'

아이는 깊은숨을 몰아쉬며 다시 검색창을 열었다. 먼저 "B중학교 자살 사건" 기사에 딸린 댓글, 커뮤니티 반응, 지역 카페 글까지 모조리 살펴봤다. 그러던 중 지역 맘 카페 게시글 하나가 눈에 들어왔다.

> 그 집 어머니가 지족동에 미용실 하셨는데, 사건 이후 미용실 닫고 집에만 계신대요. 너무 안타까운 일……

강민서는 곧장 그 동네 이름으로 미용실 상호를 검색했다. 폐업 신고가 난 사업자 정보가 떴고, 거기에 기재된 휴대전화 번호가 남아 있었다. 망설이던 강민서는 휴대전화 번호를 핸드폰에 입력했다. 한참을 화면만 바라보다 결국 문자를 입력했다.

> *안녕하세요. 저는 A중학교 학생입니다. 갑자기 연락드려 죄송합니다. B중학교 사건으로 여쭤보고 싶은 게 있어서요. 혹시 조금만 이야기 나눌 수 있을까요?*

그날 밤 답장은 오지 않았다. 그러나 이틀 뒤 핸드폰이 진동하며 짧은 문자가 도착했다.

> *왜 묻는 거니?*

강민서는 심장이 쿵 내려앉는 것을 느꼈다. 손끝이 떨렸지만, 다시 문자를 입력했다.

> *학교에서 수상한 이야기를 들었어요. 뭔가를 숨기고 있는 것 같아요. 도와주실 수 있나요?*

잠시 뒤 화면에 새로운 문자가 떴다.

오전에 지족동 ○○번지에서 보자. 도착하면 연락하고.

강민서는 핸드폰을 꼭 쥔 채 숨을 몰아쉬었다.

7

그 주말 아침 강민서는 약속된 주소를 찾아갔다. 지족동 골목 안, 벽돌이 군데군데 갈라진 오래된 주택이 그곳이었다. 대문 앞에서 한참을 망설이다가 초인종을 눌렀다. 잠시 뒤 삐걱대는 소리와 함께 문이 열렸다. 중년의 여자가 모습을 드러냈다. 어깨가 잔뜩 움츠러들어 있었고 눈가엔 오래 묵은 피로와 경계심이 어려 있었다.
"네가 문자 보낸 학생이니?"
강민서는 재빨리 고개를 숙였다.
"네……. A중학교 다니는 강민서라고 해요. 갑자기 찾아와서 죄송합니다."
여자는 문간에 그대로 선 채 아이를 위아래로 훑어보았다.

"무슨 얘길 하려고?"

강민서는 휴대폰을 꼭 쥐며 말을 꺼냈다.

"저희 학교 교장실에서 교장선생님이랑 한 학부모가 돈을 주고받으면서, '지난번 B중학교처럼 되는 일은 절대 없어야 한다. 그때 학생 눈에 띄어서 일이 커졌고, 결국 그 애가 자살까지 했다'는 말을 하는 걸 들었어요. 혹시 그때 B중학교에서 무슨 일이 있었는지 말씀해 주실 수 있을까요?"

여자의 표정이 굳었다. 입술이 파르르 떨렸다.

"……그 일은 이미 지난 일이야."

"학생 눈에 띄어서 일이 커지고, 결국 그 애가 자살까지 했다는 말……, 아무리 생각해도 이상하지 않나요?"

여자의 눈동자가 크게 흔들렸다.

"우리 애도……, 결국 그 어른들 때문에 죽은 거야. 그런데 다들 마치 우리 애가 원래 이상했던 것처럼 이야기했어. 그게 제일 억울했어…….''

강민서의 눈가가 붉어졌다.

"자녀분에게 무슨 일이 있었는지 꼭 듣고 싶어요. 부탁드릴게요, 알려 주세요."

여자는 문득 눈물을 훔치며, 아이에게 안으로 들어오

라고 손짓했다.

"들어와. 밖에서 이런 얘기 하면 안 돼. 내가 아는 거 전부 얘기해 줄 테니까."

강민서는 천천히 발을 들여놓았다. 골목으로부터 한기가 스며들어 오는 듯했지만, 그 순간 아이의 눈빛엔 단단함이 깃들어 있었다.

작은 거실 안은 어두웠고 공기에는 묘하게 눅눅한 냄새가 배어 있었다. 커튼은 반쯤 닫혀 있었고 빛이 희미하게 스며들 뿐이었다. 여자는 강민서를 소파에 앉히더니 물 컵을 하나 내밀었다. 손이 약간 떨리고 있었다.

"물 좀 마셔."

강민서는 컵을 받아 들고 작은 목소리로 "감사합니다."라고 중얼댔다. 여자는 한참 동안 아무 말 없이 허공을 바라보다 깊은 한숨을 내쉬었다.

"우리 애……, 처음엔 학교에서 잘 지냈어. 친구도 많았고, 공부도 열심히 하고. 선생님들도 좋다 그러고……, 다들 괜찮다고 했어. 근데 어느 날부터 이상한 소문이 돌기 시작했어. 우리 애가 이상하다, 어쩐다 하면서……."

여자의 목소리가 점점 작아졌다. 강민서는 숨죽이며 물었다.

"왜 그런 소문이 났어요?"

여자는 입술을 떨며 고개를 저었다.

"처음에는 나도 몰랐어. 근데 나중에야 알았어. 학교에서 무슨 공사니 납품 계약이니……, 그런 돈 얘기가 아이들 귀에까지 들어간 거야. 우리 애가 그걸 우연히 들었나 봐."

강민서의 눈이 커졌다.

"그래서요……?"

여자는 눈을 감았다 뜨며 말을 이었다.

"그 사실을 안 학교에서 우리 애를 불러다가 압박했어. '괜히 쓸데없는 소리 하고 다니지 말라'고……, '그러다 학교생활 망친다'고……."

여자의 목소리가 떨리며 갈라졌다.

"그 뒤로 학교가 뭐든 우리 애 잘못처럼 몰고 갔어. 애가 원래 예민하고, 정신이 불안정하다고. 선생님들도, 친구들도…… 다 등을 돌렸어. 결국…… 우리 애는……."

여자는 말을 잇지 못하고 고개를 떨궜다. 그녀의 눈가

에서 굵은 눈물이 후드득 떨어졌다. 강민서는 조심스럽게 몸을 앞으로 숙였다.

"혹시…… 그때 학교에서 얘기 나온 사람 이름이나, 구체적으로 들은 이야기 있으세요?"

여자는 한참을 침묵하다 낮게 속삭였다.

"……그때 학교에서 도경이라는 이름이 오갔어. 무슨 회사를 한다고 했는데, 학교랑 계속 거래하는 사람이라고 하던데."

강민서는 숨을 삼켰다.

"혹시…… 장도경이요?"

여자는 놀란 듯 강민서를 바라보았다.

"그래…… 그 이름 맞아."

거실 안은 숨소리조차 무겁게 내려앉았다. 창밖에서는 이따금 자동차 소리가 스쳤지만, 집 안은 고요했다. 강민서는 손을 꼭 쥔 채 떨리는 목소리로 말했다.

"힘드셨을 텐데……, 이렇게 말씀해 주셔서 정말 고맙습니다."

여자는 젖은 눈으로 강민서를 똑바로 바라보았다.

"그래……, 이 얘기가 너한테 도움이 됐다면 그걸로 됐다. 너도…… 조심해야 한다."

강민서는 작게 고개를 끄덕였다. 아이의 눈빛에는 여전히 두려움과 함께 결의가 서려 있었다.

8

월요일 점심시간 강민서는 운동장 벤치로 향했다. 며칠째 머릿속이 뒤죽박죽이었다. 더는 혼자 감당할 수 없을 것 같아, 결국 자신이 믿을 수 있는 단 한 사람, 이지아를 찾아간 것이었다. 벤치 위엔 이미 이지아가 앉아 있었다. 손에는 포도주스가 들려 있었고, 빛에 반짝이는 빨대 끝을 멍하니 입에 문 채였다. 이지아가 먼저 눈길을 주었다.

"야, 여기 앉아."

그 말투만큼은 평소처럼 가벼웠지만, 강민서는 숨을 고르는 듯 조금 늦게 앉았다.

"너 요즘 왜 그래? 뭔 일 있어?"

강민서는 입을 열기 전 주변을 살폈다. 운동장 저쪽에서는 아이들이 소리 지르며 공을 차고 있었지만, 이쪽까지 시선은 미치지 않았다. 한참을 주저하다 결국 말을 꺼냈다.

"지아야."

이지아가 가만히 고개를 기울였다.

"뭔데?"

"며칠 전에…… 우연히 교장실 앞을 지나갔거든. 그런데…… 이상한 얘길 들었어."

이지아의 눈썹이 미묘하게 올라갔다.

"이상한 얘기?"

강민서는 입술을 한 번 꼭 다문 뒤, 마치 문장 하나하나를 가려 뽑듯 말을 이어 갔다.

"교장선생님이 그랬어. '지난번 B중학교처럼 되는 일은 절대 없어야 한다'고."

말이 끝나자 공기 속에서 바람 소리조차 사라진 듯, 잠깐의 정적이 흘렀다.

"그래서?"

이지아가 나지막이 물었다.

"그러자 장수현 아빠가 말했어. '그때도 학생 눈에 띄어서 일이 커졌고, 결국 그 애가 자살까지 했다'고."

강민서는 손가락을 꼼지락거리며, 더 낮은 목소리로 덧붙였다.

"그리고 교장선생님이 이어서 말했어. '그 일이 아직도 교육청에 트라우마로 남아 있다. 이번에도 그런 식으로 새어 나가면 우리만 끝나는 게 아니다'라고."

이지아는 잠시 숨을 죽인 듯했다. 시선이 흔들리더니, 다시 강민서의 얼굴을 똑바로 바라보았다.

"그래서…… 너, 그게 뭔지 알아봤어?"

강민서가 고개를 끄덕였다.

"B중학교 사건 찾아봤어. 인터넷 기사 몇 개밖에 안 나오더라. 그냥 학생 자살 사건이라고만 적혀 있었어. 그런데…… 그냥 넘길 수가 없었어."

이지아가 물었다.

"그래서?"

강민서의 손끝이 떨렸다.

"겨우 학생 어머니 연락처를 찾아서…… 지난 주말에 직접 만나러 갔어."

이지아의 얼굴이 단숨에 굳어졌다.

"무슨 얘길 들었는데?"

강민서가 숨을 내쉬며 말을 이었다.

"그 아이가…… 학교랑 어떤 업자 사이에 돈이 오가는 걸 봤대. 학교가 그걸 입 다물라고 협박했고. 그러다 결국…… 학교가 그 애를 이상한 애로 몰아갔고, 친구들도 다 등을 돌렸대. 결국…… 그 아이는……."

말끝이 희미하게 끊겼다. 이지아가 재촉하듯 낮게 물었다.

"그 업자가 누구래?"

강민서는 침을 삼켰다.

"장수현 아빠, 장도경이래."

그 순간 이지아의 얼굴이 살짝 경직되었다. 눈동자가 흔들리며, 입술을 열었다 닫았다 했다.

"……야, 너 지금 무서운 얘기 하고 있는 거 알아?"

강민서는 고개를 떨구었다.

"그래도 사실이잖아."

이지아는 주위를 두리번거리더니, 한숨을 내쉬었다.

"야, 그냥…… 잊자. 우리한테 상관없는 일이잖아. 너도 평소처럼 지내. 괜히 신경 쓰다가 너까지 이상한 애로 보일 수 있어. 그냥 이대로 넘어가자. 알았지?"

강민서는 이지아의 얼굴을 똑바로 바라보았다.

"지아야, 너 진심이야?"

이지아는 시선을 피하며 말했다.

"아니, 그게……."

그 아이의 목소리는 흔들렸고, 말끝은 점점 흐려졌다.

"이런 거…… 괜히 파헤치면 위험할 수도 있어."

강민서는 이지아의 말을 머릿속에서 곱씹었다. 그게 정말 맞는 걸까? 아무 일도 없던 것처럼, 다 잊고 살아가는 게 진짜 옳은 걸까? 머릿속은 점점 복잡해졌다. 눈을 감으면 교장실 문틈으로 스며들던 그 낮은 목소리들이 다시 떠올랐다. 그 말들은 어딘가 구체적이면서도, 설명할 수 없는 공포를 품고 있었다. 모른 척하는 건 가장 쉬운 길일지도 몰랐다. 하지만 정말 옳은 길일까? 강민서는 자신이 이제 더 이상 예전의 강민서로 돌아갈 수 없다는 걸, 그때 분명히 깨달았다.

"그럴 수 없어."

그날 이후 강민서는 점점 더 말이 없어졌다. 수업 시간에도 심각한 표정으로 창밖만 바라보았고, 쉬는 시간이면 이유 없이 교장실 근처를 서성였다. 강민서의 그 이상한 기척을, 이미 여러 아이가 눈치채기 시작했다. 그중에는 장수현과 그의 무리도 포함되어 있었다.

9

 장수현은 학교 중앙 현관문에서 한참을 서 있었다. 공은 이따금 운동장 바닥에 부딪히며 둔탁한 소리를 냈고, 아이들의 웃음소리가 먼 곳에서 물결처럼 번졌다. 그 웃음소리 뒤로, 또렷하게 들리는 두 단어가 있었다.
 '교장선생님.'
 그리고 '장수현 아빠.'
 장수현의 표정이 순간 굳었다. 눈길은 여전히 운동장을 향하고 있었지만, 초점은 이미 다른 곳에 가 있었다. 벤치 쪽에 강민서가 이지아에게 무언가를 다급하게 이야기하고 있었다. 강민서의 손짓은 작고 조심스러웠다. 이지아는 그 말을 들으며 점점 표정이 굳어 가고 있었다. 장수현은 입술을 살짝 깨물었다. 목덜미 위로 한기가 느껴졌다.
 "이거……, 아빠한테 말해야겠네."

 그날 저녁, 집에 들어오자마자 장수현은 곧장 아버지를 찾아갔다. 거실엔 스탠드 조명이 은은하게 빛나고 있었다. 텔레비전에서는 저녁 뉴스가 흐르고 있었고, 장도경은 소파에 앉아 다소 피곤한 표정으로 화면을 바라보고 있었다.

"아빠."

장도경은 눈길을 화면에서 떼지 않은 채 부드럽게 대답했다.

"왔냐. 밥은 먹었어?"

"응."

고개를 돌린 장도경은 작은 미소를 지었다. 하지만 그 웃음은 눈가까지 닿지 않았다.

"그런데 무슨 일 있어 보인다."

장수현은 잠시 망설이다가 입을 열었다.

"나, 오늘…… 이상한 거 들었어."

"뭐를 들었는데?"

장도경은 여전히 화면을 보고 있었지만, 목소리가 조금 낮아졌다.

"우리 반 강민서가…… 뭘 들은 것 같아."

그 순간 장도경의 손가락이 리모컨 위에서 멈췄다. 느릿하게 리모컨을 들어 올려 TV를 껐다. 거실이 금세 조용해졌다. 벽걸이 시계 초침 소리만이 또렷이 들렸다.

"무슨 얘긴데?"

장수현은 아버지의 얼굴을 살폈다. 아버지의 눈빛은 여전히 부드럽게 보였지만, 눈동자 깊숙이 어딘가가 어두웠다.

"오늘 학교 벤치에서 봤어. 민서가 지아한테 뭘 얘기하더라. 그 안에…… '교장선생님'이랑 '아빠' 얘기가 나왔어."

장도경은 잠깐 눈을 감았다가 뜨고, 담배 한 개비를 꺼냈다. 그는 불을 붙이려다 말고 다시 담배를 내려놓았다.

"내용은 들었어?"

"그것까진 못 들었어."

장도경은 부드럽게 한숨을 내쉬었다. 그리고 살짝 미소 지으며 아들의 어깨를 가볍게 두드렸다.

"수현아. 애들이란 건, 별것도 아닌 얘기를 크게 떠들기 좋아해. 하지만 어떤 얘기는 잘못 퍼지면 큰일이 되기도 하지."

그의 목소리는 낮고 다정했지만, 말끝엔 묘한 무게가 실려 있었다.

"네가 조금 더 알아봐. 둘이서 무슨 얘길 했는지."

장수현은 입술을 깨물었다.

"아빠…… 이거, 나까지 나서야 하는 거야?"

장도경은 다시 미소 지었다. 이번엔 조금 더 부드럽고 아버지다운 웃음이었다.

"우리 아들도 잘 알잖아. 아무것도 모르는 상태에서 맞닥뜨리면 더 해결하기 힘든 법이야."

그는 손으로 아들의 어깨를 살짝 두드렸다.

"아빠가 다 해결할 테니까. 걱정하지 마."

그날 밤, 장수현은 책상 앞에 앉아 멍하니 창밖을 바라보았다. 바깥은 여전히 도시의 불빛으로 반짝였지만, 그 빛이 어쩐지 차갑고 멀게 느껴졌다. 장수현은 주먹을 천천히 움켜쥐었다. 손끝이 저릿할 정도로 힘이 들어갔다.

잠시 후, 아이는 핸드폰을 꺼냈다. 손가락이 조금 머뭇거리다 연락처 목록에서 첫 번째 번호를 눌렀다. 통화는 짧았다. 낮은 목소리로 내일 점심시간, 운동장 뒤로 모이라는 말과 함께 강민서와 이지아의 이름이 오갔다. 상대방은 잠깐 숨을 고르더니 곧 동의했고, 장수현은 전화를 끊었다.

전화를 내려놓은 아이는 다시 창밖으로 시선을 돌렸다. 도시는 여전히 평온해 보였지만, 자세히 들여다보면 어딘가 숨겨진 기운이 감돌았다. 준비할 것은 모두 끝났다. 이제 남은 건 하나뿐이었다. 내일이면 강민서가 무엇을 알고 있는지 알 수 있을 것이다. 어떻게든 알아내야 했다.

10

 점심시간 운동장 뒤편, 체육 창고 근처였다. 벽돌 벽에는 햇빛이 반쯤 스며들어 있었고, 바닥엔 바람에 날려 온 모래가 소리 없이 구르고 있었다. 저 멀리 운동장에서는 여전히 아이들이 소리를 지르며 뛰어놀고 있었지만, 이곳은 이상할 만큼 고요했다. 강민서와 이지아가 나란히 서 있었다. 그 앞에 장수현이 팔짱을 낀 채 서 있었다. 그의 뒤에는 서너 명의 아이들이 무표정하게 벽에 기대 있었다. 모두 같은 교복을 입고 있었지만, 묘하게 서 있는 자세나 눈빛이 달랐다. 장수현이 입을 열었다. 목소리는 낮고 무심했지만, 그 안에는 묘한 살기가 배어 있었다.
 "민서야. 너 요즘…… 이상한 소리 하고 다닌다며."
 강민서는 심장이 쿵 하고 내려앉는 느낌이었지만, 애써 고개를 들었다. 이지아가 옆에서 작게 속삭였다.
 "민서야…… 아무 말 하지 마."

하지만 강민서는 잠시 숨을 골랐다. 장수현이 곧장 다가와 강민서 앞을 막아섰다. 그의 그림자가 강민서의 얼굴을 덮었다.

"우리 아빠 얘기하고 다닌다면서."

강민서는 잠깐 망설이다가 입을 열었다.

"무슨 얘기를 하고 다닌다는 건데?"

장수현은 눈을 가늘게 떴다.

"시치미 떼지 마. 벤치에서 네가 지아한테 얘기하던 거 다 들었어. '교장선생님' 그리고 '우리 아빠' 얘기."

이지아가 나섰다.

"수현아, 왜 이래. 민서 그런 거 아니야."

장수현은 고개를 살짝 돌려 이지아를 봤다. 눈길은 부드러웠지만, 눈동자는 차가웠다.

"지아야. 넌 빠져 있어. 나 지금 민서랑 얘기 중이니까."

이지아는 움찔하며 입술을 깨물었다. 장수현은 다시 강민서를 향해 고개를 돌렸다. 한 손을 주머니에 찔러 넣은 채 물었다.

"민서야. 어디서 들었냐? 말해 봐."

강민서는 작게 숨을 내쉬고 또렷하게 말했다.

"교장실 앞에서 들었어."

장수현이 얼굴을 가까이 내밀었다.

"뭐라고 들었는데."

강민서는 목소리를 낮췄지만 눈은 피하지 않았다.

"……교장선생님이 네 아빠랑 얘기했어. B중학교처럼 되면 안 된다고……. 그때도 학생 눈에 띄어서 일이 커지고, 결국 그 애가 자살했다고……."

장수현의 눈이 잠깐 흔들렸다. 하지만 곧 다시 냉기를 띠었다.

"그거 누구한테 말했어."

강민서는 주저하다가 말했다.

"아직 아무한테도 안 말했어. 지아 말고는."

장수현은 손끝으로 강민서의 교복 소매를 툭 건드렸다.

"좋아. 그럼 이렇게 하자. 앞으로 그 얘기 다시 꺼내지 마. 네가 들은 거, 전부 모르는 일로 해. 알겠지?"

이지아가 화가 난 듯 소리쳤다.

"왜? 네 아빠가 잘못한 거라서? 왜 우리한테 뭐라 하는데?"

장수현은 이지아를 똑바로 바라봤다. 낮은 목소리였지만, 그 안에는 분명한 경고가 담겨 있었다.

"내가 너희 지켜 주는 거야. 그 입 다물지 않으면, 민서도 너도…… 다칠 수 있어."

이지아는 눈을 크게 떴다. 숨소리가 거칠어졌다.

"무슨 소리야. 우리가 뭘 했다고……."

장수현은 잠시 눈길을 내리깔았다가 다시 강민서를 바라보며 말했다.

"민서야. 네가 뭘 들었든, 우리 아빠한텐 상관없어. 하지만…… 괜히 입 잘못 놀렸다가 네가 다칠까 봐 그러는 거야. 알겠지?"

강민서는 짧게 고개를 숙였다가 조용히 물었다.

"협박하는 거야?"

장수현은 조금 놀란 표정으로 강민서를 보다가 한숨을 내쉬었다.

"협박으로 들어도 상관없어. 그래도 입조심해라. 오늘 얘기는 여기까지다. 지아도 마찬가지야. 아는 척하지 마."

장수현이 돌아서자, 뒤따르던 아이들도 하나둘 따라갔다. 운동장 뒤에는 다시 정적이 내려앉았다. 먼지 냄새가 서늘하게 스며들었다. 이지아가 떨리는 목소리로 말했다.

"야, 이제 어떡해……."

강민서는 눈을 잠시 감았다가 뜨고, 낮은 목소리로 말했다.

"……그냥 넘어갈 순 없잖아."

11

새벽 1시 A중학교 담장 앞, 김도윤은 어둠 속에 한참을 서 있었다. 학교 주변은 기이할 만큼 고요했다. 바람 한 점 없이, 가로등 불빛조차 바스러지듯 희미했다. 김도윤은 주변을 살피더니 모자를 깊숙이 눌러쓰고 담장에 손을 얹었다. 손바닥 밑으로 거칠고 싸늘한 시멘트 감촉이 느껴졌다.

그는 숨을 고르고 담장을 조심스레 넘어갔다. 두 발이 운동장 모래 위에 닿는 순간, 먼지가 살짝 피어올랐다. 운동장은 텅 비어 있었다. 교실 창문은 모두 닫혀 있었고 아무 불빛도 새어 나오지 않았다. 멀리서 들려오는 도로 소음만이 희미하게 배경을 채웠다.

김도윤이 건물 뒤편에 다다르자, 구관의 외벽이 드러

났다. 벽돌은 얼룩져 있었고, 오래된 담쟁이넝쿨이 말라붙은 채 매달려 있었다. 김도윤은 잠시 서서 구관을 바라보았다.

"강민서가 여길 왜 왔을까……."

그는 낮게 중얼거렸다. 가방에서 손전등을 꺼냈다. 쇳가루가 묻은 손잡이를 쥔 손끝이 희미하게 떨렸다. 자물쇠가 부서진 창문으로 몸을 밀어 넣자, 안쪽에서 축축한 먼지 냄새가 훅 끼쳐 왔다. 한 걸음, 두 걸음. 김도윤은 천천히 복도를 따라 걸었다. 그곳은 마치 버려진 동굴 같았다. 아무 기척도 없었고, 먼지가 발아래서 잔잔히 일었다.

복도 끝 작은 교실 앞에서 그는 멈췄다. 문은 살짝 열려 있었다. 손바닥으로 문을 미는 순간, '삐걱' 하고 소리가 울렸다. 그 소리에 자신도 모르게 몸이 움찔했다. 그때 교실 안쪽 바닥 한 귀퉁이에서 은빛으로 번쩍이는 무언가가 눈에 들어왔다. 김도윤은 몸을 낮췄다. 먼지가 풀썩 일었다. 그는 손전등 빛을 조심스레 비췄다. 바닥 위에는 작은 카드 키가 떨어져 있었다. 흰색 플라스틱에 미세한 흠집이 나 있었고, 끝에는 핸드폰 스트랩이 달려 있었다. 스트랩에는 분홍색 자수 실로 작은 꽃 모양이 수놓여 있었다. 김도윤은 그것을 집어 들었다. 손끝으로 느껴지는 싸늘한 플라스틱의 감촉.

"이게…… 왜 여기 있지?"

그는 곧 눈살을 살짝 찌푸렸다. 도어록 카드 키였다. 분명 학교와 아무런 관련이 없어 보였다. 그러나 누군가의 매우 개인적인 물건이라는 것은 명백했다.

그때 멀리 복도 끝에서 누군가의 발소리가 조용히 울려왔다. 김도윤은 반사적으로 손전등을 껐다. 어둠이 그를 덮쳤다. 그는 벽에 등을 붙이고 숨을 죽였다. 바람도, 먼지도, 아무 소리도 나지 않는 정적 속에서, 인기척이 가만히 다가오고 있었다. 낡은 문 여닫는 소리가 삐걱 울렸다.

"거기 누구 있어요?"

목소리는 낮고 음성이 갈라져 있었다. 김도윤은 천천히 고개를 돌렸다. 복도 저편 손전등 불빛이 번쩍였다. 그 불빛이 점점 가까워졌다.

"젠장."

김도윤은 카드 키를 손에 쥔 채, 숨을 몰아쉬며 창문 쪽으로 몸을 날렸다. 짧은 금속성 소리가 나며 그의 몸이 창틀을 넘어섰다. 어둠 속을 내달리며, 그는 다시 담장 너머로 뛰어올랐다. 담장을 넘자, 싸늘한 새벽 공기가 그의 뺨을 때렸다. 학교 밖 골목 구석에서 김도윤은 한동안 숨을 고르며, 손안의 카드 키를 내려다보았다. 줄이 끊어진 스트랩이 바람에 흔들렸다. 그는 카드 키를 주머니 속 깊이 밀어 넣으며 중얼거렸다.

"여기에 떨어질 물건은 아닌데……."

그리고 아무도 없는 새벽길을 걸어 나갔다.

그날 새벽 한지원은 꿈속에서 몸부림치다 눈을 떴다. 방 안은 어둡고 고요했다. 이불 위로 땀이 흥건히 젖어 있었고, 숨은 가쁘게 들고 났다. 천장을 멍하니 바라보던 그녀의 눈가가 떨렸다. 귀에는 여전히 꿈속 목소리가 잔향처럼 맴돌고 있었다.

"선생님."

"왜 그랬어요?"

한지원은 눈을 질끈 감았다. 꿈속이었다. 하지만 너무도 생생했다. 구관의 복도, 낡은 문, 어둠 저편에 어른거리는 그림자. 자신의 손에 쥐어져 있던 열쇠. 문을 여는 소리. 그리고 차가운 목소리.

"선생님이 그날 저를 데려갔잖아요."

그 말이 가슴 깊숙이 파고들었다.

"아니야……, 아니야……."

한지원은 머리를 감싸 쥐었다. 이불 위로 쏟아진 그녀의 숨소리가 방 안을 가득 채웠다. 그러나 메아리처럼 목소리는 다시 살아났다.

"다 기억해요, 선생님. 선생님도 기억하죠?"

그녀는 이불을 거칠게 젖히고 일어났다. 방 안의 공기는 무겁고, 눅눅했다. 벽에 걸린 시계가 새벽 네 시를 가리키고 있었다. 가만히 앉은 채 한지원은 떨리는 손으로 머리칼을 쓸어 넘겼다. 마음 깊은 곳에서 또 다른 목소리가 들려왔다.

"넌 그 아이를 버렸어."

그 말은 차가운 비수처럼 그녀의 가슴을 꿰뚫었다.

"아니야……, 그땐……."

그녀의 목소리는 점점 작아졌다.

"난…… 어떻게 해야 할지 몰랐어."

하지만 그 말은 그녀 자신조차 설득하지 못했다. 꿈속의 장면이 다시 눈앞에 어른거렸다. 구관 복도 끝에 서 있던 아이. 불안한 눈으로 자신을 바라보던 강민서. 그 아이가 마지막으로 내민 손길. 그리고 자신이 그 손길을 외면했던 기억. 그 순간, 다른 목소리가 속삭이듯 흘러들었다.

"넌 어쩔 수 없었어. 네가 뭘 한다고 달라질 수 있는 게 아니었어."

한지원은 숨을 길게 내쉬었다. 그래, 어쩔 수 없었던 거다. 그날 그 자리에서 뭘 할 수 있었겠는가. 하지만 마음 깊은 곳에서는 또 다른 소리가 스며 나왔다.

"강민시는 네가 도와줄 거라 믿었어. 마지막 순간까지 네 손을 기다렸잖아."

그 말에 그녀는 손끝이 하얗게 되도록 이불을 쥐었다.

"아니야……, 난……."

그러나 변명은 허공에서 금세 부서졌다. 거울 속 창백하게 일그러진 자신의 얼굴을 바라보며, 한지원은 작게 중얼거렸다.

"난 그냥…… 평범한 교사였을 뿐인데……."

그 말이 공허하게 방 안에 흩어졌다. 하지만 한지원은 알고 있었다. 그 모든 것의 시작이 어디였는지를. 그리고 왜 지금 이 순간에도 자신이 서서히 어둠 속으로 빨려 들고 있는지를. 마음 한구석이 서늘하게 저렸다. 그리고 다시 눈을 감자, 복도 끝 어딘가에서, 그 불안한 눈빛이 자신을 또다시 바라보고 있었다.

 다음 날 아침 교무실은 평소와 다름없이 조용했다. 그러나 한지원이 문을 열고 들어서자 몇몇 동료 교사들이 수군대는 소리가 들려왔다. 그녀는 애써 모른 척하며 자신의 책상으로 향했다. 그러나 주변의 공기가 미묘하게 달라져 있었다.
"요즘 참 분위기 안 좋네."
"그러게. 학교도 곤란할 거야."
 귓가에 은근한 비난이 스쳤다. 그녀를 향한 노골적인 시선이 느껴졌다. 누군가는 대놓고 쳐다보았고, 누군가는 모니터 너머로 그녀를 흘깃거렸다.
"어쨌든 학생을 끝까지 책임지는 게 교사의 역할 아니겠어?"
"맞아. 그런데 그 책임을 다 못 하면?"
 말끝을 흐리며 비웃는 소리가 들려왔다. 한지원은 손끝이 차갑게 식는 것을 느꼈다. 아무도 대놓고 말하진 않았지만, 그녀를 향한 시선은 이미 결론을 내린 듯했다. 책상에 앉으려던 순간, 윤선희 교사가 일부러 그녀 가까이 다가왔다.

"한 선생님."

그녀가 고개를 들자, 윤선희는 짧게 웃으며 낮은 목소리로 말했다.

"솔직히 말해 봐요. 정말 아무것도 모르는 거예요?"

그녀는 심장이 철렁 내려앉는 걸 느꼈다. 질문은 짧았지만, 그 안에 담긴 의미는 너무도 명확했다. '정말 네가 무죄라고 생각해?' 한지원은 아무 대답도 하지 못한 채, 숨을 삼켰다.

4

진실

1

 강민서가 실종된 이후 학부모들 사이에서 긴장감이 극도로 고조되었다. 윤지연은 처음에는 침묵을 유지했지만, 경찰 수사가 깊어질수록 점점 무책임한 태도를 보이기 시작했다. 마치 이 사태가 자신들과는 전혀 무관한 일이라는 듯이 행동했다.

 "우리 애가 강민서를 괴롭혔다고요? 말도 안 되는 소리 하지 마세요. 우리 수현이는 그런 아이가 아닙니다. 오히려 민서가 너무 예민해서 별것도 아닌 걸 문제 삼은 게 아닙니까?"

 윤지연은 학부모 모임에서 강경한 목소리로 말했다.

 "민서는 원래 예민한 애였어요. 우리 수현이가 그 애한테 장난 한두 번 친 걸 두고 이런 식으로 몰아가다니, 너무한 거 아닙니까?"

 반면, 이수정은 점점 감정을 억누르지 못하고 히스테릭한 태도로 변해 갔다. 눈가가 붉어진 채 교장을 향해 날카로운 목소리로 소리쳤다.

 "우리 애가 실종되기 전에 몇 번이나 학교에 도움을 요청했어요! 그런데 아무 조치도 없었다고요! 도대체 학교는 뭘 하고 있었습니까? 학생들이 어떤 환경에서 지내고 있었는지, 교장은 알고나 있습니까?"

학교 측은 공식적인 입장을 내놓지 않은 채 침묵을 유지했지만, 내부적으로는 사태가 걷잡을 수 없이 커지고 있었다. 학부모들끼리 대립이 심화되자, 결국 최석진은 사태를 진정시키기 위해 장수현과 강민서의 학부모를 불러 교장실에서 대면하게 했다. 교장실에는 팽팽한 긴장감이 감돌았다.

"우리 애를 그런 끔찍한 일에 연루시킨다는 게 말이 됩니까? 이건 명백한 모함이에요!"

윤지연은 격앙된 목소리로 소리쳤다. 이수정은 감정을 주체하지 못하고 거의 울부짖듯 소리쳤다.

"우리 아이가 실종된 지 보름이 지났어요! 그런데도 아직도 찾지 못하고 있다고요! 그게 다 당신네 자식 때문 아니에요? 여전히 행방을 모르는 상태인데 당신 자식이 한 짓을 이렇게 덮으려는 겁니까?"

학부모들 사이에서도 목소리가 오갔다. 일부는 강민서의 억울함을, 일부는 장수현의 결백을 주장했다. 최석진은 이 모든 것을 지켜보며 한숨을 내쉬었다. 그러다 천천히 한지원을 바라보았다.

"한 선생, 이 사태가 이렇게 커진 건…… 당신도 잘 알겠죠?"

그 시선에는 경고가 섞여 있었다. 은근한 압박이었다. 한지원은 목이 타는 듯했다. 그녀는 억울했다. 자신이 범인이 아닐 터였다. 아니, 그럴 리 없었다. 하지만…….

퇴근하고 집으로 돌아온 한지원은 거울을 바라보았다. 초췌한 얼굴, 핏발 선 눈. 더 이상 서 있기도 힘들었다. 어젯밤부터 떠오르는 기억의 조각들. 그는 사건 당일 어디에 있었던가? 처음에는 확신했다. 자신은 무고한 피해자라고. 하지만 최석진은 어땠는가? 마치 모든 걸 알고 있다는 듯한 태도를 보였다. 그의 말이 자꾸만 한지원의 머리를 휘저었다.

"너도 네가 무사하지 않을 거란 거 알지? 네가 떠벌리면, 예전 일도 다 끄집어내게 될 거야. 그렇게까지 가야겠어?"

최석진의 목소리가 머릿속에서 반복되었다. 그 예전 일이란 무엇인가. 시험지 유출? 성적 조작? 아니면, 자신이 잊고 싶은 어떤 기억……. 그녀의 머릿속에 불현듯 강민서가 떠올랐다. 놀라는 눈, 움츠리든 어깨, 두려움. 그런데 그 뒤로는 아무것도 없었다. 시간이 흐르면서 학교 내부에서 이상한 소문이 돌기 시작했다.

"한 선생님이 뭔가 숨기고 있대."

"강민서한테 안 좋은 감정을 가졌다는 말도 있던데……."

"그날 밤 한 선생님이 구관 근처에서 있었다는 걸 본 사람이 있대."

학생들과 교직원들 사이에서 은밀히 퍼지는 속삭임이 한지원의 귓가를 찔렀다. 그녀는 스스로를 다그쳤다.

'나는 그런 적 없어. 그런데…… 정말인가?'

머릿속이 혼란스러웠다. 점점 조각나는 기억 속에서, 그녀는 자신이 정말 결백한지조차 확신할 수 없었다. 손을 내려다보니, 손톱 밑에는 아직도 지워지지 않는 붉은 흔적이 남아 있었다.

"강민서를 밀친 건 나였나? 아니야, 그럴 리 없어. 하지만……."

한지원은 필사적으로 기억을 끄집어내려 했다. 그러나 단편적인 감정만 떠오를 뿐, 선명한 그림은 나오지 않았다. 그녀는 스스로에게 속삭였다.

"내가 진짜 죄인일까?"

한편, 학부모들 사이에서 책임 공방과 소문이 걷잡을

수 없이 퍼지며 갈등이 커지자, 윤지연은 더는 상황을 방치할 수 없다고 느꼈다. 결국 그녀는 여론 앞에 직접 나서기로 했고, 아이를 위한 마지막 선택처럼 기자회견을 열기로 결정했다.

2

A중학교 실내 체육관, 오후의 햇살이 유리창 너머로 길게 드리웠다. 체육관 안으로 삼삼오오 모여든 기자들 사이로, 카메라 삼각대가 촘촘히 세워졌고, 붐 마이크가 허공에 떠 있었다. 언론사 로고가 박힌 카메라 뒤에 선 그들 사이엔 묘한 긴장과 기대가 엇갈려 흘렀다. 교문 앞에 설치된 임시 브리핑 스탠드는 어딘지 낯설고 위태로워 보였다. 학교 관계자가 조심스레 주변을 정리하고, 무선 송신기를 점검하는 동안, 플래시 테스트가 여기저기서 번쩍이며 허공을 찔렀다. 누군가의 목소리가 무전을 통해 들려오고, 또 다른 누군가는 메모장에 짧은 문장을 받아 적었다.

곧 윤지연이 모습을 드러냈다. 단정한 셋업 슈트 차림,

단발머리는 깔끔히 정리되어 있었고, 표정은 침착했지만 결코 가볍지 않았다. 단상에 오른 그녀는 잠시 마이크 앞에서 숨을 고른 뒤, 정면을 응시하며 입을 열었다. 수십 개의 카메라가 일제히 셔터를 눌렀고, 플래시가 눈부시게 터졌다. 그녀의 목소리는 낮고 또렷하게 울렸다. 차분했지만, 그 안엔 흔들림 없는 단호함이 실려 있었다. 말끝마다 정적이 맴돌았고, 기자들은 말없이 그녀의 말 한마디, 표정 하나를 놓치지 않기 위해 숨을 삼켰다.

"오늘 이 자리에 선 이유는 저희 아이가 부당하게 의심받고 있기 때문입니다. 우리는 진실을 밝히기 위해 왔으며, 학교와 경찰이 공정한 조사를 하도록 촉구하고자 합니다."

윤지연은 사건의 개요를 정리했다.

"우리 아이는 강민서 학생 실종과 관련이 없으며, 근거 없는 의혹이 퍼지고 있습니다. 오히려 학교 측이 문제를 방치한 점이 더 중요합니다."

그녀는 강민서 실종 당시 장수현의 행적과 경찰 조사에서 밝혀진 내용을 공개 가능한 부분만 언급하며 설명했다. 그러나 말을 이어 가려는 순간, 군중 속에서 분노에 찬 목소리가 들려왔다.

"책임을 회피하는 건 당신이야!"

사람들의 시선이 일제히 그곳으로 쏠렸다. 이수정이 떨리는 손으로 군중을 헤치고 앞으로 나왔다. 그녀의 눈은 붉게 충혈되어 있었고, 온몸이 긴장으로 가득 차 있었다.

"내 아이가 실종된 지 보름이 넘었는데, 당신은 지금도 변명만 하고 있어? 당신 애가 내 딸을 괴롭혔다는 걸 다 알고 있어! 그런데도 억울하다고? 장난이었다고? 그 장난 때문에 우리 애가 사라졌어!"

기자들은 순식간에 그녀에게 마이크를 내밀며 질문을 쏟아 냈다.

"이수정 씨, 학교 측이 어떤 대응을 했습니까?"

"대응? 대응 같은 건 없었어요! 우리 애가 괴롭힘당한다고 여러 번 학교에 말했는데, 담임교사는 아무것도 안 했어! 교장도! 그게 방치 아니면 뭐야! 그리고……"

이수정의 시선이 윤지연을 향했다.

"당신 애는 정말 아무 짓도 안 했다고 확신해? 정말로?"

윤지연의 표정이 순간 딱딱하게 굳었다. 당황한 기색이 역력했지만 애써 평정을 유지하며 입을 열었다.

"허위 사실을 유포하지 마세요. 경찰 수사를 기다려야죠."

"수사? 당신은 우리 애가 없어졌을 때, 단 한 번이라도 관심이나 가졌어? 내 아이가 없어졌는데, 당신 애는 멀쩡하게 학교를 다니고 있어! 당신은 기자회견까지 열어서 '우리 애는 결백하다'고 주장하고 있고! 이게 말이 돼?"

군중 속에서 웅성거리는 소리가 커졌다. 학부모들 사이에서도 귓속말이 오갔다. 학교 측도 참석한 가운데 최석진은 굳은 표정으로 기자들의 질문을 받고 있었다. 그때 기자들 사이에서 날카로운 목소리가 들려왔다. 김도윤이 손을 들고 질문을 던졌다.

"수현 군이 민서 양을 괴롭혔다는 구체적인 증언이 나오고 있습니다. 이를 어떻게 설명하시겠습니까?"

윤지연은 한순간 당황했지만 곧바로 차분한 목소리로 답했다.

"친구들 사이에서 장난이 오갈 수는 있지만, 그렇다고 실종과 연결할 수는 없습니다. 객관적인 증거가 필요합니다."

그러나 김도윤은 한발 더 나아갔다.

"장난이라고 하셨는데, 피해자 입장에서 장난과 괴롭

힘의 경계는 다를 수 있습니다. 이 점에 대해서는 어떻게 생각하십니까?"

기자들의 플래시가 번쩍였고, 학부모들 사이에서도 웅성거림이 커졌다. 윤지연은 입술을 굳게 다물었다. 그때 김도윤은 최석진을 향해 시선을 돌리며 다시 질문을 던졌다.

"학교는 민서 양의 보호 요청을 방관했다는 의혹을 받고 있습니다. 이에 대한 공식 입장은 없습니까?"

최석진은 굳은 표정으로 답했다.

"현재 경찰과 협조하며 철저히 조사 중입니다. 저희도 사건의 진상을 밝히는 데 최선을 다하겠습니다."

그러나 김도윤은 물러서지 않았다.

"만약 학내 교사 중 누군가가 사건과 관련이 있다면, 이를 은폐하려는 시도는 없었는지 조사할 계획이 있습니까?"

기자들의 관심이 새로운 방향으로 쏠렸고, 한지원의 이름이 여기저기서 흘러나왔다. 윤지연은 흔들리는 시선을 바로잡고 말을 이었다.

"저는 단지 제 아들에 대한 오해를 해명하려는 게 아닙니다. 무엇보다 중요한 건, 경찰이 이 사건을 신속하게 수사하고, 학교 역시 그에 상응하는 책임 있는 조치를 하는 것입니다. 민서 양의 실종이 공정하게 다뤄져야 합니다."

그녀는 경찰의 철저한 수사 촉구, 학교의 공식적인 입장 발표 요구를 요구했다. 그러나 이미 기자들의 관심은 이수정의 격렬한 발언과 한지원에 대한 의혹으로 넘어가 있었다. 기자들이 추가 질문을 던지기 시작했다. 김도윤은 다시 한번 질문을 던졌다.

"신원 미상의 사람이 사건 당일 구관 근처에서 목격되었다는 증언이 나왔습니다. 이에 대해 경찰과 학교 측이 확인한 바가 있습니까?"

최석진은 땀을 훔치며 답했다.

"현재 확인 중에 있으며, 모든 가능성을 열어 두고 있습니다."

그러나 김도윤은 더욱 강하게 밀어붙였다.

"단순한 우연인지, 아니면 더 깊은 연관성이 있는지 철저한 조사가 필요하지 않습니까?"

기자들은 더욱 집중했고, 학부모들 사이에서도 동요가 커졌다. 윤지연은 혼란스러운 분위기 속에서도 마지막으로 말을 이었다.

"이 사건은 단순한 개인의 문제가 아닙니다. 우리는 진실을 밝히기 위해 끝까지 노력할 것입니다. 경찰과 학교가 책임 있는 조치를 취하도록 여러분도 관심을 가져 주십시오."

그러나 기자들의 카메라는 여전히 이수정을 비추고 있었고, 학부모들 사이에서는 학교 측의 미온적인 태도에 의혹이 더욱 커지고 있었다. 체육관에서의 기자회견은, 이제 예상치 못한 국면으로 접어들고 있었다.

3

기자회견 후 늦은 오후 김도윤은 핸드폰을 내려다보았다. 발신자 표시 제한. 조심스러운 목소리가 들려왔다.

"기자회견을 보고 연락드렸습니다. 기자님이 조사하는 학교에서 아주 오래된 비리가 있다는 걸 아시나요?"

김도윤은 숨을 고르며 물었다.

"누구십니까? 강민서 실종 사건과 관련된 겁니까?"

잠시 침묵이 흐른 뒤, 상대는 낮게 말했다.

"아뇨, 실종 사건이 아니라……, 최석진 교장과 장수현의 아버지 장도경에 관한 이야기입니다."

그 말에 김도윤은 본능적으로 통화 녹음 버튼을 눌렀다.

"어떤 내용이죠?"

"납품업체로부터의 금품 수수와 특정 학생들의 성적 조작도 있었습니다. 특히 장수현 학생은 학교에서 특별 대우를 받고 있고요."

"증거가 있습니까?"

"확실한 증거는 없지만, 정황을 보면 명백합니다."

김도윤은 곧바로 다음 질문을 던졌다.

"이 비리가 강민서 실종과 관련이 있습니까?"

상대는 다시 한동안 침묵했다. 그 침묵이 길어질수록 김도윤은 더 긴장감을 느꼈다. 그리고 마침내 상대가 입을 열었다.

"그건……, 저도 모릅니다."

단순한 모름이 아니었다. 마치 말을 삼키는 듯한 목소리. 김도윤은 직감했다. 이 사람은 뭔가를 알고 있다. 하지만 말하지 못하는 것이다.

"선생님께서 알고 있는 걸 더 말해 줄 수 있습니까?"

제보자는 짧은 숨소리를 내쉬더니, 마치 더 이상 할 말이 없다는 듯 낮게 중얼거렸다.

"최석진과 장도경을 만나 기자님이 직접 확인해 보세요."

전화는 끊겼다. 김도윤은 곧바로 다시 전화를 걸어 보려 했지만, 발신자 표시 제한으로 걸려 온 통화라 재다이얼을 할 수 없었다. 그는 핸드폰 화면을 내려다보며 깊은 생각에 빠졌다. 이 제보자는 대체 누구였을까? 이 사실들을 어떻게 알았을까?

다음 날 오전 김도윤은 A중학교 교장실 문 앞에 섰다. 문을 두드리자 안에서 무거운 목소리가 들려왔다.

"들어오세요."

최석진은 예상보다 차분한 얼굴이었다. 그는 자리에서 몸을 기울이며 물었다.

"기자님이 우리 학교에 관심이 많으시다던데, 이번에는 무슨 일이죠?"

김도윤은 최석진을 바라보며 조용히 입을 열었다.

"학교가 납품업체로부터 금품 수수를 했다는 이야기를 들었습니다. 또한 특정 학생의 성적을 조작했다는 사례도 있다고 제보를 받았습니다."

최석진은 살짝 미소를 짓더니 천천히 등을 기대며 말

했다.

"그런 이야기, 어디서 들으셨습니까?"

"취재원 보호를 위해 밝힐 수는 없습니다."

"출처를 밝힐 수 없는 제보라는 거죠? 기자님, 그런 것에 너무 휘둘리면 위험합니다."

김도윤은 눈빛을 단단하게 유지하며 반박했다.

"실종 사건이 있던 날, 학교 내부 CCTV 일부가 삭제됐다는 제보도 받았습니다. CCTV 조작 건은 어떻게 설명하시겠습니까?"

최석진의 미소가 사라졌다. 그는 한동안 김도윤을 노려보았다.

"그 사건과는 전혀 관련이 없습니다. 기자님, 지나치게 억측하지 않는 게 좋을 겁니다."

김도윤은 최석진의 말투 속에서 무언가를 숨기려는 기색을 감지했다. 그는 자리에서 일어서며 마지막으로 말했다.

"이 비리가 실종 사건과 관련이 있는지 제가 직접 확인해 보겠습니다."

교장실을 박차고 나온 김도윤은 장도경을 만나기 위해

그의 사무실로 차를 몰았다. 30분 후 김도윤은 대전 탄방역 근처의 오피스 빌딩가에 서 있었다. 장도경이 운영하는 사무실이 이곳에 있다는 정보를 입수한 그는, 빌딩 앞에서 조용히 그를 기다렸다.

이곳은 평일 낮이면 정장 차림의 직장인들이 분주히 오가는 곳이었다. 한참을 기다리던 중, 검은색 외제 차 한 대가 빌딩 앞에 멈춰 섰다. 차에서 내린 중년 남성은 주변을 한 번 둘러보더니, 빠른 걸음으로 건물 안으로 들어가려 했다. 업체 홈페이지에서 장도경의 얼굴을 봐 둔 김도윤은 한 걸음 앞으로 다가가, 자연스럽게 그의 옆으로 붙으며 말을 건넸다.

"실례합니다. 장 대표님. 잠시 이야기 좀 나눌 수 있을까요?"

"뭡니까?"

"김도윤 기자입니다. 납품할 때 이권을 받는 대가로 A 중학교에 금품을 제공하고 성적 청탁을 했다는 제보를 받았는데, 사실입니까?"

장도경은 흥미롭다는 듯 웃었다.

"뭔 증거라도 있습니까? 그리고 우리 애는 원래 공부를 잘합니다. 왜 부정청탁을 하겠습니까?"

"그럼 한 가지 더 묻겠습니다. 수현 군이 민서 학생 실종 전에 함께 있었다는 목격담이 있고, 따돌림을 주도했다는 이야기도 나오는데, 이 사실에 대해 알고 계십니까?"

장도경의 미소가 서서히 지워졌다.

"지금 우리 아이가 무슨 잘못이라도 했다는 겁니까?"

"제가 묻고 싶은 게 그겁니다. 민서 양 실종 사건과 이 비리 사이에 어떤 연관이 있습니까?"

장도경은 잠시 말을 멈추더니, 담배를 꺼내 불을 붙였다. 불꽃이 얼굴을 비추며 굳은 표정이 드러났다.

"기자님······, 애들 일은 애들 일입니다. 괜히 어른들이 들쑤셔 봤자 얻는 게 없어요."

김도윤은 시선을 거두지 않았다.

"그건 민서 학생이 뭘 알았다는 뜻입니까?"

장도경은 담배 연기를 길게 내뿜으며 시선을 돌렸다.

"기자님, 헛소문 좇다가는 크게 다칠 수 있습니다. 충고하는 겁니다."

장도경의 마지막 말은 협박처럼 들렸지만, 동시에 자신도 모르게 흘린 고백처럼 느껴졌다. 김도윤의 가슴속에서 무언가가 확실한 모양을 갖춰갔다. 이 남자는 분명 알고 있다. 그리고 그 열쇠는 전학 간 이지아가 쥐고 있을지 모른다. 그는 고개를 들었다. 이제 더 이상 망설일 이유가 없었다. 다시 이지아를 찾아가야 한다. 진실은 그 아이 곁 어딘가에 숨어 있을 것이다.

4

김도윤은 전민동 C중학교 정문 맞은편 인도에 서 있었다. 햇살이 눈부시게 쏟아지고 있었지만, 그의 등줄기는 땀으로 서늘했다. 이 거리는 평온했다. 아이들이 무리 지어 웃고, 자전거 바퀴가 바람을 가르며 달려 나갔다. 하지만 그가 찾아 헤매는 진실은 이 고요와 전혀 닮아 있지 않았다. 그는 가방끈을 잡은 손에 조금 더 힘을 주었다. 전학 간 이지아. 강민서와 가장 가까웠던 아이. 실종 전에 무언가를 알고 있을 가능성이 가장 큰 인물이었다. 그 아이에게서 단서를 얻어야 했다.

종소리가 울리자, 학생들이 교문 밖으로 쏟아져 나오기 시작했다. 다들 같은 교복을 입고, 비슷한 표정으로 웃고 떠들었다. 그 속에서 김도윤의 시선이 한곳에 멈췄다. 이지아였다. 친구들과 걸어 나오는 아이는 한동안 웃고 있었지만, 김도윤과 눈이 마주치자 걸음을 멈췄다. 얼굴빛이 희미하게 굳었다. 김도윤은 숨을 내쉬고, 조심스레 다가섰다.

"지아야, 아저씨 기억하지?"

아이는 주변을 두리번거리더니, 작은 목소리로 대답했다.

"……네, 아저씨. 그런데…… 무슨 일이세요?"

김도윤은 눈을 가늘게 뜨고 아이를 바라보았다.

"전에 지아가 말했지? 민서가 협박받고 있었다고."

이지아의 눈이 미세하게 흔들렸다.

"그때 네가 말하지 않은 게 있을 것 같아."

아이는 입술을 깨물었다.

"그땐 그냥…… 걱정돼서 말한 거예요. 하지만 저도 다 모른다고요."

김도윤은 그 말을 그대로 믿지 않았다. 아이의 목소리엔 분명 망설임이 배어 있었다.

"지아야, 네가 걱정하는 거 알아. 하지만 지금 민서가 사라졌어. 우리에겐 작은 단서 하나라도 필요해."

이지아는 한참 고개를 떨군 채 있었다. 그리고 작게 숨을 들이마신 뒤 입을 열었다.

"……사실 민서가 사라지기 전 운동장 뒤에서…….

김도윤은 숨을 죽였다.

"무슨 일이 있었는데?"

이지아의 목소리는 점점 더 작아졌다.

"장수현이 자기 패거리를 앞세워서 민서랑 저를 불러냈어요."

김도윤은 눈썹을 살짝 찌푸렸다.

"왜?"

"수현이가 민서한테…… 뭘 들었냐고 물었어요. 그리고…… 떠들면 가만두지 않겠다고 했어요."

이지아의 손이 작게 떨렸다. 김도윤은 시야가 좁아지는 듯한 기분을 느꼈다.

"민서가 뭘 들었길래 수현이가 협박한 거야?"

이지아는 주저하며, 다시 작은 목소리로 이어 갔다.

"민서가 교장실에서…… 교장선생님하고, 장수현 아빠가 얘기하는 걸 들었다고…….

김도윤은 무심코 숨을 삼켰다.

"그 둘이서 뭐라고 얘기했는데?"

이지아는 잠시 눈을 감았다가 떴다.

"'지난번 B중학교처럼 문제 되면 안 된다'고…… 그리고…… '이번에도 조용히 넘어가야 한다'고 했대요."

김도윤은 허공을 바라본 채 미동도 하지 않았다.

'이번에도…….'

그 짧은 단어가 가슴 깊은 곳을 찔렀다. 누군가는 이미 한번 진실을 어둠 속에 묻었고, 이제 또다시 그 일을 반복하려 하고 있었다. 이지아는 조금 더 말을 이었다.

"……그리고 민서가 B중학교 사건을 검색해 봤대요. 거기서…… 학생 한 명이 자살한 걸 알게 됐다고. 민서가 그 아이 엄마를 찾아가서 물었대요."

김도윤은 시선을 낮추었다.

"뭐라고 했대? 그 어머니가."

이지아의 목소리는 거의 속삭임에 가까웠다.

"그 학생이…… 학교에서 무슨 비리를 알게 됐고, 그걸 학교가 숨기려고 협박했대요. 그 애가 친구들한테도 외면받다가…… 결국……."

김도윤은 살짝 고개를 떨궜다.

"그리고 그 학교랑 거래하던 업체 사장이…… 장수현 아빠라고 들었대요."

이지아는 두 손을 꼭 쥔 채 눈을 피했다. 김도윤은 숨을 들이켰다. 강민서가 단순히 이상한 대화를 엿들은 게 아니었다. 이미 그 실체의 깊이까지 보아 버렸다. 그리고 그것을 장수현에게 들켰다.

"민서는 그걸…… 그냥 넘겼을까?"

김도윤이 낮게 묻자 이지아는 고개를 저었다. 잠시 후 아이는 가방을 열더니 안쪽에서 작은 편지를 꺼냈다. 종이에는 접힌 자국이 깊게 나 있었다.

"이거…… 민서가 저한테 준 편지예요."

김도윤은 종이를 받아 펼쳤다. 여성스럽지만 또박또박한 글씨가 눈에 들어왔다.

지아야, 혹시 나한테 무슨 일이 생기면 이걸 기억해 줘. 진실을 밝히려면 지혜로운 구슬을 찾아. 그 구슬은 빛나지 않지만, 안을 들여다보면 사람들이 숨긴 이야기가 보여. 어른들은 다들 아무 일 없다고 하지만, 그 구슬은 알고 있어. 이 사실은 절대 아무에게나 쉽게 말하지 마. 위험하니까.

김도윤은 그 문구를 몇 번이고 읽었다. 단순히 장난처럼 보이지만, 강민서가 실종되기 직전에 남긴 흔적이었다. 이지아가 작게 말했다.

"그때 민서가 이걸 주면서 아무 말도 안 했어요. 그냥 '혹시 모르니까'라고만……."

김도윤은 잠시 고개를 숙였다. 그 문구가 사람인지, 장소인지, 물건인지 아직 알 수 없었다. 하지만 그것이 사건의 중심과 닿아 있을 거라는 예감만은 분명했다. 잠시 침묵이 흘렀다. 김도윤은 천천히 고개를 들었다.

"지아야……, 혹시……."

아이의 눈동자가 살짝 흔들렸다.

"동영상, 네가 보낸 거니?"

이지아의 표정이 굳었다. 하지만 이내 작게 입을 열었다.

"……네."

김도윤은 머릿속에서 무언가가 또렷한 형태를 갖춰 가는 걸 느꼈다.

"그 영상을 찍은 사람도 네가 맞아?"

아이는 입술을 꾹 깨물고 천천히 고개를 끄덕였다.

"네……, 제가 찍었어요."

김도윤은 숨을 내쉬었다.

"그날 왜 그걸 찍은 거야?"

이지아는 시선을 떨구었다. 한참 동안 침묵하더니, 낮은 목소리로 말했다.

"그날…… 뭔가 이상했어요. 민서가 걱정된다고 했고, 전 그냥…… 혹시 몰라서 찍어 둔 거예요."

김도윤은 눈빛이 어두워졌다.

"그 영상 속 사람은 누구야?"

이지아는 주위를 두리번거리며 목소리를 더 낮췄다.

"잘…… 모르겠어요. 비도 오고, 너무 어두웠어요. 그리고…… 무서워서……. 제대로 못 봤어요."

김도윤은 고개를 끄덕였다.

"그럼, 왜 아저씨한테 영상을 보낸 거야?"

아이의 목소리는 조금 떨렸다.

"무서웠어요. 하지만…… 누군가는 알아야 한다고 생각했어요."

김도윤은 길게 숨을 내쉬었다. 그가 찾고 있는 실종된 소녀의 진실이 지금 손끝에서 희미하게 흔들렸다. 그리고 그것은 아직, 완전히 모습을 드러내지 않았다.

5

 숙소로 돌아온 김도윤은 쪽지에 적힌 '지혜로운 구슬'이라는 문장을 되뇌었다. 대체 무슨 의미일까? 장소일까, 물건일까, 아니면 특정한 사람을 의미하는 걸까? 아무리 생각해도 단서는 쉽게 풀리지 않았다. 그때 책상 위 핸드폰이 울렸다. 화면을 보니 편집국장이었다.
 "네, 국장."
 "취재는 어떻게 돼가?"
 다짜고짜 묻는 목소리에는 초조함이 묻어 있었다.
 "지역 언론들은 또 가십거리로 몰아가고 있더라. '실종된 여중생, 경찰은 오리무중' 같은 제목이나 뽑고. 우린 다르게 가야 해."
 "저도 같은 생각입니다. 지금까지 찾은 단서 중에 중요한 게 하나 있습니다."
 "뭔데?"
 "'지혜로운 구슬'이라는 표현입니다. 민서가 실종되기 직전에 친구에게 준 편지에 남긴 글이죠."
 "지혜로운 구슬? 그게 뭐야?"
 "그게 문제입니다. 장소일 수도 있고, 물건일 수도 있고, 사람을 의미할 수도 있는데, 아직 정확한 의미를 모르겠습니다."

국장이 짧게 침묵하더니 한숨을 내쉬었다.

"이거 애들 말장난 아니야? 그런 단서 말고 더 확실한 거 없어?"

"하지만 민서가 실종 전에 남긴 흔적이라면 의미가 있을 겁니다. 쉽게 넘길 수 없어요."

"그래. 그럼 그걸 중심으로 조사해 봐. '구슬'이 의미하는 게 뭔지. 혹시 '지혜'랑 관련된 장소나 단체 같은 건 없나 찾아보고."

"알겠습니다."

전화를 끊은 뒤 김도윤은 서울에 있는 문화부장 정혜진에게 전화를 걸었다. 정혜진은 국문학 전공자로 언어적인 해석 능력이 뛰어난 기자였다.

"부장, 혹시 '지혜로운 구슬'이라는 표현에서 뭐가 떠오르세요?"

정혜진은 잠시 생각하더니 답했다.

"흠……, 구슬이라. 이건 여러 가지 뜻으로 해석될 수 있지."

"어떤 의미들이 있을까요?"

"첫째, 구슬은 전통적으로 보석이나 소중한 것을 의미할 때가 많아. 둘째, 불교나 설화에서 '지혜의 보주(寶珠)' 같은 표현이 나오기도 하고. 셋째, 혹시 지역에서 '구슬'이라는 명칭이 붙은 장소나 단체가 있는지 알아보는 것도 방법이야."

김도윤은 고개를 끄덕였다.

"그런데 이것만으로는 뭔가 부족한 느낌이에요. 좀 더 깊이 분석할 필요가 있을 것 같은데……."

"그럼 교수님께 한번 물어볼래? K대 국어국문학과 김상호 교수님 알지? 언어와 문헌 쪽으로 해박하신 분이야. 한번 만나서 자문 구해 보는 게 좋을 것 같아."

"좋은 생각이네요. 직접 찾아가 보겠습니다."

정혜진과의 통화를 마친 후, 김도윤은 K대로 향했다. 대전에서 서울까지 가는 길은 멀었지만, 이 단서가 강민서 실종 사건의 중요한 열쇠가 될 가능성이 있었다. 종암동 K대 연구실에서 만난 김상호 교수는 차분한 목소리로 인사를 건넸다.

"반갑습니다. 김도윤 기자님, 정 기자님으로부터 '지혜로운 구슬'에 대해 논의하고 싶다 들었어요."

"안녕하세요, 교수님. 혹시 이 표현이 어떤 문헌적인

의미를 가질 수 있을까요?"

김도윤은 조그만 단서라도 얻고 싶다는 희망을 담아 명함을 내밀었다. 김 교수는 한동안 생각하더니 몇 가지 가능성을 제시했다.

"먼저, 불교 설화에서 '지혜로운 구슬(보주)'이 등장하는 경우가 있습니다. 깨달음을 상징하는 보석이지요. 또, 예전 문헌에서 '구슬'이란 표현이 상징적으로 쓰인 경우도 있고요. 혹시 이 단서를 남긴 학생이 특정한 책을 읽고 힌트를 얻었을 가능성은 없을까요?"

김도윤은 이 말을 듣고 새로운 실마리를 떠올렸다.

"그렇다면 아이가 평소에 어떤 책을 읽었는지 확인해 봐야겠군요."

김 교수는 고개를 끄덕이며 덧붙였다.

"혹은 지역 내에서 '구슬'과 관련된 지명이나 단체명을 검색해 보는 것도 방법입니다. 과거 기록들을 살펴보면 의외의 연결고리를 발견할 수도 있어요."

김도윤은 고개를 끄덕이며 메모를 정리했다. '지혜로운 구슬'이라는 단서가 가리키는 것이 특정한 장소인지, 아니면 강민서가 읽었던 책 속에서 유래한 것인지, 더 깊이 파고들어야 했다. 다음 단계는 명확했다. 강민서가 남겼을지 모를 단서와 이어질 만한 장소, 그리고 기록들. 아이가 세상에 남긴 마지막 흔적을 더듬는 것. 김도윤은 다시 편지를 들여다보았다. 겉으론 단순한 낱말이었지만, 어쩌면 이 안에 강민서 실종의 열쇠가 숨겨져 있을지도 몰랐다.

김도윤은 김상호 교수와 상담한 뒤 '지혜로운 구슬'이라는 표현이 특정 책에서 영감을 얻었을 가능성을 떠올렸다. 이는 강민서가 읽었던 책들 속에서 중요한 단서를 찾을 수 있다는 의미였다. 따라서 그는 강민서의 독서 기록을 조사하기 위해 가장 먼저 학교 도서관을 방문하기로 했다.

강민서가 다니던 A중학교 도서관을 찾은 김도윤은 사서에게 협조를 요청했다. 하지만 학생 개인의 대출 기록은 개인정보보호 규정상 쉽게 열람할 수 없었다. 다행히 사서는 강민서가 자주 빌려 간 책들에 대해 자세히 기억하고 있었다.

"민서는 미스터리를 정말 좋아했어요. 학교에 있는 미스터리물은 거의 다 읽었을걸요. 그리고 사회문제를 다룬 책들도 자주 빌려 갔어요. 불공정한 세상이나 진실을 이야기하는 작품들을 관심 있게 읽더라고요."

김도윤은 그 말을 듣고 강민서가 단순히 미스터리 장르를 즐긴 것이 아니라, 진실을 밝히고자 하는 성향을 가졌을 가능성을 떠올렸다. 혹시 '지혜로운 구슬'이라는 단서가 강민서가 읽은 책들 속에 중요한 의미로 남아 있는 것은 아닐까?

김도윤은 이수정과 연락을 시도했지만 쉽지 않았다. 몇 차례 전화를 걸었으나 받지 않았고, 문자에도 답이 없었다. 직접 찾아가야겠다고 결심한 그는 그녀의 집을 향했다. 한참을 기다린 끝에 초인종을 여러 번 눌렀고, 마침내 문이 열렸다. 이수정은 문을 열자마자 피곤한 얼굴로 그를 바라보았다. 처음엔 경계하는 듯한 눈빛이었다. 하지만 김도윤이 강민서의 실종과 관련해 중요한 단서를 찾고 있으며, 아이의 방을 직접 살펴볼 필요가 있다고 설명하자 깊은 한숨을 내쉬며 문을 열어 주었다. 집 안은 적막했다. 거실 한편에는 물건들이 어지럽게 쌓여 있었고, 정리되지 않은 잡동사니들이 나뒹굴고 있었다. 김도윤은 조심스럽게 집 안으로 들어섰고, 이수정은 무거운 발걸음으로 강민서의 방을 가리켰다.

"보고 싶은 대로 보세요. 어차피 그대로예요."

문을 열고 들어가자, 방 안에는 강민서가 남긴 흔적들

이 그대로 남아 있었다. 책상 위에는 반쯤 볼펜으로 채워진 필통과 필기도구들이 놓여 있었고, 벽 한편에는 여러 권의 책이 가지런히 꽂혀 있었다. 그는 책장을 살펴보며 어떤 책을 주로 읽었는지 확인했다. 사서의 말대로 대체로 미스터리소설과 사회문제를 다룬 책들이었고, 몇몇 책에는 포스트잇과 밑줄이 그어진 흔적도 있었다. 포스트잇에는 '진실'이라는 단어가 여러 번 반복되어 적혀 있었다. 김도윤은 그것이 단순한 낙서인지, 혹은 강민서가 남긴 메시지인지 고민하며 사진을 찍어 기록했다. 이수정은 방문 앞에서 그를 지켜보다가 낮은 목소리로 말했다.

"민서는 방을 깔끔하게 쓰던 애였어요. 정리하는 걸 좋아했죠. 그런데 실종되기 전에 이상하게 초조해 보였어요. 무언가 신경을 쓰는 것 같았어요."

김도윤은 고개를 끄덕이며 방을 둘러보았다. 강민서는 단순히 미스터리를 좋아한 게 아니라, 어떤 진실을 찾고자 했던 것이 아닐까 하는 생각이 들었다. 그는 노트와 책장에 남겨진 작은 흔적들을 다시 한번 확인한 후, 이수정을 바라보았다.

"혹시 민서가 최근에 특별히 열중했던 책이나, 평소와

다른 행동을 보인 적이 있나요?"

이수정은 잠시 생각하더니 말했다.

"글쎄요, 도서관에서 책을 자주 빌리던 모습은 기억나는데, 자세한 건 잘 모르겠어요."

김도윤은 강민서의 행동에서 숨은 의도를 알고 싶었다. 이수정에게 다시 한번 질문을 던졌다.

"그런데 민서는 어떤 아이였나요?"

이수정은 피곤한 얼굴로 깊은 한숨을 내쉬었다. 그녀는 잠시 머뭇거리다 조용히 입을 열었다.

"그 애는 아빠를 많이 닮았어요."

김도윤이 눈빛을 반짝이며 고개를 들었다. 이수정은 조용하지만 단호한 목소리로 이어 갔다.

"그 사람은 틀린 걸 보면 그냥 못 넘어가는 성격이었어요. 불의나 부조리를 보면 꼭 나서야 했고, 그래서 직장에서도, 친구들 사이에서도 종종 문제를 일으키곤 했죠. 사회정의를 위해 싸우는 건 좋지만……, 가족부터 돌봐야 하는 거 아닌가요?"

그녀의 목소리에는 복잡한 감정이 묻어났다. 원망과 피로, 그리고 어딘가 모르게 억누른 그리움까지.

"결국 우리 사이는 점점 멀어졌어요. 현실은 이상만으

로 살아갈 수 있는 게 아니니까요. 그런데도 그 사람은 자기가 옳다고만 생각했죠. 나한테는 양육비 한 푼도 안 주면서, 세상 정의를 운운하는 게 말이 되나요? 그리고 지금 이 상황에서도 연락조차 안 돼요."

김도윤은 그녀의 말에 고개를 끄덕였다.

"그럼에도 불구하고, 민서는 아버지를 많이 닮았나 보네요."

이수정은 쓴웃음을 지었다.

"그러게요. 처음엔 그냥 성격이 그런가 보다 했는데, 생각해 보면 그 애도 틀린 걸 보면 그냥 넘기질 않았어요. 겉으로 크게 드러내진 않았지만, 잘못된 일이 있으면 속으로 많이 고민하다가 결국은 자신의 생각을 이야기하곤 했죠. 자기주장을 막 세게 하진 않았지만, 옳다고 믿는 일에는 분명히 목소리를 내던 아이였어요. 마음속으로는 늘 정의로운 걸 중요하게 생각하는 아이였어요."

그녀는 잠시 말을 멈추고 창밖을 바라보았다.

"솔직히, 민서 아빠가 하는 정의로운 말들이 다 허울뿐이라고 생각했어요. 하지만 민서를 보면서 가끔씩 생각했죠. 어쩌면 나만 현실에 찌들어서 그렇게 보는 게 아닐까 하고."

이수정은 손끝으로 책장을 가만히 문질렀다. 감정이 차오르는 듯했지만, 애써 차분한 목소리를 유지했다.

"그런데 이제 와서 돌이켜보니 민서는 그냥 정의를 좋아한 게 아니었어요. 자기 나름대로 진실을 찾고 싶었던 거죠. 뭔가를 알고 싶어 했고, 밝히고 싶어 했어요. 그 애 아빠처럼."

김도윤은 수첩을 넘기며 천천히 고개를 끄덕였다. 강민서가 남긴 단서, '지혜로운 구슬'이 단순한 표현이 아니라 그 아이의 신념과 연결되어 있을 가능성이 더욱 커졌다.

"민서가 찾으려던 진실이 무엇인지, 이제 정말 알아봐야겠네요."

이수정은 깊은 한숨을 내쉬었지만, 이번에는 전과 달랐다. 원망과 피로만이 아닌, 한 가닥의 깨달음이 담긴 듯한 한숨이었다.

6

김도윤은 이수정에게 도움을 요청해 관저동 시립도서관에서 강민서의 대출 목록을 확인했다. 보호자의 동의가 있으면 열람이 가능했기에, 최근 대출 내역을 살펴볼 수 있었다. 대출 목록을 확인하자, 학교 도서관과 마찬가지로 미스터리소설과 사회문제를 다룬 작품들이 반복적으로 등장했다. 특히 김도윤의 시선을 사로잡은 것은 '진실'이라는 키워드가 강조된 책들이었다. 강민서는 진실을 밝히는 이야기에 관심이 많은 듯했다.

혹시 '지혜로운 구슬'이라는 단서가 말하는 핵심이 '진실'과 관련된 것은 아닐까? 김도윤은 아직 명확한 결론을 내릴 수는 없었지만, '진실'이라는 키워드가 계속해서 등장하는 것이 단순한 우연은 아닐 거라고 생각했다. 그리고 '지혜로운 구슬'이라는 표현 역시 단순한 사물이 아니라, 어떤 중요한 의미를 담고 있을 가능성이 컸다. 그렇다면 '진실'과 '구슬'이 연결될 수 있는 단서가 또 있을까? 김도윤은 이제 '구슬'이라는 단어와 관련된 단서를 조사하기 위해 과거 신문 기사와 지역 기록을 살펴보기로 결심했다. 실마리는 점점 선명해지고 있었다.

숙소로 돌아온 김도윤은 조용히 수첩에 적힌 메모를 정리했다. '지혜로운 구슬'이라는 단서는 단순한 사물이 아니라, 어떤 중요한 의미를 담고 있을 가능성이 컸다. 하지만 그것이 특정한 장소인지, 개념인지, 혹은 사람을 가리키는 것인지 여전히 불분명했다. 그는 좀 더 구체적인 단서를 찾기 위해 대전 지역 언론 기사와 기록을 조사해 보기로 했다. 김도윤은 신문사 아카이브에 접속해 '지혜', '구슬', '대전' 등의 키워드를 조합해 수십 개의 기사를 검색했다. 그러나 '지혜로운 구슬'이라는 명확한 표현은 어디에서도 발견되지 않았다. 관련이 있을 법한 기사나 지역 역사 기사도 검토했지만, 원하는 정보를 찾기란 쉽지 않았다. 노트북 앞에 앉아 몇 시간을 검색했지만, 결과는 신통치 않았다. 김도윤은 이마를 문지르며 체념한 듯 깊은 한숨을 내쉬었다.

"이상하네. 뭔가 있을 것 같은데……."

그는 무작정 키워드를 바꿔 가며 검색을 시도했다. '지혜로운 보석', '대전의 지혜', '대전의 구슬' 등 가능한 모든 조합을 시험했지만, 여전히 결정적인 단서는 나오지 않았다. 한숨을 쉬며 커피를 한 모금 들이켰다. 몇 시간째 노트북을 바라본 탓에 눈이 뻐근했다. 이대로 계속 검색만 해서는 답을 찾을 수 없을 것 같았다. 그는 더 이상 신문 기사에서 단서를 찾기 어렵다는 판단이 들었다. 지역 역사와 사회적 기록을 뒤져도 명확한 연결고리가 보이지 않았다. 그렇다면 강민서가 남긴 단서가 개인적인 기억이나 학교생활과 관련이 있을 가능성이 컸다. 김도윤은 방향을 틀어 교육계와 관련된 정보를 조사하기로 했다.

대전시교육청의 공식 홈페이지에는 교육 관련 기록이 일부 공개되어 있었지만, 김도윤은 이를 통해 더 깊이 있는 단서를 찾을 수 있을지 확신할 수 없었다. 그는 교육청과 연계된 보도 자료나 과거 신문 기사, 교육 관련 문서들을 조사하기로 했다. 하지만 역시나 검색된 자료들에서 '지혜로운 구슬'과 관련될 만한 직접적인 단서는 나오지 않았다. 방법을 바꿔야 했다. 김도윤은 신문 기사나 온라인 자료만으로는 더 이상의 단서를 찾기 어렵다고 판단했다. 보다 구체적인 기록이 남아 있을 가능성이 있는 대전시립 한밭도서관의 아카이브를 직접 살펴보기로 했다.

그는 도서관에서 과거 교육 관련 문서, 지역 연감 같은 오프라인 자료를 열람할 수 있는지 확인했다. 도서관에 도착한 김도윤은 곧바로 자료실로 향했다. 그는 도서관 사서에게 다가가 자료 열람이 가능한지 문의했다.

"안녕하세요. 대전 지역 중학교와 관련된 교육 자료를

확인하고 싶은데, 학교 운영 기록이나 교육 관련 연감을 열람할 수 있을까요?"

사서가 고개를 끄덕이며 물었다.

"어느 학교의 어떤 시기의 자료를 찾으시는 건가요?"

김도윤은 신중하게 답했다.

"대전 지역 중학교의 교육 활동이나 운영 기록을 조사하려고 합니다. 특정 인물과의 직접적인 관련을 확인하려는 것이 아니라, 해당 시기의 교육 정책이나 특이 사항을 살펴보고 싶습니다."

사서는 김도윤의 요청을 듣고 잠시 고민하더니, 도서관 아카이브에 접속해 관련 자료를 찾을 수 있는지 확인했다. 사서는 신중한 목소리로 말했다.

"교육 기록은 보호 대상이지만, 공식적인 절차를 따르면 일부 자료는 열람이 가능할 수도 있습니다. 자료실 담당자에게 확인해 보겠습니다."

이후 도서관 자료실에서 담당 사서의 안내를 받아, 김도윤은 특정 연도의 지역 교육 기록과 전산화된 데이터베이스 열람 허가를 얻었다. 그는 도서관의 전산 아카이브 시스템을 이용해 과거 교육청 보고서, 학급 운영 기록, 그리고 중학교 교육 자료를 검색하기 시작했다. 김도윤은 키보드와 마우스를 조작하며 연도별 데이터베이스를 검색했다. 화면에 표시된 수십 개의 문서와 이름들 사이에서 단서를 찾기 시작했다. 오랜 시간 화면을 들여다보자 눈이 침침해지고 어깨가 뻐근해졌지만, 그는 포기하지 않았다. 오랜 시간을 들여 자료를 뒤적이던 중, 그는 교사들의 수상 기록을 살펴보다가 '한지원'이라는 이름을 발견했다. 그러나 단순히 이름을 찾는 것만으로는 부족했다. 그는 다시 해당 교사의 수상 내역과 교육 활동 기록을 면밀히 검토했다. 그리고 수상 기록 옆에 병기된 작은 글자가 그의 눈길을 끌었다. 거기에는 한자로 표기된 이름이 적혀 있었다.

韓智瑗

그 이름을 보는 순간, 어딘가 얽혀 있던 실타래가 풀리듯 머릿속에서 무언가가 맞물렸다. '智'는 지혜롭다는 뜻, '瑗'은 둥글고 귀한 구슬. 순간, 머릿속에서 무언가 연결되는 듯한 기분이 들었다. 그가 찾던 '지혜로운 구슬'과 완벽하게 일치하는 이름이었다. 김도윤은 무심코 한지원의 이름을 다시 곱씹었다. 그녀는 강민서의 담임이었다. 강민서가 사라진 뒤, 김도윤은 여러 차례 한지원을 만났다. 처음엔 단순한 취재원에 불과했지만, 시간이 지날수록 그는 그녀와 강민서 사이에 아직 밝혀지지 않은 무언가가 있다고 느꼈다. 그러나 지금까지의 대화에서 결정적인 단서는 손에 넣지 못했다. 그런 와중에 '지혜로운 구슬'이라는 단서가 떠올랐다. 그것은 단순히 이름의 뜻과 맞아떨어진 우연일까, 아니면 한지원이 강민서 실종에 더 깊이 얽혀 있다는 은밀한 신호였을까.

김도윤은 조용히 수첩을 펼쳤다. 그녀와 나눴던 대화, 무심코 흘린 말, 사소한 몸짓 하나까지 머릿속에서 다시 재생했다. 흩어져 있던 길들이 서서히 한 지점을 향해 모이고 있었다. 그 끝에 무엇이 있는지는 알 수 없었다. 그러나 확실한 건, 점점 어둠이 옅어지고 있다는 사실이었다.

7

한밭도서관 앞 무인 카페에서 김도윤은 한지원이라는 이름을 손가락으로 짚으며 생각에 잠겼다. '지혜로운 구슬'이 한지원을 의미할 가능성이 크다. 하지만 이 이름이 사건과 어떤 연관이 있는지 아직 확신할 수 없었다. 단순히 강민서가 존경했던 선생님이었는지, 아니면 그 이상의 의미가 있는 것인지 파악해야 했다. 그는 수첩을 정리하며 한지원의 과거와 주변을 더 깊이 조사하기로 했다. 그녀와는 이미 여러 차례 만나고 통화한 사이였지만, 이번에는 그녀의 배경과 강민서와의 관계를 보다 객관적으로 파악해야 했다.

김도윤은 A중학교 관계자들과 다시 접촉해 한지원에 대한 정보를 재확인했다. 그녀는 학업 성적이 뛰어났고 아이들을 좋아해 교직에 입문한 인물이었다. 다만 몇 년 전부터 경제적으로 어려움을 겪고 있었으며, 이를 해결하기 위해 대출을 받거나 부업을 했다는 이야기가 들려왔다. 그럼에도 그녀가 받는 월급만으로는 생활이 빠듯했던 것으로 보였다. 이 부분이 마음에 걸렸다. 혹시 그녀가 돈과 관련된 문제로 사건에 연루된 것은 아닐까? 김도윤은 학원가를 찾아다니며 한지원에 대한 이야기를 더 깊이 파고들었다. 지역 언론 기자 네트워크를 통해 학원 관계자들에게 접근하며 그녀에 대한 소문을 듣기 시작했다.

"한지원 선생님? A중학교 교사잖아요. 근데 이상한 소문이 돌긴 했어요."

한 학원 원장이 흘낏 김도윤을 보며 말을 이었다.

"몇 년 전부터 일부 학부모들이 특정 교사에게 성적 관련 청탁을 했다는 얘기가 있었어요. 그리고 그게 한지원 선생님과 관련된 거 아니냐는 말도 있었고요."

"성적 청탁이라면?"

"특목고나 자사고에 가려면 성적이 정말 중요하잖아요. 특히 추천서나 각종 상장 같은 것도 큰 도움이 되고요. 그래서 학부모들 중엔 자기 자녀가 더 좋은 기회를 얻길 바라면서 움직이는 사람들이 많죠. 한지원 선생님이 그런 청탁을 받았다는 얘기도 있었어요."

김도윤은 조용히 메모를 정리했다. 근거 없는 소문일 수도 있지만, 만약 사실이라면 그녀는 평범한 중학교 교사가 아닐 수도 있었다. 한지원과 관련된 더 구체적인 정보를 얻기 위해 김도윤은 A중학교 학부모회 도움을 받아 학부모들과 인터뷰했다.

"한지원 선생님이랑 친했던 학부모들이 있었나요?"

"잘 모르겠어요. 원래 굉장히 성실한 선생님이었어요. 근데 몇 년 전부터 좀 달라지긴 했어요."

"어떤 점에서요?"

"예전에는 학부모 상담할 때도 원칙을 엄격하게 지켰는데, 어느 순간부터 특정 학부모들이랑만 친하게 지내더라고요. 그리고 가끔 자기 반 학생들에게 비정상적으로 높은 점수를 준다는 얘기도 나왔어요."

김도윤은 의미심장한 단서를 하나 더 얻었다. 경제적으로 어려웠던 한지원이 일부 학부모들과 친해지기 시작했다? 이것은 우연이 아닐 가능성이 컸다. 그렇다면 한지원과 강민서는 어떻게 연결된 걸까? 김도윤은 학교를 다시 찾아가 교직원들에게 그 아이의 최근 모습을 물었다. 이미 여러 차례 한지원에게 들었지만, 이번에는 강민서에 대한 객관적인 평가를 듣기 위해 다른 교사들의 의견을 듣기로 했다.

"민서가 요즘 들어 고민이 많아 보였어요. 교무실 앞에서 한참을 서 있거나, 뭔가를 깊이 생각하는 모습이 자주 보였어요."

"혹시 민서가 특정한 일 때문에 불안해하거나 한 선생님과 관련된 이야기를 한 적 있나요?"

"직접 들은 건 아니지만, 다른 선생님들이 교무실에서 나오는 민서가 '이건 아닌데…….'라고 중얼거리는 걸 들었다고 하더라고요. 뭔가 부당한 일을 본 게 아닐까요?"

 이제 낱말들이 맞춰지기 시작했다. 한지원은 경제적으로 어려운 상황이었다. 일부 학부모들과 가깝게 지내며 성적 청탁과 관련된 소문이 있었다. 강민서는 뭔가 부당한 일을 보고 괴로워하고 있었다. 김도윤은 수첩을 덮고 깊은숨을 내쉬었다. 이제 한지원을 찾아갈 시간이었다.

 한지원은 퇴근 후 지친 몸을 이끌고 집으로 향하고 있었다. 가방 속에서 진동이 울렸고, 화면을 보니 동생의 전화였다. 그녀는 한숨을 내쉬며 전화를 받았다.

 "언니, 엄마 병원비 이번 달까지 내야 하는데……. 어떡해?"

 한지원은 말없이 걸음을 멈췄다. 도롯가에 선 채 핸드폰을 꽉 쥐었다.

 "알아볼게. 조금만 기다려."

 "언니, 언제까지? 우리 이제 더 이상 빌릴 곳도 없잖아."

 한지원은 더 이상 대답하지 못한 채 통화를 종료했다. 그녀의 머릿속이 복잡하게 엉켜 갔다. 월급만으로는 감당할 수 없는 현실. 등록금, 병원비, 생활비까지 겹쳐 점점 더 벼랑 끝으로 몰리고 있었다. 학부모들의 은밀한 제안이 떠올랐다.

"이거 한 번만 도와주면 좋은 보답을 해 드릴게요, 선생님."

그때였다.

"한지원 선생님."

익숙한 목소리가 들렸다. 그녀가 고개를 돌리자, 아파트 단지 입구 앞에서 김도윤이 서 있었다. 한지원의 얼굴이 순간 굳었다.

"무슨 일이세요?"

그녀는 지친 표정으로 대꾸했다. 김도윤은 천천히 다가섰다.

"선생님, 이야기 좀 나눌 수 있을까요?"

"무슨 이야기요?"

그녀는 공허한 눈빛으로 김도윤을 바라봤다.

"선생님, 경제적으로 많이 힘드셨죠?"

한지원의 눈썹이 살짝 떨렸다. 그녀는 애써 침착한 척했지만, 속내가 드러나는 것을 막을 수 없었다.

"그게…… 기자님과 무슨 상관이죠?"

"선생님이 학부모들로부터 도움을 받았다는 얘기가 있

던데요. 그리고 학원과 관련된 비리도 들렸고요."

"말도 안 되는 소리네요."

그녀는 쓴웃음을 지으며 애써 부정했다.

"이제 가 주세요. 더 이상 응하지 않겠습니다."

김도윤은 가만히 그녀를 바라보다가 다시 입을 열었다.

"강민서가 실종되기 전에, 그걸 알았던 거 아닙니까?"

한지원의 표정이 굳어졌다.

"무슨 말씀이세요?"

"민서가 '이건 아닌데'라고 했다고 하더군요. 그게 대체 뭐였을까요?"

한지원은 갑자기 시선을 피했다. 그녀는 조용히 숨을 들이마시며 감정을 억누르려 애썼다.

"모르겠어요. 민서는 원래 감정이 풍부한 아이였어요. 너무 깊이 생각하는 거 아닐까요?"

"선생님, 정말 아무것도 모르시는 겁니까?"

김도윤이 한발 다가서며 묵직한 목소리로 말했다.

"선생님, 민서가 실종되기 전에 마지막으로 남긴 단어가 있습니다."

한지원이 고개를 들었다. 김도윤이 그녀의 눈을 똑바로 바라보며 말했다.

"지혜로운 구슬."

그 순간 한지원의 얼굴이 하얗게 질렸다. 입술이 미세하게 떨리고, 눈동자가 흔들렸다. 그녀는 입을 열려 했지만, 아무 말도 나오지 않았다. 겨우 숨을 들이마시며 애써 감정을 다잡으려 했다.

"전혀 모르겠어요."

"정말요?"

김도윤은 단호하게 말했다.

"방금 반응만 봐도 선생님이 이 단어를 알고 있다는 걸 알겠네요."

한지원은 입술을 깨물었다. 그녀는 더 이상 버틸 수 없었다.

"선생님, 민서는 이 말을 남기고 사라졌어요."

김도윤이 마지막 한 방을 던졌다.

"그 아이가 사라진 이유, 선생님이 정말 모르는 겁니까?"

"그만하세요!"

한지원이 갑자기 소리를 질렀다. 그녀의 눈가에는 눈물이 맺혔다.

"난 그런 거 몰라요! 아무것도 모른다고!"

그녀는 거친 숨을 몰아쉬며 뒷걸음질 쳤다. 그러나 김도윤은 한 발도 물러서지 않았다.

"그렇다면 왜 이렇게 격하게 반응하세요?"

한지원은 입술을 꼭 다문 채 몸을 돌렸다. 그리고 급히 아파트 출입문 쪽으로 발걸음을 재촉했다.

"더 이상 이야기하고 싶지 않아요."

그녀는 엘리베이터를 타고 그대로 안으로 사라졌다. 김도윤은 그녀가 사라진 엘리베이터 문을 바라보며 조용히 숨을 내쉬었다. 한지원은 분명 뭔가를 알고 있었다. 아니, 어쩌면 그녀가 이 사건의 중심에 있을지도 모른다. 하지만 그것이 단순한 은폐인지, 아니면 더 깊은 이유가 있는지 그는 확신할 수 없었다. '지혜로운 구슬', 그 단서가 가리키는 것이 정말 그녀였을까?

김도윤은 녹음기를 꺼내 녹음된 대화를 다시 들었다. 희미하게 떨리는 그녀의 목소리, 그리고 마지막 순간의 침묵. 그가 모든 진실을 알고 있다고 말할 수 있을까? 밤공기가 싸늘했다. 김도윤은 천천히 뒤를 돌아 걸음을 옮겼다. 이제 남은 건, 그 진실을 마주할 준비를 하는 것이었다.

8

한지원은 힘겹게 집으로 돌아왔다. 문을 닫자마자 거친 숨을 몰아쉬며 벽에 기댔다. 손끝이 떨렸다. 가방을 내려놓고 거울을 보니 초췌한 얼굴이 반사됐다. 그녀는 속삭이듯 중얼거렸다.

"난 아무것도 몰라……. 아무것도 몰라……."

하지만 머릿속이 멍해지도록 반복해도 '지혜로운 구슬'이라는 단어가 떠나질 않았다. 김도윤의 말이 계속 귓가를 맴돌았다. 핸드폰이 진동을 울리며 책상 위에서 미세하게 떨렸다. 화면엔 '교장'이라는 이름이 떠 있었다. 한지원은 손을 떨며 화면을 내려다봤다. 마치 이 전화를 받는 순간 돌이킬 수 없는 막다른 길로 들어설 것만 같았다. 심장이 터질 듯 뛰는 와중에 그녀는 천천히 통화 버튼을 눌렀다.

"한 선생, 지금 무슨 짓을 한 거야?"

최석진의 목소리는 낮았지만, 날카로웠다. 마치 무슨 큰 사고가 터진 사람처럼 초조함이 묻어났다. 한지원은 순간 움찔하며 대답했다.

"전 아무 말도 안 했어요. 그런데 기자가 너무 많은 걸 알고 있어요."

최석진은 한숨을 내쉬더니 더욱 낮고 차갑게 말했다.

"그래서 내가 처음엔 한 선생 사직서만 받고 끝내려고 했어."

한지원의 얼굴이 하얗게 질렸다.

"그냥 조용히 학교를 떠나면, 이 실종 사건도 묻어 버릴 생각이었다고."

그녀의 입술이 마른침을 삼켰다.

"그런데 한 선생이 일을 키웠지."

최석진의 목소리는 더욱 날카롭게 파고들었다.

"여기까지 왔으니 한 선생도 무사하지 못할 거야."

한지원은 핸드폰을 쥔 손을 꽉 움켜쥐었다. 머릿속이 새하얘졌다.

"무슨 말씀이세요?"

"한 선생이랑 나는 같은 배를 탄 거야. 한 선생이 가라앉으면 나도 같이 침몰하는 거라고."

최석진의 목소리는 감정을 최대한 억누른 채 차갑게 울렸다.

"그러니까 조용히 있어. 아무 말도 하지 마."

한지원은 가슴이 쿵쿵 뛰었다. 불길한 감각이 목 끝까

지 차올랐다.

"전 인정해요. 부정청탁도, 학원 유착도······. 하지만 민서 실종 사건은 저랑 상관없어요."

최석진은 조용히 웃었다. 하지만 그 웃음 속에는 차가운 서늘함이 서려 있었다.

"한 선생, 진짜로 기억 안 나?"

한지원의 심장이 철렁 내려앉았다. 그녀는 핸드폰을 떨어뜨릴 뻔하며 손을 덜덜 떨었다.

"무슨 기억이요?"

최석진의 목소리는 한층 낮아졌다.

"그래, 차라리 기억 못 하는 게 낫지. 기억이 돌아오면 한 선생이 더 위험해질 테니까."

그러고는 아무런 말도 없이 통화가 끊겼다. 짧고 찰나의 '뚝' 소리가 마치 고막을 찢는 듯 날카롭게 꽂혔다. 한지원은 핸드폰을 쥔 채 멈춰 섰다. 그 조그만 기계가 갑자기 낯선 물건처럼 느껴졌고, 손끝에 닿은 감각이 사라졌다. 이내 '툭' 핸드폰이 바닥에 떨어졌고, 그녀는 무너지듯 그 자리에 주저앉았다. 심장이 요동치고, 숨은 턱 끝까지 차올랐다. 세상이 조용해지는 듯하다가, 갑자기 웅웅거리는 소리가 머릿속을 가득 채웠다. 그 순간 어떤 기억이 불쑥 떠올랐다.

 3주 전이었다. 집에 들어가려던 그녀는 도어록 앞에서 한참을 서 있었다. 핸드폰에 매달아 두었던 작은 카드 키가 없어진 걸 그제야 알아차렸다. 어디선가 떨어뜨린 게 분명했지만, 도대체 어디였는지 기억이 나지 않았다. 결국 여분의 카드 키를 꺼내 사용하긴 했지만, 잃어버린 카드 키가 계속 마음에 걸렸다. 손끝은 얼음처럼 식었고, 등줄기를 타고 차가운 소름이 연달아 밀려왔다. 머리를 감싼 손에 힘이 들어갔다. 눈앞이 흐려지고 숨소리조차 낯설게 들렸다. 그녀의 속삭임은 공허하게 방 안에 흩어졌다. 그리고 지금 그 잃어버렸던 카드 키가 머릿속에서 선명하게 되살아났다.

 늦은 저녁 대전 효문화진흥원 주차장은 잔혹하리만치 고요했다. 가로등은 간헐적으로 빛을 떨며 바닥에 길고 가느다란 그림자를 드리웠고, 바람에 흔들리는 나뭇잎 소리만이 귓가를 쓸고 지나갔다. 검은 세단 한 대가 소리 없이 주차장 구석으로 미끄러졌다. 차가 멈춘 뒤에도 한동안 엔진 열이 공기 속에 떠돌았다. 불빛 하나 새어 나오지 않는 차 안에서 장도경은 운전석에 등을 붙인 채 시선을 똑바로 전방에 두고 있었다. 손끝으로 운전대를 느리게 두드리며, 그의 눈빛은 가라앉아 있으면서도 어딘가 어두운 수면 아래 무언가를 감춘 듯했다.

잠시 뒤 또 다른 차량이 모습을 드러냈다. 헤드라이트가 번쩍이고 익숙한 번호판이 눈에 들어왔다. 최석진이었다. 그는 무언가 결심이라도 한 사람처럼 문을 열고 내려 장도경의 차 조수석으로 다가왔다. '철컥' 하고 문이 닫히자마자 주위의 공기가 더욱 무겁게 가라앉았다. 차 안엔 이미 담배 연기가 옅게 깔려 있었다. 장도경은 천천히 담배를 물고 불을 붙였다. 불꽃이 한순간 그의 눈빛을 비추었다가 곧 사라졌다. 그들은 한참 동안 말이 없었다. 침묵은 차창에 부딪혀 되돌아오는 것처럼 답답했다. 마침내 장도경이 낮게 입을 열었다.

"생각보다 오래 걸렸군요."

그제야 최석진이 작게 창문을 내리며 숨을 뱉듯 말을 꺼냈다.

"한 선생 정신상태가 너무 불안정합니다. 이대로 두면…… 모든 게 드러나고 말 겁니다."

목소리에는 불안이 서려 있었다. 그의 이마에는 작은 땀방울이 맺혔고, 손끝이 시트 위를 조심스레 문질렀다.

장도경은 시선을 그에게 두지 않고 한쪽 입가만 살짝 올렸다.

"교장선생님께서 저한테 그런 말씀까지 하실 줄은 몰랐습니다."

그의 음성은 부드러웠지만, 그 안에 서늘한 무게가 깃들어 있었다.

"이 일을 이렇게까지 키운 건 교장선생님 아닙니까. 난 그저 조용히 끝내길 바랐을 뿐인데."

최석진은 떨리는 숨을 내쉬며 말을 이었다.

"저도…… 할 수 있는 데까지 해 왔습니다. 하지만 지금은 다들 눈치를 채고 있어요. 기자도, 교사들도. 더 이상 혼자 덮어 둘 수가 없습니다."

장도경은 재떨이에 담배를 쑤셔 넣었다. 연기가 미세하게 떨리며 차 안으로 흩어졌다.

"그래서요?"

최석진은 시선을 떨군 채 중얼거렸다.

"……직접 좀 나서 주셔야겠습니다. 학교 선에서 막을 수 있는 상황이 아닙니다. 수현 아버님이 아니면…… 아무도 이 일을 감당 못합니다."

장도경은 그의 얼굴을 천천히 돌아보았다. 눈빛은 미

소를 머금고 있었지만, 그 미소의 끝자락이 서서히 식어 가고 있었다.

"교장선생님. 저도 괜히 나서고 싶진 않아요. 나서서 좋을 게 없으니까."

최석진은 간절하게 한마디를 더 내뱉었다.

"하지만 이번 일은…… 수현 아버님이 나서지 않으면 끝장입니다. 제발……."

장도경은 깊은숨을 내쉰 뒤, 시선을 창밖 어두운 나무들로 옮겼다. 그리고 아주 낮은 목소리로 말했다.

"……알겠습니다. 다만, 이번이 마지막입니다."

최석진은 안도인지 두려움인지 모를 눈빛으로 고개를 숙였다. 문이 '철컥' 소리를 내며 열리고, 그의 그림자가 주차장 바닥 위로 길게 흘렀다. 장도경은 다시 시동을 걸었다. 차가 앞으로 부드럽게 움직였지만, 차 안에 감도는 공기는 여전히 싸늘했고, 그 사이로 희미한 담배 냄새가 가득 번져 있었다.

9

김도윤은 책상 위에 놓인 도어록 카드 키를 뚫어져라 바라보고 있었다. 낯선 물건이 손바닥 안에서 이질적인 존재감을 내뿜었다. 며칠 전 그는 구관에 몰래 들어갔다. 문은 잠겨 있었지만, 누군가 무심히 열어 둔 창문 틈으로 몸을 비집고 들어갔다. 안은 숨이 막히도록 먼지투성이였다. 발밑에서 바스락거리는 소리가 귀에 거슬렸다. 쓰이지 않는 교실들이 보였다. 그리고 그중 하나, 좁고 어두운 교실 구석에서 김도윤은 바닥에 떨어진 물건을 주웠다. 하얀색 도어록 카드 키였다. 그 키에는 핸드폰 스트랩이 달려 있었고, 스트랩에는 희미한 분홍색 실로 작은 꽃 모양이 수놓여 있었다. 이상하리만치 섬세한 무늬였다.

김도윤은 노트북을 켰다. 폴더를 열어 저장해 둔 영상 파일을 다시 클릭했다. 이지아가 이메일로 보내온 영상이었다. 이미 수없이 본 영상이었다. 그런데도 다시 봐야겠다는 생각이 들었다.

낡은 복도가 어둠 속에서 떠올랐다. 벽엔 먼지가 가득 묻어 있었고, 바랜 커튼은 바람에 흔들렸다. 카메라는 한

자리에 고정된 채로, 복도의 공허를 찍고 있었다. 멀리서 두 사람의 형체가 보였다. 한 명은 성인, 다른 한 명은 중학생 정도 되는 학생이었다. 그 사람은 학생의 팔을 살포시 잡고 있었다. 학생은 자꾸 뒤를 돌아보았다. 두 사람은 아무 소리 없이 복도의 중앙을 가로질러 사라져 갔다. 영상이 끝나자 노트북 화면은 새까만 정적에 잠겼다.

 김도윤은 잠시 눈을 감았다. 그리고 머릿속으로 한지원의 얼굴을 떠올렸다. 강민서를 찾고 싶다며 애써 울먹이던 얼굴. 그런데 그의 취재에는 유독 말을 아끼며 피하려 들었다. 그리고 강민서가 이지아에게 남긴 단서 '지혜로운 구슬'이 자꾸 한지원이라는 이름과 겹쳤다. 김도윤은 손에 쥔 카드 키를 천천히 들어 올렸다. 숨소리가 크게 들렸다.

 "설마…… 한지원……."

 그는 자리에서 일어나 차 키를 집어 들었다.

 김도윤은 한지원의 아파트 복도에 서 있었다. 한지원은 지금 출근해서 집에 없을 터였다. 복도식 아파트 특유의 길고 좁은 공간. 옆집에서 들리는 생활 소음이 희미하게 벽을 타고 전해졌다. 김도윤은 손안의 카드 키를 내려다보았다. 손끝에 식은땀이 맺혔다. 그는 조심스레 손을 들어 카드 키를 한지원 집 도어록에 갖다 댔다.

삐리릭!

짧은 전자음이 복도에 울렸다. 곧이어 초록빛 불이 깜박이며 잠금이 풀렸다. 김도윤은 숨을 내쉬지 못했다. 그의 가슴께 어딘가가 얼음처럼 식어 갔다.

"한지원 선생님…… 당신이 정말……."

노트북 화면 속 구관 복도가, 다시 그의 머릿속에서 어른거렸다.

최석진과 헤어진 다음 날 이른 아침, 장도경은 집 앞 주차장에 세워 놓은 차 안에 가만히 앉아 있었다. 휴대폰 화면에 뜬 이름을 오래 바라봤다. 강영섭. 교육감이라는 직함 뒤로, 권력과 어둠이 동시에 어른거리는 이름이었다. 장도경은 짧게 숨을 들이쉬고 통화 버튼을 눌렀다. 몇 번의 신호음 끝에, 낮고 단정한 목소리가 받았다.

"장 대표님. 이 시간에 무슨 일입니까."

강영섭의 말투는 예의 바르고 깔끔했지만, 그 속에 살얼음 같은 차가움이 섞여 있었다. 장도경은 미간을 살짝 찡그렸다가 풀며 입을 열었다.

"최석진 교장이 저한테 손을 내밀었습니다."

"……그래요?"

강영섭의 목소리가 낮아지며 잠시 숨을 고르는 소리가 들렸다.

"그 사람이 그 정도로 말할 상황이라면, 사태가 상당히 심각한 모양이군요."

장도경은 앞 유리에 비친 자신의 얼굴을 바라보았다. 도무지 감정을 읽기 어려운 얼굴이었다.

"최 교장 말로는 기자가 눈치를 챘답니다. 교사 몇 명도 수상쩍은 눈길을 보내고 있고……. 특히 한지원이 문제라고 하네요."

"그 여선생?"

"네. 정신상태가 심하게 불안정하다고 합니다. 통제가 안 된다고 하더군요."

전화 너머가 고요해졌다. 강영섭은 곧 낮고 또렷한 목소리로 물었다.

"그래서 장 대표님은 어떻게 하실 생각입니까?"

장도경은 운전대를 천천히 두드리며 짧게 한숨을 내쉬었다.

"솔직히 나서고 싶진 않습니다. 하지만 지금 정리하지

않으면, 일이 더 커져서 곤란해질 겁니다."

강영섭은 아무 말 없이 잠시 있었다. 그리고 말끝을 살짝 끊으며 물었다.

"정리……. 구체적으로 어떤 방식으로 말입니까."

장도경은 쓴웃음을 지었다.

"사고로 처리하면 어떨까 싶습니다."

강영섭의 숨소리가 전화기 너머로 길게 들려왔다. 그 목소리는 이내 냉혹하게 바뀌었다.

"지난번처럼 처리하자는 이야기입니까. 장 대표."

"예. 기자도 사건 본질에 꽤 가까이 온 것 같습니다. 더 늦으면 곤란해져요."

강영섭은 낮은 음성으로 씁쓸하게 웃었다.

"그 김도윤이라는 기자 말이지요?"

"예. 거의 다 왔다더군요."

강영섭은 짧은 침묵 끝에 단호하게 말했다.

"그럼 결론은 하나뿐이겠네요. 그 여선생도, 기자도. 필요하다면 동시에 입막음을 해야 합니다. 이번 일이 세상에 터지면 끝장날 사람들이 한둘이 아니니까."

장도경은 잠깐 핸드폰을 귀에서 떼고, 한쪽 입꼬리만 올렸다. 강영섭의 목소리가 다시 이어졌다.

"확실히 처리해 주세요. 이번에도 흔적은 절대 남기면 안 됩니다."

통화가 끊기자 차 안은 다시 적막에 잠겼다. 장도경은 휴대폰을 조수석에 던져 놓았다. 그리고 낮게 혼잣말을 내뱉었다.

"어차피 감당 못 할 일들은 애초에 벌이지 말았어야지."

10

비가 억수같이 쏟아지던 밤이었다. A중학교 후문 근처 골목은 물에 잠긴 듯 숨죽여 있었다. 가로등 불빛은 빗물 위에서 길게 흔들리며, 마치 누군가의 숨죽인 시선처럼 한지원을 따라붙었다. 그녀는 작은 우산을 움켜쥔 손가락에 힘을 주며 빠르게 걸었다. 발걸음마다 물웅덩이가 철썩거렸고, 비 내리는 소음이 모든 소리를 삼켜 버리는 듯했다. 그래서였을까. 등 뒤에서 다가오는 엔진음이 처음에는 그저 빗소리처럼 희미하게만 느껴졌다. 그러나 그 순간 눈부신 헤드라이트가 등을 집어삼켰다. 그리고 곧이어 뭔가가 그녀의 다리를 거칠게 밀쳤다.

"악······!"

한지원의 몸은 허공으로 떴다가, 빗속 아스팔트 위로 무자비하게 내동댕이쳐졌다. 시야가 빙글빙글 돌았고, 한순간 모든 빛이 물속으로 가라앉듯 사라졌다. 비가 얼굴 위로 잔혹하게 쏟아졌다. 귀에 문이 열리는 소리가 들려왔다. 그리고 거친 숨소리. 그 숨소리는 너무나 익숙했다. 장도경이었다. 그의 얼굴은 물기와 빗물에 젖어 윤기가 돌았지만, 표정은 눈 한 번 깜박이지 않고 어둡게 굳어 있었다. 장도경은 주저 없이 그녀를 번쩍 들어 올리며 말했다.

"선생님. 잠깐 눈 붙이고 계셔야겠습니다."

그리고 이어진 트렁크 문이 닫히는 소리가 났다. 그 순간, 세상이 한지원에게서 멀어지는 느낌이었다. 의식은 가라앉는 배처럼 천천히 침몰했다.

차 안은 빗소리로 가득 차 있었다. 장도경은 무표정으로 운전대를 잡고 있었다. 와이퍼가 미친 듯 움직이며 물줄기를 흩날렸고, 그의 손등 위로 불빛이 번쩍였다 사라지길 반복했다. 그의 시선은 앞으로 뻗은 도로 위에서 한 치도 흔들리지 않았다. 이미 그는 목적지를 정해 두고 있었다.

트렁크 안은 숨이 막히도록 좁았다. 매트 냄새와 빗물이 스며든 축축한 냄새가 뒤섞여 콧속을 찔렀다. 어둠 속에서 희미한 진동음이 울렸다. 멀리서 들리는 것처럼 아득한 소리였지만 한지원의 의식은 그 소리에 매달리듯 깨어났다. 천천히 눈을 떴다. 머릿속은 울리고 이명이 생겼다. 온몸은 뻣뻣하고 무거웠다.

비 내리는 대전 외곽 도로. 차가 서자, 빗물이 쏟아져 내리며 도로 가장자리엔 넘칠 듯 고여 있었다. 장도경은 문을 열고 나섰다. 우산도 쓰지 않은 채 트렁크 쪽으로 걸어갔고, 그의 발걸음은 물 위에서 조용히 파문을 일으켰다. 그의 얼굴에는 아무런 표정도 감정도 없었다.

트렁크 문이 열렸다. 빗물이 트렁크 안으로 와락 쏟아져 들어왔다. 트렁크에 널브러진 한지원을 보며 장도경은 한 치의 떨림도 없이, 낮고 무미건조한 목소리로 말했다.

"빗길 사고로 위장하면…… 아무도 의심하지 않겠지."

그의 손이 한지원의 팔을 움켜쥐었다. 그 순간 한지원의 다리가 반사적으로 크게 뻗었다. 그녀는 본능적으로 몸을 틀며 허공을 차올려 장도경의 복부를 밀쳐 냈다.

"헉……!"

장도경이 순간적으로 몸을 뒤로 젖혔다. 그 틈을 놓치지 않고, 한지원은 트렁크 밖으로 몸을 빼냈다. 비틀거리며 일어섰을 때, 세상이 물안개처럼 어지러웠다. 뒤에서는 장도경의 거친 숨소리와 달려오는 발소리가 따라붙었다. 한지원은 그 소리가 점점 가까워지는 것을 느끼며, 폐가 찢어질 듯한 고통 속에서 달리기 시작했다. 빗물이 눈을 가렸고, 발밑은 미끄러웠다. 죽음이 눈앞에 다가오자, 오래 억눌러 두었던 기억이 한꺼번에 쏟아져 나왔다.

그날 밤, 구관에서의 일도 떠올랐다. 죽어 가던 강민서의 눈동자. 자신의 손목에 매달려 있던 그 아이의 떨리는 손. 그리고 그 손을 뿌리치려던 자신의 손. 한지원은 이제 확신할 수 있었다. 자신이 무엇을 보았는지. 그리고 누가 이 모든 사건의 중심에 있는지. 하지만 또 하나의 사실이 머릿속을 파고들었다. 그건 자신이 강민서를 죽였다는 진실이었다. 온몸에 소름이 돋았다. 기억은 돌아왔지만, 그것을 세상에 털어놓을 수 있을까. 장도경이 자신을 죽이려 한 이유도 이제 명확해졌다. 그들은 이미 알고 있었다. 자신을 없애려는 이유도. 그러나 만약 자신이 살기 위해 이 기억을 다시 묻어 둔다면, 그날 밤 죽어

간 강민서는 어떻게 되는가. 경찰에 가야 할까. 하지만 증거는 없다. 그날 밤의 기억은 이제야 되살아난 것뿐이고, 자신이 정말 무엇을 했는지조차 또렷하지 않다. 한지원은 눈을 질끈 감고 다시 몸을 돌려 죽을힘을 다해 달리기 시작했다.

비는 여전히 쏟아지고 있었다. 한지원은 거의 도망치듯 대전 외곽 도로를 빠져나와 아무 생각 없이 택시를 잡아탔다. 차창 밖으로 흘러내리는 빗물과 번쩍이는 가로등 불빛이 뒤엉켜 흐릿한 세상만 보였다. 기사에게 목적지를 전할 때조차 입술이 제대로 붙지 않아 더듬거릴 정도였다. 도시로 들어올수록 심장은 더 거세게 뛰었다. 누군가 쫓아오는 것도 아닌데, 뒤를 돌아볼 용기가 나지 않았다. 아파트 단지 앞에 도착했을 때, 그녀는 거의 쓰러질 듯 비틀거리며 택시에서 내려 현관문까지 걸어갔다. 손가락은 얼어붙은 듯 굳어 있었고, 카드 키를 꺼내는 동안에도 손등이 부들부들 떨렸다.

삐리릭……

도어록이 풀리는 소리와 함께 현관문이 열렸다. 안으로 들어서자 축축한 공기와 빗물 냄새가 그대로 따라 들어왔다. 그녀는 문을 닫고 그 자리에 기대어 섰다. 젖은 옷에서 떨어진 물방울이 현관 바닥에 작은 웅덩이를 만들었다. 방 안은 아무도 없는 빈집이었는데도, 마치 누군가 숨어서 지켜보고 있을 것 같은 기분이 들었다. 심장이 고막을 때리는 듯 크게 뛰었다. 숨이 거칠어, 흡사 목구멍 안쪽이 갈라져 버릴 것 같았다. 온몸이 떨리고 있었고, 턱이 덜덜 떨리며, 윗니와 아랫니가 끊임없이 부딪쳤다. 한지원은 젖은 신발을 겨우 벗어 냈다. 그러고는 벗은 신발을 가지런히 놓을 힘조차 없어 한쪽에 대충 밀어 두었다. 그녀의 머리카락에서는 아직도 빗방울이 떨어져, 바닥에 작은 방울들이 흩어졌다. 거실로 들어오면서, 그녀는 옷자락을 움켜쥐었다. 젖은 천이 손바닥에 달라붙었고, 그 차가운 감촉이 마치 현실을 더욱 선명히 각인시키는 것 같았다.

그녀는 천천히 시선을 방으로 돌렸다. 익숙했던 방이 낯설게 느껴졌다. 가구들은 전부 제자리에 있었지만, 한지원은 문득 그것들이 모든 걸 알고 있다는 듯 자신을 노려보는 듯한 기분이 들었다. 그제야 정신이 조금 돌아온 듯, 한지원은 머리칼에서 물을 털어 내며 헐떡였다. 그러나 몸 안 깊은 곳까지 젖어 든 공포는 쉽게 사라지지 않았다.

그녀는 손바닥으로 이마를 눌렀다. 피부가 얼음처럼 차가웠다. 그리고 결국 떨리는 손으로 주머니 속 핸드폰을 꺼냈다. 화면 위로 빗방울 자국이 희미하게 얼룩져 있었다. 화면이 젖은 손끝으로 어지럽게 흔들렸다. 그녀는 통화 목록을 훑었다. 그리고 결국 김도윤의 이름을 눌렀다. 잠시 후 수화기 너머로 익숙한 목소리가 들렸다.

"한지원 선생님! 아까도 계속 전화드렸는데 부재중이시더라고요. 무슨 일 있으신 거예요? 괜찮으신 거 맞죠?"

목소리에는 숨죽인 긴장이 묻혀 있었다. 한지원은 입술이 바싹 말라, 혀끝으로 적시고 간신히 입을 열었다.

"……김도윤 기자님. 이제 기억났어요."

김도윤의 목소리가 곧바로 다급해졌다.

"한 선생님, 혹시 구관에서 무슨 일이 있었습니까? 그날 밤, 민서랑 같이 있었던 사람…… 선생님 맞습니까?"

한지원은 눈을 감았다. 김도윤도 이미 모든 조각을 거의 맞추고 있다는 걸 느낄 수 있었다. 하지만 이제 와서 감출 수 있는 게 아니었다. 그녀는 길게 숨을 내쉬었다.

"강민서…… 제가 죽였어요."

잠깐의 정적이 흘렀다. 수화기 너머에서 김도윤의 숨이 거칠게 섞여 들렸다.

"잠깐만요, 선생님이 민서를……. 왜요? 무슨 이유로 그런 일을……?"

잠시 정적이 이어졌다. 마치 오래 준비한 말이라도 꺼내듯 낮은 목소리가 흘러나왔다.

"고마웠어요, 김도윤 기자님."

한지원의 목소리는 작았지만 분명히 들렸다. 그리고 소리가 끊겼다. 뚝. 김도윤의 이름이 다시 화면에 깜박였지만, 그녀는 받지 않았다. 핸드폰을 책상에 내려놓은 한지원은 벽에 등을 기대며 깊은숨을 내쉬었다. 이제 해야 할 일이 남아 있었다.

11

조용한 방. 천장에서 흔들리는 형광등 불빛 아래, 노트 한 장이 펼쳐져 있었다. 한지원은 손이 떨리면서도 펜을 들어 한 글자, 한 글자 꾹꾹 눌러 적었다.

강민서에게.

미안해. 정말 미안해.

끝까지 너를 지켜 주지 못해서, 그리고 네가 떠나도록 만든 게 바로 나라는 사실이.

처음부터 이렇게 될 생각은 아니었어. 하지만 이제 와서 아무리 변명해도 소용없다는 것도 알아.

나는 경제적으로 너무 힘들었어. 엄마 병원비, 동생 학자금과 생활비. 나 자신을 지키기 위해 하지 말아야 할 선택을 했어. 학부모들의 부정청탁을 받고, 학원과 유착해 돈을 받고 시험문제를 팔았어. 그리고 결국 최석진과 장도경이 금품을 주고받는 비리를 알게 되었지. 하지만 그걸 알게 된 게 나뿐만이 아니었어. 너도 알게 되었지.

너는 최석진과 장도경이 저지른 금품 수수 비리까지 모두 알고 있었어. 너는 이 모든 걸 밝히려 했지. 하지만 나는 두려웠어. 만약 네가 모든 걸 밝혀 버리면, 나 역시도 끝장날 거라는 걸 알고 있었어. 처음엔 네가 모른 척하길 바랐어. 하지만 너는 정의로웠고 진실을 밝히려 했어. 그래서 나는 너에게 부탁했어. 조용히 있어 달라고 제발 나를 도와달라고. 하지만 너는 내 부탁을 거절했고 진실을 밝히겠다고 했어. 그날 구관으로 가자고 했을 때도, 난 그냥 너를 설득할 생각뿐이었어. 정말 그랬어. 그런데…….

그날 밤, 비가 내리고 있었어. 우리는 구관에서 서로를 마주 보고 있었지. 너는 나를 간절한 눈빛으로 바라보며 말했어.

"진실을 덮으면 안 돼요. 사람들이 알아야 해요."

나는 필사적으로 말했지.

"그렇게 되면 나뿐만 아니라 많은 사람이 다쳐. 제발, 부탁이야."

하지만 너는 내 손을 뿌리쳤고, 나는 순간적으로 분노에 휩싸였어. 나도 모르게 밀쳤고, 너는 중심을 잃고 바닥에 쓰러졌어. 그리고 그 순간 모든 게 끝났어. 너는 더 이상 움직이지 않았어.

나는 두려웠어. 그리고 내 죄를 감추기 위해 할 수 있는 모든 걸 했어. 학급일지를 조작하고, 상담 페이지를 훼손하고, 네가 남긴 쪽지를 없앴어. 모든 흔적을 지우려고 했지만, 하지만 내 죄책감까지 지울 수는 없었어. 매일 밤 네 목소리가 들려.

"선생님이 죽였어!"

나는 그 목소리에서 도망칠 수가 없었어.
이제 모든 걸 기억해 냈어. 하지만 너무 늦었어.
나는 어떤 벌도 받을 수 없어. 남은 방법은 하나뿐이야. 너에게 저지른 죄를 갚을 방법은 내 목숨을 끊는 것밖에 없어.

네가 있는 곳에서, 나를 용서해줄까?

 펜 끝이 종이를 스쳤다. 마지막 글자를 쓰고 나자, 손에서 힘이 빠졌다. 한지원은 잠시 눈을 감았다. 고요한 정적 속에서 빗소리만이 귓가를 때렸다.
 김도윤은 핸드폰을 내려다보며 입술을 깨물었다. 화면에는 '통화 종료'라는 글자가 찍혀 있었다. 그 짧은 통화에서, 한지원의 목소리는 무너져 내리는 절벽 같았다. 그리고 마지막에 들린 그녀의 말이 귓가에서 자꾸 메아리쳤다.
 "강민서…… 제가 죽였어요."
 김도윤은 재발신 버튼을 몇 번이나 눌렀지만, 신호음만 길게 이어질 뿐이었다.
 "받아, 제발…… 한 선생님……."

4 진실

하지만 한지원은 전화를 받지 않았다. 그는 곧장 문을 나섰다. 계단을 두세 개씩 뛰어 내려가며 주머니에서 차 키를 꺼냈다. 밖으로 나서자, 밤공기는 빗물로 젖어 있었다. 도로 위의 네온사인이 물결치듯 흔들렸고, 머리카락까지 서늘하게 스며드는 바람이 몰아쳤다. 김도윤은 운전석 문을 거칠게 열고 몸을 밀어 넣었다. 시동이 걸리자 엔진 소리가 어둠 속에 깊게 울렸다. 그는 곧장 도로로 차를 몰았다. 빗방울이 와이퍼를 두들겼고 헤드라이트 불빛에 빗줄기가 수만 개의 은빛 실처럼 반짝였다. 김도윤의 시선은 앞을 똑바로 꿰뚫고 있었다.

'혹시…… 무슨 일이 벌어지면 어쩌지…….'

그의 심장이 조여들 듯 뛰었다. 빨간 신호도 무시하고 지나치며, 그는 한지원의 집 쪽으로 핸들을 꺾었다. 타이어가 물 위에서 미끄러질 듯 비명을 질렀다. 아파트 단지에 도착하자 그는 차가 완전히 서기도 전에 문을 열고 뛰쳐나갔다. 비는 더 거세졌다. 계단을 두 칸씩 뛰어 올라갔다. 젖은 셔츠가 등에 달라붙었다. 숨이 거칠어져 목 안이 뜨겁게 타들어 갔다. 그리고 드디어 한지원의 집 앞에 섰다. 김도윤은 주저 없이 카드 키를 꺼내 현관문을 열었다. 문이 열리자마자 싸늘한 공기가 밀려들었다.

"한 선생님! 한지원 선생님!"

그러나 안에서는 아무 대답도 들리지 않았다. 김도윤은 심장이 터질 듯 뛰는 걸 느끼며 서둘러 집 안으로 들어섰다. 거실 불빛 아래, 탁자 위에 놓인 유서가 눈에 들어왔다. 그의 손이 떨리며 종이를 집어 들었지만, 글자 하나하나가 눈에 들어오기 전에 본능적으로 발걸음이 방문으로 향했다. 조심스레 문을 열자, 그 순간 시야가 멈췄다. 방문 뒤쪽 벽에 한지원이 매달려 있었다. 허리띠가 팽팽하게 당겨져 있었고, 그녀의 발밑에는 쓰러진 의자가 덩그러니 놓여 있었다.

"안 돼…… 제발!"

김도윤은 몸이 먼저 움직였다. 그녀를 끌어안듯 들어올려 허리띠를 풀어내고 바닥으로 눕혔다. 손이 떨려 제대로 힘이 들어가지 않았지만 멈출 수 없었다.

"한 선생님! 제발, 일어나요! 제발!"

그는 온 힘을 다해 그녀의 가슴을 누르며 심폐소생술을 시작했다. 숨이 터질 듯 거칠게 몰아쉬면서도 멈추지 않았다.

"안 돼…… 이렇게 끝나면 안 돼…… ."

코를 막고 입안에 호흡을 불어넣으며, 다시 가슴을 압

박했다. 그의 팔은 이미 얼얼했고, 눈앞이 흐려졌다. 그러나 그는 멈추지 않았다.

"숨 쉬어……. 제발 숨 쉬어!"

거의 울부짖듯 소리치며 압박을 이어 갔다. 그러나 차가운 공기만이 방 안을 메웠다. 심장이 터질 듯 두근거리는 소리와 그의 거친 숨소리만이 공허하게 울렸다. 김도윤은 그녀의 어깨에 머리를 묻은 채 한참을 움직이지 못했다. 눈물이 얼굴을 타고 떨어져 한지원의 가슴을 적셨다.

"미안합니다……. 내가 더 빨랐어야 했는데……."

한참 후 그는 떨리는 손으로 핸드폰을 꺼냈다. 손끝이 제대로 눌리지 않아 여러 번 화면을 건드린 끝에야 겨우 다이얼 창을 열었다.

"여…… 여기…… 신고할 게 있습니다……."

목소리는 갈라져 거의 알아듣기 힘들 정도였다.

"A중학교 교사 한지원…… 자택에서…… 자살 시도로 보입니다. 주소는……"

통화가 끝나자, 핸드폰이 그의 손에서 미끄러져 바닥에 떨어졌다. 김도윤은 힘이 빠진 듯 그 자리에 주저앉았다. 방 안은 너무 조용했다. 빗소리가 창밖에서 쏟아지고 있음에도, 그 소리마저 멀리서 들리는 것 같았다. 그는 두 손으로 얼굴을 가렸다.

'내가 조금만 더 빨랐더라면…….'

머릿속에서 같은 말이 반복됐다. 한지원의 목소리, 표정, 그 떨리는 눈빛이 떠올랐다. 그는 숨을 크게 들이마셨지만, 폐 속 깊은 곳이 허물어진 듯 공허했다. 한지원이 남긴 유서가 탁자 위에서 시선을 붙잡았다. 차마 읽을 수 없었지만 외면할 수도 없었다. 이윽고 멀리서 사이렌 소리가 희미하게 들려왔다. 현실이 다시 밀려들었다. 김도윤은 고개를 들고 문 쪽을 바라봤다. 잠시 후 그 문이 열리면 모든 게 기록으로 남고, 한지원은 사건이 될 것이다. 하지만 그가 느끼는 무게는 그 어떤 기록으로도 남지 못할 것이었다.

12

비가 그친 새벽, 경찰은 한지원의 유서를 증거로 삼아 본격적인 수사에 착수했다. 유서의 내용과 함께 김도윤 기자가 수집한 CCTV 삭제 의혹, 생활기록부 수정 기록 삭제 정황, 최석진과 장도경의 금품 수수 의혹 등이 결정적인 단서가 되었다. 한지원이 남긴 마지막 진실은 이제 어둠 속에서 빛을 보기 시작했다.

대전경찰청 수사과 수사1계는 즉각 최석진과 장도경을 긴급체포했다. 수사 과정에서 복구된 강민서의 생활기록부와 학급일지, 상담 기록, 그리고 교무부장실에서 확보한 내부 문서와 관련자들의 진술을 통해 두 사람이 한지원에게 압박을 가하며 사건을 은폐하려 했던 정황이 드러났다. 또한 복구된 CCTV 기록을 분석한 결과, 장수현이 강민서와 한지원에게 협박을 가한 사실도 추가로 확인됐다.

경찰은 학생들과 교사들을 조사하는 과정에서 강민서가 최석진과 강도경의 금품 수수 비리를 알게 되었고, 이를 폭로하려 했다는 증언을 확보했다. 경찰이 교장실을 압수수색 한 결과, 최석진은 학부모들에게 받은 현금 다발과 관련 서류를 서랍 깊숙이 숨겨 두고 있었다. 장도경은 취조 초반 강하게 부인했지만, 증거를 들이밀자 결국 입을 열었다.

"민서가 모든 걸 알고 있었어요. 우리는 조용히 넘어가길 바랐지만, 그 애는 끈질겼죠. 교장이 한 선생에게 민서를 어떻게든 설득하라고 압박했습니다. 하지만 민서는 전혀 흔들리지 않았고, 결국 일이 걷잡을 수 없이 커진 거예요. 우리는 그저 일이 커지지 않길 바랐을 뿐이에요."

그러나 강민서는 입을 다물지 않았다. 경찰은 최석진을 취조하는 과정에서 강민서의 시신 유기 자백을 받아냈다. 최석진은 결국 무너져 실토했다.

"한 선생이 그 아이를 죽인 후 저에게 와서 울부짖었습니다. 실수였다고, 자신도 원한 게 아니었다고. 하지만 저는 그 순간 한 가지 방법밖에 떠오르지 않았어요. 아무도 모르게 처리해야 한다고요."

최석진은 자신의 비리를 감추기 위해 한지원에게 사건을 덮으라고 지시했고, 장도경 역시 이에 동의했다. 그리고 그는 경찰에게 결정적인 범죄 사실을 털어놓았다.

"그날 밤, 직접 학교 옥상으로 올라갔어요. 그곳 물탱크에 아이를 비닐로 싸서 유기했습니다. 아무도 모를 거라 생각했죠."

경찰이 즉각 학교 옥상을 수색한 결과, 물탱크에서 검은 비닐로 싸인 시신을 발견했다. 시신은 오랜 시간 물에 잠겨 있었지만, 밀폐된 상태 덕분에 부패가 더디게 진행돼 육안으로도 강민서임을 식별할 수 있었다. 부검 결과 직접적인 사인은 액살이 아닌 질식사로 밝혀졌다.

즉, 강민서는 숨이 붙어 있는 상태에서 물탱크에 유기된 것이었다.

한지원은 사건 발생 전부터 지속적인 생활고에 시달리며 학부모로부터 학생 성적 조작과 관련된 부정청탁을 수락했던 정황이 확인되었다. 경찰은 교장실에서 확보한, 최석진이 작성한 문서를 통해 한지원이 특정 학생의 성적을 상향 조정한 대가로 금품을 받은 사실을 포착했다. 이 과정에서 해당 비위를 인지한 최석진은 이를 빌미로 한지원을 지속적으로 압박했으며, 이후 장도경과의 유착 관계 속에서 한지원을 하수인처럼 부리며 강민서 사건 은폐와 관련된 지시를 내렸던 정황이 드러났다. 특히 사건 발생 직전, 최석진이 한지원과 다수의 통화를 주고받으며 "학교와 본인 모두 무사하지 못할 것"이라는 취지의 협박성 발언을 한 음성 기록이 확보되었다.

장도경은 한지원이 기억을 되찾고 강민서 사건, 성적 조작 청탁과 관련된 모든 진실을 밝히려 하자, 그녀를 사고사로 위장해 살해하려 했으나 미수에 그친 것으로 조사됐다. 경찰은 사건 당일 장도경이 한지원의 동선을 사전에 파악하고, 차량으로 접근해 의도적으로 충돌을 유도하려 한 정황과 이후 위장 사고를 연출하기 위한 증거를 확보했다.

또한 수사 결과 장도경은 최석진과 공모해 성적 조작 청탁을 주도했을 뿐 아니라, 학교를 상대로 특정 사업권을 따내는 과정에서 교장과 관계자들에게 금품을 제공한 사실도 드러났다. 이와 함께 학교 내부에서 증거를 인멸하고 관련자들에게 금품을 제공해 진술을 회유한 정황이 확인됐다.

이러한 정황을 종합해 장도경에게는 살인미수, 뇌물공여, 증거인멸교사, 공범 협박, 성적 조작 공모 등 다수의 혐의가 적용되었으며, 사건의 핵심적 기획자이자 공모자로 판단됐다.

수사가 마무리되면서, 관련자들은 차례로 구속되었다. 경찰 조사 과정에서 한지원이 이전에 근무했던 학교에서도 비슷한 사건이 있었음이 밝혀졌다. 당시 장도경은 학교 교장을 압박해, 진실을 알아챈 학생이 결국 자살로 내몰리게 한 정황이 드러났다.

과거의 범죄까지 드러나면서 장도경과 최석진의 죄는 한층 무거워졌다. 최석진은 뇌물 수수와 협박, 시신 유기 및 증거 인멸 혐의로 검찰에 송치되었고, 장도경에게는 그보다 훨씬 더 중대한 혐의들이 추가되어 죄의 무게가 배가되었다. 특히 장도경이 건넨 뇌물과 관련해 강영섭 교육감을 비롯한 다수의 교육 공무원들도 함께 검찰에 넘겨졌다. 그들의 범죄는 더 이상 감출 수 없었고, 한지원의 죽음은 헛되지 않았다.

김도윤은 핸드폰 화면을 터치해 저장된 사진을 불러왔다. 한지원의 유서가 나타났다. 실물은 이미 경찰이 증거품으로 가져간 뒤였지만, 그는 미리 찍어 둔 사진을 몇 번이고 되풀이해 읽고 있었다.

나는 어떤 벌도 받을 수 없어. 남은 방법은 하나뿐이야. 너에게 저지른 죄를 갚을 방법은 내 목숨을 끊는 것밖에 없어.

희미한 글씨, 조금씩 흔들린 필체. 그 마지막 문장엔 결심보다는 포기, 아니 어쩌면 절박함이 담겨 있었다. 창밖으로는 다시 비가 내리고 있었다. 비는 유리창을 따라 조용히 흘렀고, 도시의 불빛은 그 뒤편에서 일그러졌다. 김도윤은 화면을 끄고, 잠시 눈을 감았다. 진실은 밝혀졌지만, 마음은 도무지 가벼워지지 않았다. 그가 손에 쥔 것은 결국, 진실의 무게와 한 사람의 절망이었다.

에필로그

 비가 다시 내리기 시작했다. 초여름 비가 내리는 것치고는 쌀쌀한 날씨였다. 빗줄기는 하늘과 땅 사이를 가늘게 잇고 있었고, 도시를 흐릿하게 덮은 안개처럼 번져 있었다. 김도윤은 검은 우산을 든 채 대전추모공원으로 향했다. 축축하게 젖은 길 위를 걸을 때마다 신발 밑창에서 물방울이 터졌다.

 봉안당 입구에 다다랐을 때, 그는 잠시 걸음을 멈췄다. 유리문 너머로 희미하게 보이는 내부에는 은은한 조명이 켜져 있었고, 조용한 공기가 감돌았다. 바깥에서는 빗소리가 우산 위를 두드리고 있었지만, 문 안으로 들어서자 곧 정적이 그를 감쌌다.

 실내는 서늘했다. 약한 냉기가 스며 있었고, 공기에는 희미하게 꽃 향과 향냄새가 섞여 있었다. 흰 벽과 빽빽하게 늘어선 유골함들 사이로 부드러운 조명이 빛을 흘렸다. 곳곳에 놓인 국화가 하얀 점처럼 공간을 수놓았다.

김도윤은 깊은숨을 들이마시며 천천히 걸음을 옮겼다.
먼저 강민서의 유골함 앞에 섰다. 작은 사진틀 안의 강민서는 여전히 해맑게 웃고 있었다. 그러나 그 아이의 짧았던 삶과 그 안에 감춰져 있던 고통을 떠올리자 가슴이 먹먹해졌다. 김도윤은 손끝으로 유골함 아래의 이름표를 천천히 쓸어내렸다. 차가운 금속의 감촉이 손바닥에 닿았다.

"미안해, 민서야. 어른들이 너를 품어 주지 못해서. 네가 얼마나 힘들었는지 알면서도 모른 척했고, 끝내 너를 지켜 주지 못했어. 정말 미안해."

그의 목소리는 낮았고, 봉안당의 벽과 천장에 부딪혀 약하게 되돌아왔다. 아이는 마지막 순간까지 무언가를 세상에 알리려 했고, 그 대가는 너무나 가혹했다. 그는 그 아이가 남긴 작은 단서 하나하나를 기억해 내며, 그 모든 실타래를 풀어낸 지난 시간들을 떠올렸다. 하지만 진실이 드러난 지금도, 아이의 웃음을 다시 돌려받을 수 없다는 사실이 마음을 짓눌렀다.

그는 준비해 온 국화 한 송이를 유골함 옆 작은 꽃꽂이에 조심스레 꽂았다. 꽃잎 위에 맺혔던 작은 물방울들이 천천히 흘러내렸다. 봉안당 안의 고요는 마치 숨죽인 듯 정적이었고, 그 정적이 오히려 그의 마음을 더 무겁게 눌렀다.

그는 조용히 몸을 돌려 한지원의 유골함 쪽으로 걸음을 옮겼다. 유리문을 사이에 두고 바라본 그녀의 사진 속 눈빛은 여전히 어딘가 슬퍼 보였다. 사진 속의 그녀는 교단 위에서 늘 아이들을 바라보던, 다정하면서도 어쩐지 고독해 보이던 얼굴이었다. 그녀는 마지막 순간까지 자신을 지키지 못한 채 무너졌고, 아무도 그녀의 손을 잡아주지 못했다.

"선생님도…… 살 수 있었을 텐데요. 자살이 아니라 자수를 선택했다면, 적어도 살인미수로 끝났을 겁니다. 선생님은 혼자가 아니었어요. 그렇게 끝내지 않았다면, 함께 방법을 찾을 수 있었을 텐데……."

김도윤의 목소리는 벽과 천장 사이로 은은히 번져 나갔다. 봉안당은 바깥세상과 완전히 단절된 듯 고요했고, 그 속에서 그의 말은 마치 홀로 공중에 떠 있는 것처럼 허공에 맴돌았다. 그는 잠시 눈을 감았다. 그녀의 목소리가,

그 마지막 순간의 떨림이 다시금 귀에 생생히 들려오는 듯했다.

"고마웠어요, 김도윤 기자님."

그 인사가 그토록 무겁고 절절하게 남아 있을 줄은 몰랐다. 짧았지만 선명했고, 무엇보다 지워지지 않았다.

김도윤은 손가락 끝으로 유리문을 살짝 문질렀다. 차가운 표면이 그를 현실로 붙들어 두었다. 다시 눈을 떴을 때, 그녀의 사진은 봉안당의 은은한 조명 아래에서 조금 빛을 잃은 듯 희미해져 있었다.

그는 묵묵히 고개를 숙인 뒤, 조용히 마지막 인사를 남기고 봉안당을 빠져나왔다. 문을 열고 나서자, 다시 바깥의 빗소리가 더욱 또렷하게 귀를 때렸다. 빗줄기는 여전히 하늘과 땅을 잇고 있었고, 차가운 습기가 그를 파고들었다.

발걸음은 무거웠고, 빗속으로 스며드는 습기가 그의 옷깃을 적셨다. 등 뒤로 내리는 빗소리는 유난히 깊고 길게 들렸다. 마치 떠나는 이의 등을 붙잡으려는 듯한, 혹은 이제는 놓아주겠다는 듯한 소리였다.

비는 여전히 내리고 있었다. 진실은 드러났지만, 남겨

진 것은 공허함과 씁쓸한 침묵뿐이었다. 그 씁쓸한 여운은 시간이 흐르며 천천히 가라앉을지 모르지만, 그 진실이 남긴 자국은 이 시대를 살아가는 우리 모두의 마음속에, 결코 지워지지 않는 상흔처럼 오래도록 각인될 것이다. 그리고 김도윤은 그 사실을 잘 알고 있었다. 그것은 기자로서 감당해야 할 몫이자, 끝내 잊지 말아야 할 빚이었다.

작가의 말

 2024년 보건복지부 통계에 따르면 아동학대 판단 건수는 25,739건에 달하며, 가해자의 85.9%가 부모였습니다. 학대가 가장 많이 발생하는 장소는 아이들이 보호받아야 할 가정이었습니다. 같은 해 아동학대로 인해 세상을 떠난 아이는 30명에 이르렀고, 그중 대부분이 6세 이하의 어린이였습니다. 또한 학교폭력 피해 응답률은 초등학생에게서 가장 높게 나타나고 있으며, 언어폭력, 집단따돌림, 사이버폭력이 늘어나는 추세입니다.

 학교 내부의 비리 또한 심각합니다. 교육부 감사 결과, 전국 초중고의 92%가 지적을 받았으며, 절반 가까이가 예산·회계 비리에 해당했습니다. 시험지 유출, 학생부 조작, 교원 부당 행위까지 학교라는 공간은 아이들의 성장을 지켜 주기는커녕 상처를 남기고 있습니다.

저는 이러한 현실 속에서 아동학대, 학교 비리, 학교폭력 등 사회문제에 깊은 관심을 두게 되었습니다. 무엇보다도 학대와 빈곤에 시달리는 아이들의 현실을 마주할 때마다 마음이 아팠습니다. 어떻게 하면 이 아이들에게 조금이나마 도움이 될 수 있을까, 고민을 거듭하던 중 올해 초 대전에서 발생한 초등학교 여교사에 의한 여학생 살인사건을 접하게 되었고, 그 비극을 모티브 삼아 이 소설을 집필하게 되었습니다.

처음에는 초등학교를 배경으로 삼았으나, 출판사의 권유로 중학교를 무대로 설정을 바꾸었습니다. 작품의 무대는 대전을 배경으로 하고 있지만, 모든 인물과 사건은 창작의 산물로 실제와는 무관합니다. 저는 이 소설을 통해 특정 지역이나 집단을 지적하고자 한 것이 아니라, 우리가 외면해 온 구조적 문제를 드러내고자 했습니다.

오늘날 기자는 자주 '기레기'라는 비난을 받습니다. 그러나 현장에는 여전히 김도윤 기자와 같은 정의롭고 마음이 따뜻한 기자들이 있습니다. 이 소설을 통해 그들의 존재가 독자 여러분께 조금이나마 전달되기를 바랍니다. 또한 작품 속 한지원 선생의 죄는 결코 가볍지 않지만, 그녀가 처한 현실과 어쩔 수 없는 선택에도 주목해 주시기를 부탁드립니다.

이 책을 덮는 순간, 독자 여러분의 마음속에 단 한 장면이라도 오래 남아, 곁에 있는 아이들을 돌아보게 된다면 그것만으로도 제 바람은 충분합니다. 어쩌면 세상을 바꾸는 것은 거대한 용기가 아니라, 내 옆의 아이에게 건네는 작은 손길일지도 모릅니다. 이 소설이 그 작은 손길의 시작이 되기를, 그리고 그 손길들이 이어져 더는 눈물 흘리는 아이가 없는 세상이 오기를 간절히 소망합니다.

2025년 가을장마에
김승한